로크미디어가
유혹하는
재미있는 세상
ROK
MEDIA
로크미디어

The Final
더 파이널

더 파이널 6

2022년 2월 18일 초판 1쇄 인쇄
2022년 2월 23일 초판 1쇄 발행

지은이 유성
발행인 김정수 강준규

기획 이기헌 왕소현 박경무 강민구
책임편집 백승미
마케팅지원 배진경 임혜솔 송지유 이영선

발행처 (주)로크미디어
출판등록 2003년 3월 24일
주소 서울시 마포구 성암로 330 DMC첨단산업센터 318호
Tel (02)3273-5135 **편집** 070-7863-8595 **Fax** (02)3273-5134
홈페이지 rokmedia.com **E-mail** rokmedia@empas.com

값 8,000원

ISBN 979-11-354-6926-8 (6권)
ISBN 979-11-354-6920-6 04810 (세트)

유성 퓨전 판타지 장편소설 6

The Final

더 파이널

CONTENTS

이름 없는 영지의 군주(2)	7
슬기로운 헌터 생활	43
초대	135
왕위 쟁탈전 개막	173
던전 탐험이 쾌적하지 않은 이유에 대해서	227
미궁의 끝, 그리고……	269
미궁 탈출(1)	309

이름 없는 영지의 군주(2)

"이거 모두 시멘트 재료 아닙니까?"

"네."

태영이 빙긋 웃으며 끄덕였다.

"여기저기에서 주워들은 대로 모아 보기는 했습니다만, 저도 전문적인 지식이 있는 건 아니라 잘은 모릅니다. 그러니 묻죠. 방금 말한 시멘트, 만들 수 있겠습니까?"

"그, 그야 재료만 충분히 있다면……."

"그럼 처음으로 돌아가서 다시 질문하죠. 좀 전에 제가 말한 것처럼 이곳의 건물이나 성벽을 개조할 수 있겠습니까?"

태영이 커다란 두루마리를 펼치며 말을 이었다.

"일단 전체적인 형태는 이런 느낌으로 생각하고 있습

니다. 이것도 방금 말한 것처럼 전문적인 지식이 없어서 대략적인 그림밖에 그리지 못했지만, 부족한 부분은 여러분이 채워 주시리라고 생각합니다."

이에 황망한 얼굴로 바라보던 사람들이 두루마리로 모여들었다.

"수정이 많이 필요하겠군."

"하지만 어떤 구조를 생각하고 있는지는 알 것 같습니다, 물론 어디를 수정해야 할지도."

"그럼 먼저 중심이 되는 성벽의 개조가 먼저겠군."

"전 건축 설계만 15년 해 왔습니다. 그래도 성벽을 지어 본 적은 없지만, 콘크리트를 사용할 수 있다면 얘기가 다르긴 하죠. 성벽 설계는 제가 내일 아침까지 끝내 놓겠습니다."

"시멘트는 우리가 만들죠. 시멘트 제조 공장에서 20년 넘게 일해 온 사람이니 내구성 같은 건 걱정하지 않아도 됩니다."

"그럼 실제 공사는 우리 몫이 되겠군. 나도 성벽 작업은 해 본 적이 없지만, 결국 튼튼하게만 만들면 되는 거잖아. 그럼 댐처럼 만들면 되겠지. 어이, 김 반장, 힘 좀 써 줘야겠어."

"물론이죠. 저도 다들 뛰어다니는데 공짜 밥이나 축내고 있을 생각은 없습니다. 말 잘 듣는 일꾼이나 넉넉하게 붙여 주십시오.”

순식간에 시멘트 제조부터 설계, 건축 업무가 분담되었다.

여기에 태영이 참가할 부분은 두 가지 정도.

“인부는 저 사람들을 쓰면 됩니다.”

하나는 옆에서 헐떡대는 데커 일행을 일꾼으로 붙여 주는 것이고.

“그리고 한 가지, 사실 이게 가장 중요한데, 시멘트를 만들 때 이것들을 가루로 분쇄해서 넣어 주십시오. 몬스터의 뼈와 마석이라는 겁니다.”

“아니, 그런 걸 왜…….”

“훈련에 참여해 본 적이 있는 사람이라면 알겠지만, 이 세계에는 마력이라는 힘이 존재합니다. 실제로 대부분의 이계인은 그 마력을 여러 방식으로 사용하죠, 물론 전투를 할 때도. 그 때문에 이 세계에서 성벽 같은 걸 만들 때는 단순한 물리력만이 아닌, 마력에 대한 방어력도 생각해야 합니다.”

“그럼 그 몬스터의 뼈와 마석이라는 걸 섞으면 마력을 막을 수 있다는 말입니까?”

“막는다기보다는 방어력을 올려 주죠. 물론 다른 재료도 좀 들어가고, 또 적정한 비율로 섞었을 때의 얘기지만. 그 비율이 바로 여기, 제가 그려 놓은 도면 밑에 적어 둔 숫자입니다.”

다른 하나는 새로운 지식을 얹어 주는 것이다.

태영이 수많은 회귀를 반복하며 얻은, 극히 일부의 연금술사만 알고 있는 국가 기밀급의 지식을 말이다.

뚱한 눈으로 지켜보던 그렉이 끼어든 건 그때였다.

"뭔 말을 하는지는 모르겠지만, 그 웃기는 도면을 보니 대강 무슨 얘기가 오가는지는 알겠군. 혹시 날 부른 것도 그거 때문이냐?"

그리고 뭐라 대꾸할 새도 없이 고개를 저으며 소리쳤다.

"난 싫어! 아니, 못해! 드워프라고 다 건축까지 잘한다고 생각하는 건 잘못된 거라고! 난 그딴 재미없는 건 관심 없어! 난 지금이 좋다고! 넌 이해하지 못하겠지만, 난생처음 보는 기계들을 뜯고, 고치고, 만지작댈 때마다 머릿속이 파직파직하는 게 좋다고! 그런 걸 놔두고 재미없는 건축을 하라니? 난 못 해! 싫어! 안 해!"

"흠, 이 친구가 뭐라고 하는지는 딱 봐도 알겠군. 덩달아 끼어들고 싶은 생각은 없지만, 그건 나도 마찬가지야. 인제 와서 자네, 음…… 영주의 말에 무턱대고 반발할 생각은 없지만, 난 건축 같은 건 해 본 적이 없어. 게다가 허리가 아파서 삽질 같은 것도 못 해. 그냥 하는 말이 아니라 정말 디스크 3기라고, 3기."

이덕수도 지레 겁먹은 얼굴로 자신의 지병을 강하게 어필해 왔다.

태영도 그런 사람에게 삽질을 시킬 생각은 없었다.

영주의 기본 덕목 중 하나는 적재적소. 즉, 그 능력을 최대치로 발휘할 수 있는 일을 주는 것이니까.

"시끄러워, 인마!"

태영이 방방 뛰는 그렉의 뒷덜미를 잡아 세우며 노란 가루를 들어 밀었다.

"이게 뭔지 알겠어?"

"모르겠는데?"

그렉이 고개를 갸웃거렸다.

그러나 태영이 노란 가루가 쌓여 있는 손바닥에 마력을 집중시키는 순간!

펑-!

튀어 오르는 불길에 그렉이 화들짝 놀라며 소리쳤다.

"뭐, 뭐야? 방금 그거 혹시…… 너, 너 이 자식, 그거 어디서 난 거야?"

"광산이지, 저기 있잖아."

"저, 저기라니? 저 광산? 마, 말도 안 돼! 전에 네가 그랬잖아! 저 광산은 잡철밖에 나오지 않는다고!"

분명 그렇게 말한 적이 있다.

그때는 태영도 그렇게 알고 있었으니까.

그러나 태영은 이미 대격변 이후 현대의 텅스텐 광산이 미스릴 광산으로 바뀌어 있던 걸 직접 목격한 적이 있다.

이에 데커를 만날 때 혹시나 해서 물어봤고.

"그걸 어떻게…… 네, 말씀하신 대로 어느 날 갑자기 이 광산에서 이전에는 보이지 않던 광석이 나오기 시작했습니다. 철광석 사이사이에 마치 곰팡이가 피듯이 노란색 가루 같은 것이 끼어 있더군요. 저는 본 적이 없어서 잘 모르겠지만, 타라칸 장군님은 뭔가 아는 눈치였습니다. 또 몇 번인가 찾아왔던 로브를 입은 남자도 아는 눈치였고 말입니다."

이어지는 대답에 태영은 섬뜩한 기분이 들었다.

그 가루의 정체는 마카라이트.

마력에 반응해 폭발을 일으키는 물질로 이계의 전략 병기인 마력포 따위에 사용되는 일종의 화약이었다.

'만약 타라칸이 마력포를 제작할 기술을 가지고 있었다면…….'

전쟁의 결과는 완전히 달라졌을 것이다.

풍부한 마카라이트로 작동되는 마력포의 위력은 현대의 소형 미사일과 맞먹는 수준이니까.

즉, 타라칸이 버림받은 땅에서 사람을 잡아다 광산에 밀어 넣은 이유도, 또 노월 왕국에 대한 복수를 꿈꾸던 것도 그저 망상만은 아니었다는 말이지만 어쨌든.

'이제 내 손에 들어왔다!'

태영은 기쁘게 써 주기로 마음먹었다.

그렉과 이덕수를 불러온 이유가 바로 그 때문이다.

"어때? 이 마카라이트와 총창, 둘을 결합하면 뭐가 나올지

답이 딱 나오지 않아?"
"나, 나와! 막 쏟아져 나온다고!"
그렉도 일단은 드워프.
"해 볼래?"
"응! 한다, 해! 그런 거라면, 아니, 나밖에 없어! 내가 한다고!"
일단 흥미가 생기면 이런 제안을 거절하지 못하는 종특을 가진 녀석이다.
그러나 한국인도, 특히 자신의 전문 분야에 자부심을 가진 사람이라면 그런 면에서는 드워프에게 조금도 꿀리지 않는다.
"그런 걸 보는 건 처음이지만, 뭘 해야 할지는 바로 답이 나오는군. 화약보다 강한 것 같으니 일단 총구로 사용하던 쇠 파이프부터 보강하고, 격발 장치는…… 그렇지 않아도 1군 대원들이 말하던 불편 사항이 있으니 그걸 참고해서 개량하면 될 테고, 다음은……."
이덕수는 이미 설계를 하는 모양이다.
그리고 넘치는 의욕을 주체 못 하는 그렉과 의기투합!
"갑시다, 스승님!"
"그래, 일단 제대로 설계부터 하고 시제품을 만들어 보자고!"
"네! 이럴 때는 역시 맥주부터 한잔해야죠!"

"하루 이틀 같이 일한 것도 아니니 알아! 너도 마음이 급하지? 좋아, 어차피 보강 작업도 병행해야 하니 이번에는 특수 선반의 사용법을 알려 주지. 내 성격 알지? 같은 말 여러 번 하게 하지 말고 옆에 딱 붙어서 배워!"

"전에 먹었던 그 오징어 땅콩이라는 안주가 아직 남아 있을까요?"

대체 저러면서 어떻게 같이 일하는지는 모르겠지만.

-뭔가 되게 정신이 없군. 뭔 소리를 하는 건지 이해도 되지 않고.

"이해할 필요 없어, 중요한 건 결과니까."

그 말대로 뭐가 됐든 결과만 제대로 뽑혀 나오면 참견할 생각은 없었다.

그게 아니라도 할 일은 많으니까.

다음 날 새벽부터 다시 시작된 식량 확보와 국방력 강화처럼 말이다.

삐이이이-!

"왔다! 뛰어! 굴러!"

물론 직접 뛰어다니는 건 1, 2군과 수인족이지만 어쨌든.

태영도 뒷짐 지고 보기만 하는 건 아니다.

훈련으로 귀한 병력에 손실에 생기면 주객이 전도되는 것이니까.

만약의 사태가 벌어졌을 때의 긴급 구호와 그런 불상사를

최소화하기 위한 프로그램을 짜는 게 태영의 일이었다.

이에 태영은 과거 마경의 숲에서 레벨업을 할 때처럼 인근의 몬스터를 등급별로 구분, 청영을 이용해 서식지를 찾아 차례대로 공략해 나갔다.

매우 섬세하게.

"크악!"

–어이, 주인. 좀 전부터 저런 소리가 너무 자주 들려오는 것 같지 않아?

"뭐 할 수 없지. 이 녀석들은 불카누스보다 반응 속도가 두 배 이상 빠른 몬스터니까. 하지만 대신 공격력은 떨어지고, 회복약도 꽤 여유가 있으니 괜찮아. 아니, 좀 과대 생산되는 감까지 있어서 서너 방 정도 맞는 건 괜찮아. 적절히 회복약을 소비해 주는 게 대원들에게도 여러 가지 의미에서 약이 될 테니까. 요는……."

피떡이 되어 데굴데굴 굴러오는 대원을 슬쩍 바라본 태영이 빙긋 웃으며 말했다.

"죽지만 않으면 돼, 죽지만 않으면."

그 부분만큼은 확실하게 신경 써 주고 있었다.

덕분에 1, 2군과 수인족은 죽어라 맞아도 죽지는 않으며 사냥터를 전전.

–종합 평가 레벨이 상승했습니다!

꾸준히 레벨을 올리며 식량까지 확보했다.

그리고 그렇게 얻어진 고기는 구덩이에서 대기 중인 전직 요리사 출신의 한국인에게 전달.

종류에 맞게 염장이나 훈제 처리가 되어 저장고에 쌓여 갔다.

수색 범위가 넓어짐에 따라 새로운 사람들이 영입되어 3천 명을 넘어서게 된 인구라도 몇 달은 거뜬히 버틸 수 있을 양이었다.

고기를 제외한 나머지 재료는 공사 현장과 공장으로 이동.

늘어난 인구만큼 건축은 물론, 장비품이나 회복약의 생산도 빨라지고, 이는 다시 1, 2군과 수인족으로 보내져 사냥에 전념할 수 있도록 해 주었다.

'이런 게 선순환이지.'

그렉과 이덕수가 시제품을 들고 찾아온 건 그때쯤이었다.

[총창-II]

주요 구성 : 합금, 그 외……
등급 : 일반 특수
공격력[창] : 90 (참격 : C 타격 : E 관통 : C+)
공격력[총] : 30~300
※창과 총을 결합한 형태의 무기에 마카라이트를 이용한 격발 장치를 추가한 무기. 총은 장전되는 탄환의 종류에 따라 사정거리와 범위, 위력이 달라집니다.

마카라이트를 활용해 개량한 '총창-Ⅱ'!

감정으로 확인한 정보창의 내용은 기존 총창과 크게 달라진 점이 없었지만.

투콰-!

실제 위력은 전혀 아니었다.

거의 대포와 같은 굉음을 일으키며 뿜어지는 산탄!

불카누스보다 높은 등급으로 설정해 두었지만, 상대적으로 방어력이 떨어지는 몬스터는 총창 사격만으로도 쓰러뜨릴 수 있을 정도의 위력을 발휘해 주었다.

덕분에 연이은 등급 상승으로 힘들어하던 1, 2군과 수인족의 사냥은 다시 쾌속 질주!

다시 사흘이 지났을 때는 태영이 찍어 두었던 몬스터 서식지를 완주할 수 있었다.

'……됐다!'

비로소 태영도 마침표를 찍을 수 있었다.

물론 그래도 식량과 자재 수급, 나아가 안전을 위해 사냥은 계속해야겠지만, 이제 대원들도 몬스터의 서식지나 사냥 방식은 모두 숙지했을 터.

태영이 계속 지켜볼 필요는 없었다.

성벽 개보수 작업이나 공장 쪽도 마찬가지.

원래 태영이 없어도 잘 돌아가고 있었지만, 사냥과 함께 재료 수급이 안정되자 완전히 자리가 잡혀 가기 시작했다.

―뭐랄까, 희한하군. 처음에는 저 많은 사람을 다 뭐에 쓰나 싶었는데, 다 제 일을 하고, 그게 또 어느새 꼬리에 꼬리를 물고 이어지며 다른 일을 만들어 내니 말이야.

"그런 걸 시스템이라고 하는 거지."

―시스템이라…….

잠시 웅얼대던 그리모어가 조심스러운 어조로 말을 이었다.

―잘은 몰라도 불과 일주일 정도밖에 안 되는 시간에 이곳을 이만큼이나 바꿔 놓은 건 나라도 감탄할 수밖에 없군. 그리고 주인이 애써 일궈 놓은 일에 딴지를 걸고 싶은 생각도 없다만, 주인도 알지? 적어도 내가 아는 세계의 영지는 제들끼리 잘 산다고 유지되는 게 아니다.

물론 알고 있다.

영지로서 자립하는 것과 존속할 수 있는지는 다른 문제다.

태영이 쫓기듯 여러 작업을 서둘러 진행해 온 이유도, 또 번번이 이런저런 구실을 붙여 미스트를 이곳에 붙잡아 두고 있던 이유도 그 때문이었다.

'일단 내부의 급한 일을 해결했으니…….'

다음은 밖.

외부의 불안 요소를 해소하는 게 태영이 다음에 해야 할 일이다.

삐이―!

청영이 긴 울음을 흘리며 하늘을 가로질렀다.

그 아래에는 검은 말을 탄 사내가 계곡을 따라 이동하고 있었고, 커다란 고깃덩어리를 짊어진 수백 명이 그 뒤를 따르고 있었다.

사냥을 마친 태영과 1, 2군, 수인족 전사들의 행렬이었다.

지난 일주일 동안 하루도 빠짐없이 이어진 일과니 새삼스러울 것도 없는 장면이지만, 일주일 전과는 분명한 차이가 있었다.

처음 사냥을 시작했을 때 1, 2군과 수인족은 하나같이 너덜너덜한 몰골이었다.

그리고 그건 지금도 크게 달라지지 않았지만.

"오! 보인다, 보여! 집이다!"

"집? 너 처음 저 성벽을 봤을 때는 무슨 악마성처럼 보인다고 하지 않았냐? 뭐 이렇게 말하는 나도 이제 멀리서 저 성벽만 보여도 집에 돌아온 것 같은 기분이 들기는 하지만."

"집이 별거냐? 밥 먹고 쉴 수 있으면 집이지."

"그건 그래."

"나도 얼른 가서 빨리 씻고 먹고 쉬고 싶은 생각밖에 안 든다."

이렇게 떠들 수 있게 되었다.

그때보다 더 강한 몬스터를, 더 많이 사냥하고, 그 탓에 80킬로그램에서 120킬로그램으로 불어난 중량의 고깃덩어리를 짊어지고 행군하며 말이다.

그들만이 아니다.

그들이 집이라고 부르는 구덩이 역시 마찬가지.

대공사를 해야 하는 성벽은 아직 준비 작업을 위한 뼈대만 설치되어 있었지만, 내부 시설은 벌써 대략적인 형태를 잡아가고 있었다.

–인간만큼 빠르게 변화하는 종족이 없다는 건 알고 있었지만, 저건 좀 심하잖아. 대체 뭐야, 저 인간들은?

그리모어가 말하는 저 인간들, 한국인 덕분이었다.

'의도한 바는 아니지만…….'

의도는커녕 얼마 전까지는 한국인에 대해서는 생각조차 하지 않고 있었다.

그러나 산업 공단을 중심으로 세력을 규합해 한국인이 중심이 될 수밖에 없었고, 전투 이후에 꾸준히 활동 범위에 넓히는 사이 1천여 명이 더 합류.

현재는 전체 인구의 60% 이상을 차지하는 절대다수의 종족이 되어 있었다.

그리고 본래 변화는 다수가 주도하는 법.

구덩이에는 한국인 특유의 빨리빨리 문화가 꽃을 피우게

되었고, 그 결과 구덩이의 모습도 하루가 다르게 바뀌고 있었다.

—무슨 마법도 아니고…… 아니, 그래도 마법은 상식 범위에서 일어나는 일이지만, 저건 이미 상식의 범위조차 아니잖아.

그리고 이건 아마도 현대인 대부분이 동의하지 않을 얘기지만.

—이제 나도 그 현대라는 세계의 인간들에 대한 생각을 바꿀 수밖에 없겠군. 적어도 지금까지 내가 봐 온 하쿠인은 주인을 제외하면 모두 똥파리나 다름없다고 생각해 왔는데 말이야.

어쨌든 한국인의 이미지는 꽤 개선된 모양이다.

태영도 마찬가지였다.

'뭐 정작 나도 한국에 살 때는 잘 모르기는 했지. 유튜브 같은 데서 전쟁으로 폐허가 된 나라를 불과 수십 년 만에 10대 강국 중 하나로 만든 민족이니, 한국인의 저력이니 하는 말을 들어도 약 파는 소리라는 생각밖에 들지 않았으니까.'

굳이 이유를 대자면 해외여행 따위는 꿈도 못 꿀 정도로 궁핍한 생활 탓에 다른 나라와 비교해 볼 기회조차 없었다는 게 가장 큰 원인이겠지만 어쨌든.

전혀 다른 세상에서 한 걸음 떨어져 바라보게 된 지금은 확실히 알 수 있었다.

한국인은 국난 극복이 취미라는 말이 괜히 나온 게 아니라고 말이다.

그러나 여기까지 가 버리면 어차피 그리모어가 이해하지 못할 얘기가 될 테고, 태영 역시 인제 와서 새삼 국뽕에 취할 생각은 없었다.

그럴 때도 아니었다.

"한국인에 대해 좋게 평가해 주는 건 고맙지만, 아직 그런 말을 하기는 일러. 너도 말했듯이 영지로서 자립할 수 있다는 게 곧 영지로서 존속할 수 있게 됐다는 말은 아니니까."

– 그야 그렇지. 그래서? 생각은 해 본 건가?

생각해 보고 말고 할 일도 아니었다.

그리모어가 지적한 게 뭔지는 타라칸과 싸우기 전부터 알고 있었으니까.

그게 이곳에 눌러앉아 해결할 수 있는 일이 아니라는 것도.

"떠나신다니요?"

1, 2군과 수인족을 해산시킨 직후, 곽현경과 다란, 라르고, 일라, 하울, 알바인이 당황한 얼굴로 되물어 오는 이유가 그 때문이다.

"그래, 이제 너희는 물론 다른 사람들도 각자 해야 할 일은 충분히 숙지하고 있으리라고 생각한다. 그러니 꼭 내가 이곳에 있어야 할 이유도 없지만, 더는 미룰 수 없는 일도 있다. 이대로라면 이곳은 머지않아 외세의 침공을 받게 될 테니까."

"외, 외세라니요? 대체 어디서……."

"어디든."

태영이 고개를 저으며 말을 이었다.

"중요한 건 어디서 침공해 오느냐가 아니라, 일어날 수밖에 없는 일이라는 거지."

버림받은 땅은 그 이름처럼 어떤 나라에도 속하지 않는 지역이다.

이유는 단순하다.

온통 늪지와 자갈밭뿐이라 욕심내는 사람이 없었기 때문이다.

그러나 지금은 대격변으로 현대의 대지와 섞여 버린 상태.

그래도 여전히 비옥한 토지라고 말하기는 힘들지만, 적어도 개척이 가능한 땅이 돼 버린 것이다.

"그럼에도 아직 별다른 일이 일어나지 않은 건 대격변이 이곳에서만 일어난 일이 아니기 때문이다. 인접한 나라들도 여기까지 눈을 돌릴 여력이 없었을 테니까. 하지만 자국의 상황이 안정되면 곧 이곳으로도 눈을 돌릴 테고, 알게 되겠지. 그럼 자연히 욕심을 내는 자들도 생겨날 테고……."

태영이 라르고와 하울, 다란, 일라를 돌아보며 말을 이었다.

"힘을 가진 자가 욕심나는 땅이 생겼을 때 무슨 일이 벌어지는지는 너희가 누구보다 잘 알고 있을 거다."

"그, 그건……."

움찔한 라르고가 신음 같은 목소리를 흘리며 미간을 찌푸렸다.

나머지 족장들도 마찬가지였다.

중앙 대륙 곳곳에 흩어져 살던 그들이 버림받은 땅으로 쫓겨 와 숨어 살아왔던 이유가 방금 태영이 말한 것과 같은 이유였기 때문이다.

"물론 알고 있습니다. 이미 수 세대가 지났지만, 매일 아침 눈을 뜰 때마다 보이는 풍경이 우리가 빼앗긴 게 뭔지를 기억나게 만들어 주니까요. 동족과 고향, 그리고 다시 찾겠다는 결의조차 못 할 정도로 떨어진 자긍심입니다. 하지만……."

"지금은 아닙니다!"

그때 다란이 와락 고개를 들어 올리며 소리쳤다.

"저는 선조들과 같은 선택을 하지 않을 겁니다! 더는 뺏기지 않을 거고, 물러나지도 않겠습니다! 이곳은 우리의 터전이자 주인님의 영지! 어떤 놈들이든 이 땅을 침범한다면 최후의 한 명이 되어서라도 맞서 싸우겠습니다!"

"말 잘했다, 신입 족장."

하울이 거친 손길로 다란의 머리를 흐트러뜨리며 태영을 돌아보았다.

"인제 와서 과거의 일을 따질 생각은 없지만, 선조와 우리는 다르다. 그런 놈들에게 얌전히 이 땅을 넘겨주고 물러나기에는 너무 많은 걸 알아 버렸지. 죽음을 각오하고서라도 싸워야 할 이유 같은 거 말이야."

"난 땅에는 관심 없어. 고양이는 어디든 누우면 집이니까. 하지만 누군가가 내가 좋아하는 남자의 것을 빼앗으려 든다면 얘기는 달라지지."

"나도 땅 얘기를 한 건 아니다만."

"뭐가 됐든."

하울이 인상을 찌푸리며 돌아보자 일라가 실로 고양이스러운 표정을 지으며 대꾸했다.

태영이 피식 웃으며 고개를 끄덕였다.

"물론 나도 같은 생각이다. 나도 공짜로 이 땅을 손에 넣은 건 아니니까. 딴 놈이 욕심을 낸다고 얌전히 넘겨줄 생각은 없다. 필요하다면 땀이든 피든 기꺼이 흘릴 생각이다. 하지만 더 좋은 건 그런 일이 일어나지 않도록 하는 것이겠지."

"그야 당연히 그렇겠지만……."

"방금 주인님도 말씀하시지 않았습니까? 분명 주변국 중에 이 땅을 욕심내는 나라가 있을 거라고 말입니다."

"그래서 자리를 비우겠다는 거다. 그럴 때 필요한 게 교섭이고, 그런 게 영주의 일이니까."

"교섭? 주변국 모두와 말입니까?"

"아니, 하나면 돼."

방금 태영은 주변국이 아직 이곳까지 눈을 돌릴 여유가 없을 거라고 말했지만, 그건 사실이 아닐 확률이 높다.

되레 이런 상황이기에 더 부지런히 국내외적으로 정보를 끌어모을 테니까.

분명 대부분은 이곳의 변화를 알고 있을 것이다.

그럼에도 별다른 움직임을 보이지 않는 이유가 있다면 두 가지.

하나는 당연히 국내 상황을 안정시키는 게 먼저여서일 테고, 다른 하나는 바로 노월 왕국의 존재다.

지금 태영이 차지하고 있는 구덩이는 본래 노월 왕국의 유배지.

비록 일부라도 노월 왕국의 군사시설이 점유하고 있다는 건 사실상 실효 지배 중이라는 말이고, 주변국들도 이를 인정하고 있다는 말이다.

즉, 이곳으로 병력을 들이밀려면 노월 왕국과 전쟁까지 갈 각오를 해야 한다는 의미다.

태영이 아는 한 중앙 대륙에서 군사 대국, 혹은 전사의 나라로 불리는 노월 왕국을 상대로 그만한 배짱을 부릴 왕국은 없었다.

그건 중앙 대륙의 최강자로 군림하는 아르키네아 제국도 마찬가지다.

틀림없이 얻는 것보다 잃는 게 많을 테니까.

다시 말해…….

"노월 왕국을 방패로 삼을 수 있다면 그 외의 다른 나라는 신경 쓰지 않아도 된다는 말이다."

태영이 빙긋 웃으며 말해 주었다.

그러나 라르고와 하울, 일라, 알바인, 심지어 태영만 보면 부지런히 꼬리를 흔들어 대던 예스 맨 다란마저 찜찜한 표정을 짓고 있었다.

"뭔가…… 일단 주인님의 말이 맞는 것 같기는 하지만……."

"맞긴 뭐가 맞는다는 거냐? 주인님, 놈들이 뭐가 아쉬워서 제들 땅이라고 생각하는 이곳을 넘겨주는 것도 모자라 방패까지 돼 주겠습니까? 더구나 노월 왕국은 전통적으로 이종족을 멸시해 온 나라, 타라칸이 벌인 짓만 봐도 알 수 있지 않습니까? 되레 이곳의 상황을 알면 가장 먼저 침공할 놈들입니다!"

타라칸이 다란의 말을 막으며 소리쳤다.

-나도 그 부분이 의문이군. 주인이 그런 것도 모를 리는 없고, 대체 뭘 믿고 그런 말을 하는 거지?

그리모어도 덧붙였다.

당연히 태영이 믿는 구석도 없이 그런 말을 한 게 아니다.

사실 태영은 구덩이의 상황을 처음 알게 됐을 때부터 줄곧 품어 오던 의문이 하나 있었다.

'아직 다른 나라가 움직이지 않는 건 노월 왕국 때문이라

고 치더라도, 대체 노월 왕국은 왜 움직이지 않고 있는 거지?'

바로 이거다.

노월 왕국은 다른 나라와는 다르다.

이곳으로 병력을 들이미는 데 눈치를 볼 필요도 없고, 그럴 만한 이유도 있었다.

자국의 유배지에서 반란이 일어났으니까.

'본국과 떨어진, 그것도 유배지라면 본국과 정기적으로 연락을 취하고 있었을 터. 대격변 이후에 그 연락이 끊어진 것만으로도 구덩이에 이변이 생겼다는 것 정도는 알 수 있는 일이다. 그런데도 조사대조차 보내지 않는 이유가 대체 뭐지?'

이해하기 힘든 일이었지만.

'대격변으로 그 정도 여유가 없을 정도로 국내 정세가 혼란스러워진 건가?'

태영은 깊게 생각하지 않고 넘어갔다.

그때는 그게 딱히 중요하지 않은 문제였기 때문이다.

그러나 버림받은 땅을 영지로 삼겠다고 마음먹자 상황이 바뀌었다. 말했듯이 이곳을 영지로 삼으면 가장 먼저 걱정해야 하는 게 노월 왕국이니까.

이에 태영은 다시 그 문제를 생각해 보게 되었다.

그리고 곧 노월 왕국의 대응은 대격변만으로는 설명이

되지 않는다는 걸 알게 되었다.

바로 타라칸 때문이다.

'놈이 구덩이를 장악한 건 약 두 달 전이다. 그런데도 놈은 계속 구덩이에 있었을 뿐만 아니라, 한국인과 수인족을 잡아다 일을 시키고 있었어. 언제 노월 왕국의 토벌대가 올지 모르는…… 아니, 이럴 때는 되레 반대로 생각해야 답이 나오겠지. 놈은…….'

토벌대가 오지 않는다고 확신하고 있었다는 말이다.

그럼 그만한 이유가 있을 터.

'단지 대격변만으로 그렇게 확신하고 있었다는 건 말이 안 돼. 노월 왕국 역시 마찬가지. 아무리 국내 정세가 혼란스럽다고 해도 반란이 일어난 유배지에 몇 달이나 아무런 조치도 취하지 않는다는 건 이해하기 힘들어. 즉, 그 외에 뭔가 다른 일이 있다는 말이다.'

여기까지 생각하자 답은 어렵지 않게 찾을 수 있었다.

바로…….

"왕위 쟁탈전이다."

"……네?"

라르고 이하 부대장들이 눈을 껌뻑이며 되물었다.

"그게 뭡니까?"

"왕위 쟁탈전이라는 말 그대로다. 현 노월 국왕은 이미 70이 넘은 나이야. 거기에 얼마 전부터 병까지 겹쳐서 하루라도 빨리 차기 국왕을 정해 놔야 하는 상황이지.”

“다음 국왕을 정한다니…… 그야 국왕이 결정하는 게 당연하지만, 그런 건 보통 미리 정해 두는 거 아닙니까?”

“그래, 보통은 그럴 때를 대비해 왕위 계승 서열을 정해 두지만, 노월 왕국은 아니야. 국왕이 제시한 과제를 두고 왕위 계승 자격을 가진 왕자들끼리 경합해서 승자가 차기 국왕이 되는 게 전통이지.”

–대체 그런 건 또 어떻게 알고 있는 거야?

물론 뛰어난 혜안…… 같은 건 없는 대신 질리도록 경험해 본 회귀의 기억 덕분이지만 어쨌든.

노월 왕국이 움직이지 않는 이유도 그 때문이다.

방금 태영은 빠른 설명을 위해 건너뛰었지만, 왕위 쟁탈전도 모든 왕자가 참가할 수 있는 게 아니다.

노월 왕국은 실력 지상주의.

왕자라도 그만한 실력을 증명해야 후보라도 될 수 있다.

그리고 그 과정에서 유력한 후보를 중심으로 파벌이 만들어지는 건 자연스러운 흐름.

“아마 현재 차기 왕권을 두고 경쟁하는 왕자는 둘, 2왕자와 3왕자다. 실력과 세력 면에서 팽팽해서 아직은 누가 차기 국왕이 될지 예상하기 힘들지. 그래서 구덩이의 상황을 모른 척하고 있는 거야. 지금 그 두 왕자는 한 명이라도 많은 조력자가 필요하니까. 언제 어떤 과제가 시작될지도 모르는 상황에서 자기 파벌의 병력을 이런 곳으로 보내고 싶지는 않겠지."

"그렇군요."

라르고가 고개를 끄덕였다.

"그런데 그게 주인님과 무슨 상관이 있다는 말입니까? 교섭하겠다고 하셨지만, 방금 말씀하시지 않았습니까? 아직 누가 국왕이 될지는 모른다고."

"그게 핵심이지."

태영은 그 부분에서 이곳의 문제를 해결할 실마리를 찾을 수 있었다.

"네 말대로 아직 누가 국왕이 될지도 모르는데도 파벌이 만들어질 정도로 많은 귀족이 모여드는 이유가 뭐라고 생각하지?"

"네? 그야……."

"그래야 더 비싸게 팔 수 있기 때문이지. 국왕이 된 뒤에는 씨알도 먹히지 않을 요구라도 한 명이 아쉬운 지금이라면 받아 줄 테니까."

그럼 답은 바로 나온다.

조력자라는 역할로 왕위 쟁탈전에 끼어들어 자신에게 유리한, 즉 이 땅을 태영의 영지로 인정해 줄 왕자를 국왕으로 밀어 올리면 모든 게 한 방에 해결되는 것이다.

"어때? 간단하지?"

설명을 마친 태영이 빙긋 웃어 보였다.

그러나 대답은 없었다.

곽현경과 라르고, 하울, 일라, 다란, 알바인 모두 태영이 밑도 끝도 없이 자리를 비우겠다고 말할 때보다 더 황당한 얼굴로 바라볼 뿐이었다.

-어…….

그리모어의 반응도 비슷했지만.

"왜? 뭔가 할 말 있어?"

-그야 많지. 지적할 부분이 너무 많아서 정리가 안 될 정도다. 하지만 어차피 내가 생각하는 문제가 뭔지 모를 주인도 아니고. 그래도 하겠다고 말하면 뭔가 생각이 있다는 말이겠지. 없어도 어떻게든 만들 테고. 그게 주인이잖아.

정확하다.

태영이라고 이계의 모든 걸 경험해 본 건 아니다.

왕위 쟁탈전도 어딘가에서 주워들은 얘기일 뿐, 구체적인 내용까지는 모른다.

그러나 그게 망설일 이유는 되지 않았다.

분명 회귀로 얻은 기억은 태영의 최대 무기지만, 그 기억에만 기댈 생각은 없기 때문이다.

태영의 최종 목표가 바로 그, 태영이 기억하는 이계의 역사를 바꿔 놓는 것이니까.

'내 발로! 내 의지로!'

그리모어의 말대로 새로운 길을 만들어 가야 도달할 수 있는 목표다.

"자, 그럼 정리하지. 일단 내가 자리를 비우는 동안 영주 대리는 곽현경에게 맡기겠다. 여기나 공단에서 진행되는 작업을 관리하려면 한국인이 좋고, 나를 제외하면 지금 이곳에서 그나마 이계어를 가장 많이 알고 있는 게 곽현경이기 때문이다. 불만 있나?"

"그건 상관없습니다만……."

"그럼 됐군."

태영이 얼떨떨한 얼굴로 대답하는 라르고를 바라보며 빙긋 웃으며 말했을 때였다.

"아, 아니, 잠깐! 잠깐만요! 정리 좀 하고요! 그러니까 지금, 주인님 혼자 적지나 다름없는 노월 왕국에 가서 그런 일을 하시겠다는 겁니까?"

"호, 혼자? 그게 무슨 말입니까? 주인님이 왜 혼자 갑니까? 전 주인님의 충견이라고요! 당연히 저도 같이 가야죠!"

"지금 누가 따라가고 말고 하는 말을 하는 게 아니잖아!"

"뭐가 됐든! 주인님이 가면 저도 갑니다!"

"그러니까……."

"크르르르! 칭찬 좀 해 줬다고 나대지 마라, 강아지! 족장이 됐다고 진짜 네가 우리와 같은 수준이 됐다고 착각하는 거냐? 네가 뭘 할 수 있다는 거냐? 누군가 같이 간다면 당연히…….”

“나야! 주인도 남자잖아! 한 달도 넘는 길을 떠나는데 꼬리 흔드는 재주밖에 없는 꼬맹이나 냄새나는 사내놈을 달고 다니고 싶을 리가 없잖아!”

그 앞에서는 한바탕 싸움이 벌어졌다.

그러나 애초에 본론과는 상관도 없는 주제였고, 그렇게 열심히 싸워 봤자 태영은 그들 중 누구와도 동행할 생각이 없었다.

앞서 라르고가 말한 것처럼 노월 왕국은 이종족 차별이 만연한 나라.

수인족과 달고 가 봐야 짐이 될 뿐이고, 이번 일에 동행할 사람은 처음부터 정해져 있었다.

-왜들 저래?

일단 족장들의 싸움에 살짝 우쭐한 목소리로 말하는 그리모어.

삐이이이-!

그리고 오랜만의 여행에 들뜬 목소리를 내는 청영은 이미 태영과 한 몸이니 따로 말할 필요도 없지만, 이번에는 그 외에도 1명이 추가되어 있었다.

“날 잡아 두던 이유가 이건가?”

끈질기게 달라붙는 다란과 라르고, 하울, 일라를 떼어 놓고 흑영을 끌고 나오는 성문 옆에서 중얼거리는 사내, 미스트였다.

"뭐 그런 거지."

"마지막 의뢰라더니 어지간히도 귀찮을 것 같은 일에 끌어들이려고 하는군. 하지만 이미 하기로 했으니 다른 말은 하지 않겠다. 대신 하나만 묻지. 조금 전 왕위 쟁탈전에 대해 말할 때 왜 2, 3왕자만 언급한 거지? 이용할 생각이라면 좀 더 유력한 1왕자 쪽이 낫지 않나?"

"암살자치고는 정보가 느리군. 1왕자는 이미 몇 달 전에 죽었어."

"죽었다고?"

태영의 대답에 잠시 미간을 좁히던 미스트가 되물었다.

"누구에게 들은 말이지?"

그건 다른 사람에게 들을 필요도 없는 얘기다.

1왕자는 태영이 회귀하던 시점보다 이전에 죽은 사람이니까. 아니, 그렇게 알고 있었지만…….

"혹시 돈 주고 얻은 정보라면 노월 왕국에 가기 전에 그놈부터 찾아서 죽여 버리는 게 좋을 거다. 잘못된 정보만큼 위험한 것도 없으니까. 확실히 네 말대로 몇 달 전 1왕자의 목숨이 위태롭다는 소문이 돌았던 건 사실이다. 하지만 멀쩡하게 살아 있고, 지금은 상당한 지지 기반까지 갖추고 왕위 쟁탈전을 준비하고 있다. 적어도 내가 그 얘기를 들었던 열흘 전까지는 말이야."

"……뭐?"

"놀랍군요."

군복 차림에 가슴과 팔목, 허벅지에 가죽 갑옷을 덧댄 복장의 사내가 감격한 얼굴로 주위를 둘러보며 중얼거렸다.

쭉 뻗은 도로에 양옆에서 밝혀지는 가로등을 보고 하는 말이었다.

"다시 전등을 보게 될 줄은……."

"이곳에 처음 온 사람들은 모두 같은 말을 합니다. 한국인은 물론 이계인도. 외곽에 배치해 둔 자주포나 멀쩡한 건물보다 가로등을 볼 때 더 감격하더라고요."

히죽 웃으며 말하는 사람은 박일우.

운 좋게 대격변의 피해를 벗어나 현대의 모습을 유지하고 있는 남양주에 주둔한 군부대 소속의 중사였다.

"그 심정 충분히 이해됩니다. 저도 다시 보기 전까지는 상상도 못 했으니까요. 가로등 불빛 하나에 이런 감정을 느낄 줄은 말입니다."

그리고 그렇게 대답하는 사람은 이호진.

현재는 아스탈로드 영지와 병합한 전직 UDT 부대의 중위였다.

그런 그가 대격변 이전에는 물론, 현재도 100킬로미터 이상 떨어진 남양주에 와 있는 것도, 그를 박일우가 안내하고 있는 것도 둘 사이에 연결점이 있어서였다.

"레온 님에게 듣기는 했지만……."

바로 태영이다.

"스승님은 어때 보이셨습니까?"

"스승님요?"

"네, 며칠이기는 하지만, 그분께 이것저것 많이 배웠거든요. 사실 그분을 만나기 전에는 이 세계에 레벨이나 직업이 있는 줄도 몰랐습니다. 그때도 혼자 오크 떼를 쓸어버릴 정도로 강했는데 지금은 더 강해지셨겠죠?"

"그때 모습은 못 봐서 모르겠지만, 엄청난 사람인 건 틀림없습니다. 아니, 솔직히 말하면 정말 사람인지도 모르겠습니다."

"푸하! 그렇겠죠. 여기에 있을 때도 사람처럼 안 보였으니까. 물론 좋은 의미로 말입니다. 여기가 멀쩡히 남아 있을 수 있는 건 모두 스승님 덕분이니까요."

"아까 사단장님에게 들었습니다."

이 중위가 새삼스러운 얼굴로 고개를 끄덕이며 대답했다.

"저희도 마찬가지입니다. 레온 님이 아니었다면 우리는 물론, 우리를 받아 준 아스탈로드라는 영지라는 곳까지 엄청난 피해를 줄 뻔했습니다. 아, 그러고 보니 사단장님이 너무 흥분한 얼굴로 말씀하셔서 깜빡하고 제대로 여쭤보지를 못했군요. 이쪽은 어떻습니까? 혹시 근처의 영지와 문제는 없습니까?"

"네, 다행히 저희 쪽에는 레온 님에게 이계어를 배운 분이 계셔서 큰 충돌 없이 교류하고 있습니다. 뭐 아직 경계하는 분위기고, 외곽에 배치해 둔 자주포의 반 이상이 장식이라는 걸 알게 되면 어떻게 나올지 모르겠지만."

"장식요?"

"그게……."

이 중위의 질문에 박일우가 잠시 머리를 긁적이다가 한숨을 불었다.

"보시다시피 이곳은 다른 지역과 달리 이번 사태의 영향을 거의 안 받았습니다. 아니, 안 받았다고 생각하고 있었지만, 느리게 진행되고 있었습니다. 특히 오크 떼의 습격을 받은 이후로는 그 속도가 급격해 빨라져서 몬스터 기름만으로는 막을 수가 없어졌습니다. 발전기도 이미 몇 대나 정지해 버렸죠."

"그럼 가로등까지 켜는 건 좀 힘들지 않습니까?"

"아, 그건 큰 문제가 없습니다. 이미 그중 일부는 마력로로 대체되었으니까요."

"마력로?"

"저도 설명할 정도로 많이 아는 건 아니지만, 마석을 원료로 마력을 전기 에너지로 바꾸는 기계라고 하더군요. 사단장님이 말씀한 통신기도 그분이 만든 겁니다."

이 중위의 가장 큰 수확이 이것이다.

태영에게 남양주의 존재를 알게 된 UDT의 지휘관, 최 중령이 그를 파견한 이유는 정보 교환이 주목적이었다.

그리고 이곳에 도착하고 나서야 알게 되었다.

최 중령이 써 준 편지를 소중히 품에 안고 이곳까지 찾아온 이 중위의 노력이 무색하게도, 이미 남양주에는 훨씬 쉽고 빠른 방법이 개발되어 있다는 사실을 말이다.

바로 마력 변환 통신기라는 것이다.

이 중위는 이미 그, 전파를 마력으로 변환해 송수신을 할 수 있다는 구조에 대한 설명을 들었지만, 그런 건 들어도 모르니 넘어가고.

"문제는 그 통신기가 여기서 아스탈로드 영지까지 닿느냐인데……."

"그건 저희도 아직 20~30킬로미터 거리까지밖에 확인해 보지 않아서 장담할 수 없겠네요. 일단 사단장님도 출력을 최대한 높여서 만들어 달라고 부탁해 두셨다고 했지만, 직접 확인해 보는 수밖에 없겠죠."

남일우와 이 중위가 찾아가는 곳이 바로 그 통신기의 제작자, 한지영의 공작소였다.

그리고 잠시 후 공작소 앞에 도착했을 때였다.

"뭐죠, 저건?"

이 중위가 고개를 들어 올리며 물었다.

공작소 위로 50센티미터 정도 되는 크기의 풍선 수십 개가 날아오르고 있었다.

"글쎄요? 저도 처음 보는 거라…… 일단 들어가 보죠."

고개를 갸웃거리던 박일우는 잰걸음으로 공작소 안으로 들어갔다.

한지영은 마당에서 그 풍선을 바라보고 있었다.

"한 박사님, 뭡니까, 저 풍선은?"

박일우의 목소리에 고개를 돌린 한지영이 씨익 웃었다.

"일종의 중계기예요."

"중계기?"

"며칠 전에 사단장님이 140킬로미터 이상 되는 거리까지 교신이 가능한 통신기를 만들어 달라는 부탁하셨잖아요. 하지만 아무래도 그 거리는 힘들 것 같아서 고민하다가 떠올랐죠. 중계기를 만들면 140이 아니라 그 이상도 통신 범위를 넓힐 수 있겠다고 말이에요."

"저걸로 말입니까?"

"물론이죠. 저기에는 전파를 마력으로, 마력을 전파로 변환하는 장치가 붙어 있어요. 전에 말했죠? 이계의 환경에서는 일반 전파의 전송 범위가 극도로 짧아진다고. 하지만 누군가 아직 핸드폰 따위를 가지고 있고, 저 중계기 근처에서 사용한다면…….”

“핸드폰? 아니, 잠깐만요. 그럼 꼭 한 박사님이 만든 통신기가 아니라도 교신할 수 있다는 말입니까?”

“그건 아직 모르죠. 아직 멀쩡한 핸드폰을 가지고 있는 사람이 있을지도 모르겠고. 하지만 내가 만든 통신기의 교신 범위는 확실히 넓어지겠죠.”

“됐습니다!”

이 중위가 환한 얼굴로 환호성을 터뜨렸다.

한지영이 고개를 갸웃거리며 물었다.

“누구예요? 이 사람은?”

“아, 아직 못 보셨군요. 이분이 며칠 전에 아스탈로드라는 영지에서 오셨다는 이 중위님입니다. 부탁드린 통신기를 찾으러 오셨죠.”

“통신기?”

“네, 통신기. 그걸 실험해 보려고 저런 중계기인지 뭔지를 만든 거 아닙니까?”

이어지는 말에 한지영이 다시 고개를 갸웃거렸다.

그리고 잠시 후.

“……아!”

그 입에서 불안하기 짝이 없는 목소리가 흘러나왔다.

슬기로운 헌터 생활

삐이이이-!

하늘 저편에서 들려오는 경쾌한 울음.

태영에게 모든 소식은 이렇게 먼저 하늘에서 들려온다.

이번에도 마찬가지다.

그 방향으로 고개를 돌리자 잠시 후 넓게 펼쳐진 초원 너머로 성벽의 실루엣이 떠오르기 시작했다.

"이제야 도착했군."

그러나 반가워하는 목소리는 다른 곳에서 흘러나왔다.

흑영을 탄 태영과 보조를 맞춰 이동하는 마차 위에 앉아 있는 중년인이었다.

그의 이름은 핫산, 도중에 다른 볼일이 없으면 용돈벌이라도 해야 한다는 태영의 생활관에 따라 호위를 맡은 상인이었다.

“무탈하게 목적지에 도착할 수 있다는 건 항상 감사하게 생각해야 할 일이지. 고맙게 생각하네.”

“그건 제가 드려야 할 말이죠. 딱히 한 일도 없으니까. 이미 정원을 채웠는데도 추가로 받아 주셨다고 들었는데, 되레 미안한 생각이 들 정도입니다.”

“그렇게 생각할 필요는 없네. 만일을 위해 자네들을 고용했지만, 그런 일은 일어나지 않는 게 더 좋은 일이 아니겠나? 그러고 보면 나도 이제 상인으로서 제법 감이 생긴 모양이야.”

“네?”

“저 매 말이네. 나도 이 바닥에서 수십 년을 굴러먹어서 세계 곳곳에 안 다녀 본 곳이 없지만, 대부분 파란 새는 길조(吉鳥)로 추앙받지. 그래서 자네 어깨에 앉아 있던 매를 봤을 때 직감했네. 저 친구와 동행하면 행운이 따르겠다고 말이야.”

그 말은 의외로 사실에 가까웠다.

얼마 전 청영은 마침내 진화에 성공했지만, 외견상으로는 별다른 변화가 없었다.

그러나 내면적으로는 엄청난 변화가 일어났고 이에 가장 민감하게 반응하는 게 몬스터였다.

명확한 약육강식의 세계에서 살아가는 놈들이니까.

삐이이이-!

이 울음만으로도 누가 먹히는 쪽인지 알아 버리는 것이다.

이에 플랑크톤 수준의 그라울은 물론, 딴에는 제법 어깨에 힘주고 다니는 레드 울프 같은 몬스터도 청영의 울음을 듣자마자 기겁하며 도주!

-길조라…….

그리모어는 그 명칭에 뭔가 딴지를 걸고 싶은 모양이지만, 청영 덕분에 편안한 여행길이 된 건 분명한 사실이다.

물론 핫산이 그런 것까지 꿰뚫어 보고 한 말은 아니겠지만, 그와는 별개로 상인으로서 제법 감이 좋다는 말도 사실일 확률이 높았다.

대형 마차를 10대나 소유한 카라반은 아무나 될 수 있는 게 아니니까.

"우리끼리 하는 말이지만, 그 직감을 좀 더 믿을 걸 그랬어. 그랬다면 굳이 호위를 7명이나, 그것도 자네의 두 배나 되는 보수로 고용할 필요가 없었을 테니 말이야."

그만한 규모다 보니 호위도 태영만 있는 게 아니다.

반대쪽에는 6명의 헌터가 따라붙고 있었다.

그러나 순서를 따지자면 그들이 먼저 고용되었고, 또 태영과 사이도 나쁘지 않은지라 이렇게까지 말하면 대꾸하기가 뭐하지만 어쨌든.

"하지만 뭐, 원래 호위는 보험이니 불평할 일은 아니지.

또 좋은 정보도 얻었고. 곧 아스탈로드 영지에 드워프제 미스릴 무구가 대량으로 풀릴 조짐이 있다니, 그 정보가 사실이라면 정말 이번 여행길은 행운이 함께한다고 해도 좋겠지."

태영이 틈틈이 이런 홍보를 해 온 이유도 그 때문이다.

"대체 그런 정보는 어디서 얻은 건가?"

"노블핸드에 친분이 있는 드워프가 있습니다. 하지만 바로 될 것 같지는 않더군요. 빨라도 두어 달은 걸릴 거라고 들었습니다."

"그게 핵심이지. 아직 일어나지 않은 일이야말로 돈이 되는 정보라고 할 수 있으니까. 아니, 그런 정보를 돈으로 바꾸는 게 바로 상인의 역량이라는 거지."

핫산은 확실히 그런 역량이 있어 보이니까.

타이밍만 잘 맞아떨어지면 그 말대로 짭짤하게 벌 수 있을 테고, 그 돈의 일부는 태영의 주머니로 흘러들어 와 몸과 마음을 풍요롭게 해 줄 것이다.

-참 꼼꼼히도 챙기는군.

당연한 일이다.

어떤 세계든 인간이 사는 곳에서 돈만큼 중요한 건 없다.

물론 그렇다고 그게 첫 번째라는 말은 아니다.

"확실한 건 좀 더 자세한 내용을 확인해 봐야겠지만, 일단 감사의 말을 전해 두지."

"아닙니다. 저도 도움이 될 얘기를 많이 들었습니다."
"뭐 도움이 될 얘기가 있었는지는 모르겠지만, 대화를 많이 나누기는 했지. 꽤 즐거운 시간이었네. 하지만 아쉽게도 그것도 곧 끝나겠군. 나는 한 열흘쯤 묵다 떠날 생각이네만, 시간이 맞으면 다음 여행길도 동행하겠나? 보수는 이번의 두 배로 쳐주지."
"전 힘들 것 같습니다."
핫산의 제안에 고개를 젓는 이유가 그래서다.
어차피 호위비의 두 배라고 해 봐야 10골드 안팎의 푼돈이기도 하지만, 이번 여행 목적은 어디까지나 안전 확보!
노월 왕국을 버림받은 땅의 방패로 삼을 밑 작업을 위해서다.
그리고 간단한 절차를 거쳐 들어온 성문 너머로 펼쳐지는 이국적인 도시가 바로 그 노월 왕국의 북부 국경 도시 샤르윈.
본 무대에 들어서게 된 만큼 이제 다른 데 눈 돌릴 여유는 없었다.
"아쉽지만 할 수 없지."
이에 핫산이 아쉬운 얼굴로 말할 때였다.
동행한 헌터 파티의 리더인 랄프라는 사내가 옆으로 다가왔다.
"어이, 레온, 좀 전에 들어 보니 너도 한동안 여기서 머물 거라면서? 여기서 헌터 일이라도 할 생각이야?"

"뭐 아무래도 그렇게 되겠지."

"그럼 같이 가자. 우리도 이번 호위는 길드의 의뢰로 맡은 거라 길드부터 들러 봐야 해."

"아니, 난 그 전에 들를 데가 있어."

"그래? 그럼 나중에라도 필요하면 연락해. 처음 온 도시에서 헌터 일을 하면 종종 곤란한 일이 생길 때가 있으니까. 도울 수 있는 일이 있으면 돕지."

–영지에서도 여기서도 아주 인기 만발이군. 좀 전에 주인만 고용하는 게 좋았을지도 모르겠다고 한 핫산의 말을 듣고도 저런 말을 할 수 있을지는 모르겠지만.

태영도 그 부분은 의문이지만 어쨌든.

일부러 나서지 않아서 그렇지 태영도 마음만 먹으면 이 정도 친화력은 발휘한다.

물론 언제나 그렇듯이 예외도 있긴 하다.

"그러지."

–푼돈을 받았습니다.

짧게 대답한 태영이 이런 것 말고는 할 일이 없는 그리모어가 띄우는 메시지와 같은 보수를 챙겨 넣고 인적이 없는 골목으로 들어섰을 때였다.

"어때? 확인은 해 봤나?"

안쪽에서 낮은 목소리가 들려왔다.

태영의 친화력이 통하지 않는다는 예외가 바로 이 녀석이다.

어두운 골목 안쪽의 벽에 기댄 채 태영을 바라보는 사내.

검은 옷에 검은 복면, 그리고 틀림없이 그 속도 시커멀 암살자 미스트였다.

그러나 인제 와서 새삼 따질 생각은 없고, 그럴 상황도 아니었다.

미스트가 한 말처럼 이곳으로 오는 사이에 핫산을 통해 확인해 봤기 때문이다.

"그래, 네 말대로 1왕자는 아직 살아 있다고 하더군."

그리고 뒤늦게 알게 되었다.

'이전 회귀에서는 항상 죽어 있었지만, 지금은 살아 있는 사람…….'

태영은 이미 그런 사람을 알고 있었다.

바로 그라디오스 후작.

'내가 그라디오스 후작을 살릴 수 있던 건 이번 회귀의 시점이 이전보다 두 달 이상 빨라서였다. 내가 알던 1왕자의 사망 시점에 정확히 언제였는지까지는 알 수 없지만, 그게 만약 그사이의 시간대에 있었던 일이라면…….'

있을 수 있는 일이다.

그리고 이번에 확실히 깨닫게 되었다.

이전처럼 태영 혼자 회귀한 게 아닌, 대격변으로 아예 세상이 바뀌어 버린 지금은 과거의 기억도 완전한 참고서가 될 수 없다는 사실을 말이다.

그러나 새삼 낙담할 일은 아니었다.

말했듯이 태영은 과거의 기억에만 기댈 생각이 없으니까.

더 가까운 국경을 두고 멀리 돌아서 여기, 북부 국경 도시 샤르윈을 통해 노월 왕국에 들어온 이유가 그 때문이다.

"그래서? 이제 어쩔 생각이지?"

"내가 알던 것과는 상황이 다르니 계획도 조금은 수정하는 수밖에 없겠지."

"조금 정도로 되겠나?"

"그 정도면 돼. 둘이 셋으로 늘어났다고 찍어 둔 사람을 바꿀 생각은 없으니까. 그게 누군지는 너도 이미 짐작하고 있을 거 아니야."

"그럼……."

"일단 너는 바로 왕도로 가 줘야겠다. 거기서 네가 무슨 일을 해 줘야 할지까지는 굳이 말할 필요가 없겠지?"

"정말 해 볼 생각인가? 너도 여기로 오는 길에 대강은 들었을 텐데? 그럼에도 가망이 있다고 생각하는 건가?"

"그렇게 말하는 너도 알고 있잖아. 내가 원하는 걸 얻기 위해서는 그 외에는 다른 선택지가 없어."

"나는 가망이 있냐고 물었다."

"그거야 네가 뭘 물어다 주느냐에 따라 다르겠지."

태영의 대답에 잠시 미간을 찌푸리며 바라보던 미스트가 낮은 목소리로 중얼거렸다.

"네가 주제넘은 일을 하다가 팔이 잘리든, 다리가 잘리든 내가 알 바는 아니지만, 머리는 확실하게 관리해라. 넌 내게 빚이 있으니까."

그리고 그대로 미끄러지듯이 골목 사이로 들어갔고, 그대로 사라졌다.

-뭐라는 거야?

"죽지 말라는 말이지."

태영이 피식 웃으며 골목을 돌아 나올 때였다.

-아니, 저 녀석 말고 주인이 한 말 말이다. 다른 선택지가 없다는. 그거 1왕자를 얘기하던 거 아니었어? 그 녀석은 몇 달 전에 국경 분쟁에 참전해서 죽을 뻔하다가 살아난 뒤로 병사들에게 영웅으로 떠받들어지고 있다며? 그래서 지금까지는 중립을 유지하고 있던 귀족들도 많이 넘어가 지금은 가장 유력한 국왕 후보라고 말이야.

그리모어가 핫산에게 들었던 말을 새삼 구구절절이 늘어놓으며 따져 물었다.

-그럼 볼 것도 없이 1왕자잖아. 그리고 1왕자는 왕도에 있고. 그럼 미스트만 보낼 게 아니라 같이 가야 하는 거 아니야? 주인도

그랬잖아. 될 놈을 밀어줘야 하는 법이라고.

그리고 그런 말을 한 적이 있는 것도 사실이지만.

"1왕자는 안 돼."

대로로 나온 태영은 그대로 걸음을 옮기며 말을 이었다.

"방금 네가 한 말이 이유야. 1왕자는 이미 가장 유력한 국왕 후보라는 거. 이미 반 이상 국왕이 됐다고 생각하고 있을 사람이 뭐가 아쉬워서 정체도 모르는, 그것도 버림받은 땅을 영지로 인정해 달라는 요구까지 들어주며 날 받아 주겠어?"

–어? 그건 그렇군. 그럼 2왕자인가?

"2왕자도 안 돼."

태영은 1왕자가 죽었다고 생각하고 있을 때도 2왕자는 조금도 염두에 두지 않고 있었다.

그에게는 심각한 결격 사유가 있기 때문이다.

바로 둘째 부인의 아들이라는 것.

물론 국왕이 여러 부인을 두는 건 특별한 일도 아니고, 실력 지상주의를 외치는 노월 왕국에서 그런 건 문제가 되지 않는다.

태영이 지적하려는 부분도 그런 게 아니다.

"2왕자의 모친인 현 국왕의 둘째 부인은 아르키네아 제국의 귀족 출신인 에스메랄다, 왈드 공작의 질녀(姪女)야."

–응? 왈드 공작이라면…… 아, 맞다! 그 올란인지 뭔지 하는 놈과 카자드라는 놈이 따른다는 귀족이잖아. 하! 뭐 이런…… 그 자식

은 똥파리냐? 냄새나는 곳에 알 까 놓는 것도 아니고, 왜 뭔가 할 때마다 그 자식 이름이 나오는 거야?

원래 그런 거다.

그 정도 지위에 있으면, 아니 그 정도 지위까지 올라가려면.

주변의 유력한 왕가나 귀족과 혈연관계를 맺어 두는 건 기본 중의 기본이지만 어쨌든, 미스트를 혼자 왕도로 보낸 이유가 그 때문이다.

－아니, 잠깐. 뭐야? 그럼 주인이 밀겠다는 왕자가…….

"물론 3왕자지."

그밖에 남지 않으니까.

미스트의 첩보 능력을 활용할 상대도 1, 2왕자라는 말이다.

3왕자를 차기 국왕으로 밀어 올리기 위해서.

－아니, 확실히 1, 2왕자가 안 되면 다른 놈이 없기는 하지만…… 주인도 들었잖아. 지금 제일 잘나가는 건 1왕자고, 2왕자는 그보다 못해도 엄마 친정 쪽의 백이라도 있지만, 3왕자는 개뿔도 없다고. 그래서 진즉에 왕위 쟁탈전을 포기하고 변경의 별궁으로 내려가 처박혀 있다고 말이야. 주인이 나선다고 그런 녀석을 국왕으로 만들 수 있겠어? 애초에 할 맘도 없는 놈이잖아.

뭐 이런 사소한 문제가 있긴 하지만.

"하게 될 거야."

태영도 단순히 소거법으로 3왕자를 선택한 건 아니다.

'분명 지금의 이계는 내가 기억하는 이계와는 다르다. 하지만 그 시점은 과거 내가 회귀하던 시점의 두 달 전, 즉 그 이전까지는 같다는 말이다. 그렇다면…….'

지금까지 태영은 노월 왕국과 특별한 인연이 없었다.

그러나 과거에 벌어졌던 왕위 쟁탈전의 결과 정도는 알고 있었다.

1왕자가 없던 당시 군부와 귀족 대부분이 지지한 건 2왕자였고, 결과 역시 2왕자의 승리였다.

그러나 그 일이 노월 왕국에 관심이 없던 태영의 귀까지 들려온 건 그런 뻔한 결과 때문이 아니었다.

당시에도 모든 면에서 열세였던 3왕자가 2왕자를 몇 번이나 궁지에 몰아넣을 정도로 분투한, 노월 왕국 역사상 가장 치열했던 쟁탈전으로 기록되어 있기 때문이다.

'그런 남자가 기반에서 밀렸다고 순순히 포기하고 물러날 리가 없다. 역사는 몇 달 사이에 바뀌어도 사람의 성격은 그렇게 쉽게 바뀌는 게 아니야. 아니, 설사 바뀌었다고 해도 상관없다. 그렇게 쉽게 바뀌는 성격이라면 다시 바꿔 놓으면 그만이다, 내가!'

태영은 이미 마음을 정했고, 바꿀 생각이 없었다.

-하게 될 거라니…… 그건 대체 또 무슨 자신감인지 모르겠지만, 이제 적어도 왜 멀리 돌아서까지 여기에 왔는지는 알겠군.

이쯤 되면 그리모어도 당연히 알 수밖에 없었다.

3왕자가 왕위 쟁탈전을 포기하고 처박혀 있다는 별궁이 있는 변경 도시가 바로 여기, 샤르윈이니까.

-그런데 말이다. 인제 와서 주인이 하겠다는 일에 참견할 생각은 없지만, 그 녀석은 이미 할 맘 자체가 없는 거잖아. 차라리 1, 2왕자라면 모를까, 의욕도 없는 놈을 찾아가 왕위 쟁탈전이니 뭐니 한다고 만나 주기나 하겠어?

"당연히 힘들겠지."

-그런데?

"들었잖아. 3왕자가 왜 굳이 샤르윈의 별궁으로 왔는지 말이야."

-그야…… 이 주변에 유적이나 던전이 많아서라고 들었지. 예전부터 가끔 잘나가는 헌터를 초대해 남이 죽을 고비를 넘기며 고생한 얘기를 듣는 악취미가 있는 놈이라서.

보통 그런 걸 짧게 줄여서 모험담이라고 하지만 어쨌든.

"그럼 답은 바로 나오잖아."

태영이 우뚝 걸음을 멈추며 대답했다.

샤르윈의 중앙 광장 끝자락에 자리 잡은 커다란 석조 건물 앞이었다.

헌터 길드(샤르윈)

그 간판에는 이런 글자가 새겨져 있었다.

"잘나가는 헌터가 되는 거지."

—인제 와서 헌터 일을 하겠다고?

"랄프하고 얘기할 때 딴 데 있었냐? 그때도 말했잖아. 그렇게 될 거라고."

—아니, 하지만…….

그리모어는 할 말이 많은 모양이다.

그리고 그게 어떤 말일지도 대강 짐작이 가지만, 일일이 대답하려면 다시 처음부터 같은 얘기를 해야 할 게 뻔한지라 패스.

끼익—!

태영은 문을 열고 안으로 들어섰다.

헌터 길드의 역할은 일반인의 의뢰를 중개해 주는 것만이 아니다.

일정 수준 이상 경력을 쌓은 헌터는 그보다는 일확천금을 노릴 수 있는 유적 탐사에 더 관심이 많고, 같은 이유로 무수히 죽어 나간다.

그런 사망률을 낮추기 위해 관련 정보와 파티원을 연결해 주는 것도 헌터 길드의 주 업무.

그 때문에 길드에는 항상 일정 수 이상의 헌터가 모여 있었고, 문밖에서도 웅성대는 소리가 들릴 정도로 소란스러웠다.

그러나 태영이 들어서자 빠르게 잦아들기 시작했다.

"누구지? 알아?"

"아니, 나도 처음 보는 녀석인데?"

헌터에게 동업자는 잠재적 동료이자 경쟁자.

그만큼 뉴페이스의 등장에 더 예민할 수밖에 없었다.

그러나 태영은 새삼 동료를 만들 생각도 없고, 그들과 경쟁하고 싶은 생각도 없었다.

이에 사방에서 날아드는 시선을 무시하고 접수대로 직행.

"일거리를 찾아왔습니다."

"그럼 먼저 헌터 등록증을 보여 주겠나?"

"여기 있습니다."

조금 살집이 있는 접수원의 말에 태영은 거침없이 두루마리를 꺼내 건네주었다.

[이름 : 레온] [헌터 등급 : F] [출신 : 아스토리아]

두루마리에는 달랑 이런 내용만 적혀 있었다.

그러나 헌터 길드가 고작 이 몇 줄을 적어 넣기 위해 두루마리를 사용하는 게 아니다.

이 두루마리는 헌터 길드만이 사용하는 수정구의 비춰야 드러나는 은닉 문자를 새길 수 있는 특수한 재질로 되어 있었다.

곳곳을 떠돌아다니는 헌터의 특성상 활동 이력을 증명해야 할 일이 많지만, 때로는 공공연히 드러낼 수 없는 정보도 있어서다.

이에 접수원이 태영에게 받은 두루마리를 수정구에 비치는 순간!

"F급에, 활동 이력도 전혀 없군."

아무것도 떠오르지 않았다.

당연히, 발트하츠에서 받은 이후로 가방 구석에 처박아 두고 있었을 뿐이니까.

"풋!"

"기세등등하게 들어와 뭔가 있는 놈인 줄 알았는데 F급? 활동 이력도 없으면 대체 헌터 등록은 왜 한 거야?"

"가끔 있잖아. 헌터를 무슨 소설에서 나오는 주인공 같은 직업이라고 착각하는 녀석들 말이야. 그래서 등록은 해 뒀는데 막상 뭔가 해 보려니 겁이 났나 보지. 그러다 돈이 궁해지자 다시 생각난 거고 말이야."

"아, 그래. 있지, 있어. 근처 유적지 입구만 가 봐도 그런 녀석들 시체가 즐비하지."

"안쓰럽구먼."

조용하던 홀에 이런 말들이 툭툭 튀어 올라오기 시작했다.

–뭐라는 거야, 저 똥파리 같은 놈들이? 주제도 모르고 얻다 대고…… 주인! 저딴 말을 듣고도 가만히 있을 거냐?

물론 가만히 있을 생각이다.

헌터로서의 경력만 놓고 보면 틀린 말도 아니니까.

게다가 좋든 싫든 태영은 한동안 이곳에서 헌터 생활을 해야 하는 처지.

시작도 하기 전에 길드 죽돌이들과 마찰을 일으키는 건 슬기롭지 못한 일이다.

그러니 깔끔하게 무시.

"이력은 이제부터 쌓을 생각입니다. 일거리가 있습니까?"

"저쪽 게시판으로 가 봐."

–이 자식까지…….

바로 태도가 돌변해 귀찮다는 듯이 팔을 휘젓는 접수원도 마찬가지다.

"일일이 흥분할 필요 없어. 처음 시작하는 헌터는 어딜 가나 대부분 이런 식이니까. 헌터는 실적이 곧 품격이다. 대우받고 싶으면 그만한 실력을 증명하면 되는 거야."

따라서 지금 문제는…….

줄무늬 그라울 사냥[F 등급 전용]

샤르윈 인근에 서식하는 줄무늬 그라울의 가죽을 최소 20장 이상 납품.
[의뢰인 : 샤르윈 경비대] [기간 : 의뢰 수락부터 2일] [보수 : 5골드+α]

희귀 식물 채취[F 등급 전용]

샤르윈 동부의 절벽에 자생하는 투룰이라는 버섯을 최소 10개 이상 채취해 납품.

※절벽에 데드 윙의 서식지가 있으니 주의

[의뢰인 : -] [기간 : 의뢰 수락부터 2일] [보수 : 15골드+α]…….

이쪽이다.

- 실력 증명? 이런 거로?

헌터라고 아무 의뢰나 받을 수 있는 게 아니다.

늘어나는 사망률을 줄이기 위해 등급에 따라 받을 수 있는 의뢰가 정해져 있었다.

그리고 F급이 받을 수 있는 의뢰는 딱 이 정도 수준.

실력 증명도 먼저 이런 의뢰를 처리하며 차곡차곡 등급을 올려야 시도해 볼 기회라도 생긴다는 말이다.

'내 기억대로라면 국왕이 왕위 쟁탈전의 과제를 발표하는 건 약 한 달 뒤였다. 하지만 이미 역사가 조금씩 바뀌고 있으니 이제 그것도 장담 못 해. 거기에 현재 3왕자의 상황까지 고려하면 최대한 서둘러야 한다.'

그러나 태영은 시간 여유가 없는지라.

투두두둑-!

태영은 사모님의 백화점 쇼핑 스타일로 한 줄을 통째로 잡아 뜯었다.

그리고 화들짝 놀라는 접수원에게 내밀며 말했다.

"이 의뢰들을 접수해 주십시오."

"이, 이 의뢰를 모두 한꺼번에 받겠다는 말인가?"

"문제라도 있습니까?"

"문제라기보다…… 의뢰서를 제대로 보기는 한 건가? 의뢰는 모두 기간이 정해져 있어. 설사 제대로 일을 해도 기간을 넘기면 실패 처리가 되고, 그게 모두 이력으로 남는다는 말이네. 묵혀 두던 헌터증을 들고 찾아온 걸 보면 그만한 사정이 있겠지만……."

"설치지 마라, 신입."

그때 뒤에서 투박한 목소리가 들려왔다.

고개를 돌리자 얼굴에 굵은 상처가 그려진 사내가 태영을 바라보고 있었다.

"어디서 굴러먹다 왔는지는 모르겠지만, 남 생각도 해야지. 네가 그런 식으로 하지도 못할 의뢰를 몽땅 가져가 버리면 다른 사람은 어쩌라는 거냐?"

"이 중에 관심이 있는 의뢰라도 있었나?"

"의뢰서에 적혀 있잖아. 그건 너 같은 풋내기를 배려한 F등급 전용 의뢰라고 말이야. 나 같은 C급은 받고 싶어도 못 받지."

"그럼 참견하지 말아 줬으면 좋겠군."

"뭐?"

우쭐한 얼굴로 대답하던 사내의 얼굴이 와락 일그러졌다.

"하! 이거, 오랜만에 제대로 근성 있는 놈을 만났네. 아직 헌터 일은 해 본 적도 없는, 그것도 여기 처음 온 신입이 선배의 충고를 저렇게 돼먹지 않은 얼굴로 무시한다……."

사내가 기가 찬 얼굴로 중얼거리며 몸을 일으켰다.

그리고 성큼성큼 걸어와 태영의 앞에 흉터가 그려진 얼굴을 바짝 들이밀며 말을 이었다.

"뒈지고 싶냐?"

– 호오, 겁나는 얼굴이군. 그래, 이런 게 말로만 듣던 신고식이라는 건가? 어쩌지, 주인? 이 자식, 아무래도 작정한 모양이야! 그냥 넘어갈 수 없겠다고!

그리모어는 즐거운 목소리로 말했다.

물론 태영에게는 그저 귀찮은 일일 뿐이었지만.

"어? 레온, 따로 들를 데가 있다더니 우리보다 먼저…… 응? 뭐야? 분위기가 왜 그래?"

귀에 익은 목소리가 들려온 건 그때였다.

슬쩍 시선을 돌려 보자 샤르윈까지 동행한 랄프 일행이 들어서고 있었다.

그리고 뒤늦게 분위기를 파악하고 황급히 뛰어왔고…….

"어이, 제드, 왜 그래?"

"랄프로군. 너, 이 자식과 아는 사이냐?"

"샤르윈으로 돌아올 때 동행한 사이야. 무슨 일 있었어?"

"네가 참견할 일이 아니다. 난 그저 선배로서 해야 할 일을 하려는 것뿐이니까. 타지에서 굴러들어 온 신입이 주제도 모르고 설쳐 대면 어떻게 되는지 말이야."

"그건 아니지."

"뭐?"

"정확히 무슨 일인지는 모르겠지만, 이 친구는 내가 좀 알아. 물론 너도 잘 알고. 그럼 누가 먼저 시비를 걸었는지는 바로 답이 나오지. 뭐, 그런 것도 나름 전통이라면 전통이니까 뭐라고 할 생각은 없는데, 난 이 친구에게 곤란한 일이 생기면 찾아오라고 한 지 아직 1시간도 안 지났다고. 그러니 이번에는 내 얼굴을 봐서 그냥 넘어가 줘."

"내가 왜 나보다 낮은, D급에서 버둥대는 네놈의 얼굴을 봐서 넘어가 줘야 하지?"

"뭐? 그런 식으로 말하면 나도 그냥은 못 넘어가는데……."

"그건 네 자유지. 얌전히 할 일이나 하고 꺼지든가, 저놈과 함께 이참에 너희도 제대로 된 선배에 대한 예우를 배우든가."

"누가 선배야? 헌터는 내가 먼저 시작했다고."

"그런데도 여전히 D급이고 말이야. 벌써 한 2년쯤 됐지? 슬슬 그만둘 때가 된 거 아닌가?"

"이 자식이 정말 말끝마다……."

상황을 한층 악화시켰다.

-이 녀석들, 처음으로 마음에 들기 시작하는군.

랄프의 주위로 모여드는 파티원과 제드의 뒤에서 몸을 일으키는 사내들을 보고 하는 말이다.

그리고 그러는 동안에도 불꽃 튀는 눈싸움을 벌이며 점차 거리를 좁히던 랄프와 제드의 얼굴이 부딪칠 정도로 가까워졌다.

'……할 수밖에 없나?'

태영이 한숨을 불어 내며 끼어들려 할 때였다.

돌연 한 줄기 섬광이 닿을 듯이 붙어 있는 랄프와 제드의 코앞을 가로질렀다.

핑- 팍!

동시에 그 뒤쪽에서 울리는 소리.

"헉! 무, 무슨……."

기겁한 랄프와 제드가 돌아보는 벽에는 화살 한 대가 박힌 채 파르르 떨리고 있었다.

그러나 그때, 태영은 반대쪽을 바라보고 있었다.

후드를 눌러쓰고 구석에 자리 잡은 테이블에 앉아 있는 사람.

바로 그 사람이었다.

웅성대는 10여 명의 사람 틈을 비집고 날아와, 거의 닿을 듯이 붙어 있는 랄프와 제드의 코를 스치듯 지나 벽에 박힌 화살을 날린 사람이 말이다.

'저 사람은…….'

동시에 태영과 그의 눈이 마주쳤지만.

"레, 레이븐?"

뒤이어 들려오는 목소리에 사내가 고개를 돌렸다.

당황한 얼굴로 돌아보는 랄프와 제드의 입에서 나온 목소리였다.

그러나 사내는 눈길조차 주지 않고 접수원을 바라보았다.

"이 길드에 한 번에 여러 개의 의뢰를 받으면 안 된다는 규칙이라도 생긴 건가?"

"아, 아닙니다."

"그럼 문제 될 건 없겠군. 안 그런가?"

사내의 눈이 랄프와 제드로 향한 것은 그다음이었다.

"대답은?"

"……네, 그렇죠."

슬금슬금 눈길을 피하던 제드가 쥐어짜듯이 대답하며 물러났다.

랄프도 마찬가지였다.

"레온, 나가자."

사내가 더는 관심이 없다는 듯이 다시 고개를 돌리자 황급히 태영을 끌고 나왔다.

-나 이런…… 대체 저 자식은 또 뭐야? 한창 재미있어지고 있

는데 왜 끼어들어서 잿가루를 뿌리는 거야?

잿가루를 뿌려 준 건 고맙지만, 태영도 궁금해지기는 했다.

"누구지, 방금 그 사람은?"

"레이븐이라고, 이 길드의 유일한 A급 헌터야."

"A급이라……."

조금 전 제드는 등급을 들먹이며 랄프를 무시했지만, 사실 C급과 D급은 큰 차이가 없었다.

그러나 B급 이상이 되면 얘기는 달라진다.

보통 C급까지는 성공한 의뢰만 많으면 올라갈 수 있지만, B급부터는 길드에서 지정한 특수한 의뢰를 해결해야 승급할 수 있다.

그리고 A급은 거기에 업적이라고 부를 수 있을 만한 일을 해내야 오를 수 있는 등급.

'일단 평범한 느낌은 아니기는 했지만…….'

"아직 F급인 네가 그럴 일은 없겠지만, 여기서 한동안 헌터 생활을 할 생각이면 저 엘프와는 얽히지 않는 게 좋아."

"엘프라고?"

"그래, 조금 전에는 후드를 쓰고 있어서 제대로 못 봤겠지만, 엘프야."

"흠, 노월 왕국 사람이 이종족을 싫어하는 건 알지만……."

"그래서 하는 말이 아니야. 난 차별주의자도 아니고. 하지만 레이븐은 좀 찜찜한 소문이 있어. 도움을 받은 처지에 뒷담화하듯이 말하기는 싫고 남의 일을 가지고 이러쿵저러쿵 떠들고 싶지도 않지만, 널 생각해서 하는 말이니 꼭 기억해 둬."

길드 쪽을 힐끔대며 대답한 랄프가 다시 태영을 돌아보며 물었다.

"그런데 대체 제드가 뭐로 시비를 건 거야?"

이에 태영은 길드 안에서 있었던 일에 대해 대강 설명해 주었다.

"뭐? 야, 너 그건……."

랄프 일행은 태영이 의뢰서 다발을 들이밀었을 때의 접수원과 같은 얼굴이 되었다.

그리고 더 놔두면 같은 말까지 듣게 될 것 같은 분위기인지라.

"1절만 해. 도와 달라는 말은 하지 않을 테니까."

"아니, 하지만 F급 의뢰는 대부분 기간이 이틀 정도로 정해져 있어. 상식적으로 10개 되는 의뢰를 할 수 있겠냐고."

물론이다.

태영은 이틀도 너무 길다고 생각하고 있었다.

사실 F급은 정식 헌터라고 말할 수도 없었다. 등록만 하면 누구나 될 수 있으니까.

즉, F급에서 E급으로 넘어가는 과정은 정식 헌터가 되기 위한 시험 기간 같은 것.

태영은 그런데 이틀이나 허비할 생각이 없었다.

"그럼 이만 가 봐야겠군."

"가다니? 어딜?"

"그야 당연히 의뢰지. 그럼 다음에 보자고."

"이제 곧 저녁이라고."

"난 오늘 일을 내일로 미루지 않는 성격이라서."

빙긋 웃으며 대답한 태영은 성문 근처에 맡겨 둔 흑영을 찾아 다시 성문을 나왔다.

"자, 시작해 볼까?"

태영의 헌터 생활이 시작되었다.

두두두두-!

어둠이 깔리기 시작한 초원.

한 필의 흑마가 정적을 깨뜨리며 빠른 속도로 질주했다.

때때로 그 앞에 크고 작은 둔덕이나 자갈, 아무렇게나 쓰러져 있는 나무 따위가 나타났지만, 흑마의 속도는 한순간도 줄어들지 않았다.

놀랍도록 가벼운 몸놀림으로 뛰어넘으며 되레 한층 가속하며 질주!

당연히 아무 말이나 할 수 있는 일은 아니다.

그 말은 흑영, 최강 최속으로 불리는 베리언트종의 군마고, 주인인 태영이 그 능력을 제대로 발휘할 수 있는 승마술을 갖추고 있기에 가능한 일이다.

"아주 펄펄 나는군. 핫산과 동행하는 동안 짐마차에 속도를 맞추느라 제대로 달려 본 적이 없어서 꽤 스트레스가 쌓였던 모양이야."

-그렇다고 흑영 스트레스나 풀어 주려고 나온 건 아닐 거 아니야.

"그야 그렇지."

-뭐 F급이니 뭐니 하는 걸 따지기 전에 고작 그런 일에 시간을 끌 필요는 없겠지만, 무턱대고 서두른다고 될 일도 아니잖아. 방향은 제대로 정해 두고 가는 거야?

물론이다.

그리모어는 모르겠지만, 태영도 손에 잡히는 대로 의뢰서를 뜯은 게 아니다.

게시판 앞에 섰을 때 이미 모두 파악했다.

의뢰 내용과 지역은 물론, 그 동선까지. 태영이 뜯은 의뢰서는 그중에서 엄선한, 하나의 경로로 연결해 처리할 수 있는 의뢰들이었다.

사방팔방 흩어져 있는 의뢰를 받아 이동 시간을 늘리는 건 슬기롭지 못한 일이니까.

물론 그것도 태영처럼 굳이 일을 고를 필요가 없는 사람이나 할 수 있는 일이지만 어쨌든, 그리모어가 모르는 건 하나 더 있다.

지금 태영은 의뢰를 시작하기 위해 가는 게 아니라는 것이다.

의뢰는 이미 성문을 나왔을 때부터 시작되었고.

삐이이이—!

흑영이 질주하는 초원 너머의 숲에서 들려오는 청영의 울음이 그 대답이다.

그리고 태영이 그곳에 도착했을 때.

—흠…….

—[줄무늬 그라울 사냥] 완료!

그리모어의 침음성과 함께 눈앞에 이런 메시지가 떠올랐다.

"뭐야, 이건?"

—나도 뭔가 해야지. 보아하니 이번에도 이런 것 말고는 딱히 할 일도 없을 것 같으니까.

뭐 그렇기는 하다.

삐이! 삐이!

귀여운 소리를 내며 퍼덕대는 청영의 아래에 수북이 쌓여 있는 게 바로 방금 떠오른 의뢰의 목표, 줄무늬 그라울 떼의 사체니까.

"수고했다."

태영이 할 일은 고작 이 정도.

청영을 쓰다듬어 주고 그라울의 가죽을 벗기는 일뿐이다.

다음 의뢰도 마찬가지였다.

"자, 그럼 다음은 동부 절벽에서 자생하는 버섯 채취인가? 내가 받아 온 의뢰 중 가장 멀리 떨어져 있지만……."

굳이 그런 의뢰까지 받은 이유는 세 가지나 된다.

첫째는 일단 거기까지 가면 돌아오는 경로에 나머지 의뢰 지역을 모두 들를 수 있어서고, 두 번째는 지금 태영이 있는 숲에서 절벽 대지까지는 평지로 이루어져 있기 때문이다.

다시 말해…….

히히히힝! 두두두두!

흑영을 제대로 달리게 해 줄 수 있다는 말이다.

"차도 때때로 제대로 액셀을 밟아 주지 않으면 제 속도를 발휘하지 못하는 법이지. 딱히 기름값이 드는 것도 아닌데 아낄 이유도 없고 말이야."

철컹! 콰콰콰콰ㅡ!

내친김에 이동 모드로 전환한 '백주의 철혈마'까지 추가!

그 덕에 흑영은 시시각각 생애 최대 기록을 갈아치우며 단숨에 목적지에 도착했다.

아득할 정도로 높은 절벽에 둘러싸인 동부 지대.

끼야아아아-!

그 주위에는 시커먼 괴조 떼가 괴성을 질러 대며 날아다니고 있었다.

의뢰서에 '※' 표시까지 해 가며 경고해 놓은 데드 윙, 단순한 버섯 채취가 헌터 길드의 게시판에 붙어 있던 이유다.

그리고 확실히 F급 헌터에게 그런 놈들이 돌아다니는 절벽에서 버섯을 채취하는 건 쉬운 일이 아니다.

그러나 F급이라고 다 같은 F급이 아니다.

태영을 거론하기 이전에…….

삐이이이-!

청영부터가 이미 F급 헌터 수준이 아니니까.

절벽이 보이기 시작할 때부터 이미 청영은 그 주위를 날아다니며 데드 윙 떼와 싸움, 아니, 학살을 자행하고 있었다.

- 아주 씨를 말리는군.

그러나 이건 절벽 아래에 쌓여 가는 데드 윙의 사체를 보고 하는 말은 아니었다.

태영에게 하는 말이다.

"투룰은 노월 왕국에서만 나는 약초야. 그래도 쓰임새가 많지 않아 엄청 귀하다고는 할 수 없지만, 생산지가 한정되어 있어서 노월 왕국 밖에서는 꽤 비싸게 거래된다고."

그게 이 의뢰를 받은 세 번째 이유다.

그런 버섯을 의뢰받은 만큼만 채취하고 돌아가는 건 헌터를 떠나 뇌 구조가 F급 이하인 사람이나 하는 짓.

당연히 태영이 그런 참담한 짓을 할 리가 없다.

태영은 그 버섯을 직접 상품화시켜 더 짭짤하게 벌 수 있는 유능한 연금술사니까.

게다가 딱히 시간이 걸릴 일도 아니었다.

팡! 팡! 팡! 팡!

이제 '에어워크'도 사용할 수 있으니까.

물론 아직 스킬로 등록할 정도로 능숙하지 않아 가끔 실수도 하지만, 그 때문이라도 이렇게 틈틈이 연습해 둘 필요가 있었다.

"의뢰도 처리하고, 투룰로 부수입도 얻고, 에어워크도 연습하고. 그야말로 일석삼조지. 아니, 흑영도 오랜만에 평야를 마음껏 달려서 스트레스를 풀고, 청영의 전투 훈련도 되니 일석오조라고 해야겠군."

이에 유유히 '에어워크'를 밟으며 절벽에 붙은 투룰을 싹쓸이!

"자, 그럼 다음은……."

딱히 이렇다 할 게 없었다.

최상위 환수 청영을 앞세우고 최강 최속의 말 흑영을 타고 F급 의뢰를 하는 건 페라리를 타고 비서와 함께 택배 일을 하는 것과 다름없는 일.

동부 절벽에서 방향을 바꾼 태영은 거의 전력 질주를 하듯이 내달리며 의뢰를 처리해 나갔다.

그 결과 동이 틀 무렵에는 다시 샤르윈의 성문 앞으로 돌아와 있었고.

–모든 의뢰를 끝냈습니다!

태영의 눈앞에는 이런 메시지가 떠 있었다.

–흠, 그 제드라는 놈과 접수원의 얼굴이 보고 싶어지는군.

역시 그리모어.

태영도 마침 같은 생각을 하던 참이다.

그러나 아쉽게도 너무 일찍 돌아온 탓인지 제드 일행은 보이지 않았다.

그래도 당연히 접수원은 자리를 지키고 있었다.

“왜 이렇게 이런 아침부터…… 아, 그렇군. 잘 생각했네. 의욕도 좋지만, 그게 욕심이 되면 곤란하지. 의욕과 욕심을 구분하지 못하는 헌터는 오래 못 사는 법이야. 그래도 자네는 가망이 있군. 이렇게 빨리 실수를 인정하고 찾아오는 것도 아무나 할 수 있는 일이 아니니까. 하지만 자네도 알고 있지? 받은 의뢰를 취소할 때는 보수의 30%에 해당하는 취소 수수료를 내야 한다는 거 말이야. 마음 같아서는 깎아 주고 싶지만…….”

“괜찮습니다.”

"그래, 규칙은 규칙이니까. 그럼……."

"다 처리했습니다."

"응? 처리라니? 내가 담당자인데 어디서 업무를 처리했다는 말인가?"

"의뢰 말입니다. 다 처리하고 왔다고요. 자, 이게 제가 받은 의뢰에 납품할 물건입니다. 확인해 주십시오."

태영은 주저리주저리 떠들어 대는 접수원 앞에 가죽과 버섯 따위를 쏟아 놓았다.

"어? 어어……어?"

접수원은 기대에 부응하는 표정을 보여 주었다.

그리고 한참 뒤.

"도와주는 사람이 있었던 건가?"

나름 필사적으로 머리를 쥐어짜 이해할 만한 해답을 찾은 모양이다.

"뭐 다른 사람의 도움을 받으면 안 된다는 규칙은 없으니 딱히 문제 될 건 없지. 하지만 명심하게. 돈은 다른 사람의 도움을 받아 벌 수 있어도 목숨은 아니야. 정말 위험한 순간이 왔을 때 믿을 수 있는 건 제 실력밖에 없다고."

그러나 태영은 아무 말도 하지 않았다.

도움은 받은 건 사실이니까.

물론 그게 사람은 아니지만 어쨌든.

—여전히 짜증 나는 놈에게 78골드를 받았습니다.

그리모어의 마음을 반영하는 메시지와 함께 보수가 입금되었다.

F급이라도 10개나 되는 의뢰의 보수가 모이니 적지 않은 금액이었지만, 딱히 감회가 새롭지는 않았다.

동부 절벽에서 뜯어 모은 버섯만 팔아도 그것보다 많이 벌 수 있을 테니까.

그럼에도 10개 되는 의뢰를 한꺼번에 받은 이유는…….

"등록증을 주게."

[이름 : 레온] [헌터 등급 : E] [출신 : 아스토리아]

이거다.

태영이 건네주는 등록증에 다시 쓰이는 등급.

E급 헌터로 승격되기 위한 조건이 F급 의뢰 10개의 완료이기 때문이다.

그러나 태영의 목표는 잘나가는 헌터.

그게 허접한 의뢰 10개만 하면 될 수 있는 E급을 말하는 건 아니었고, 같은 방식으로 올라가는 D, C도 아니었다.

'헌터로서 제대로 실력을 인정받을 수 있는 건 B 이상!'

그런 이유로…….

투두두둑―!

바로 몸을 돌린 태영은 이전처럼 게시판에 붙은 의뢰서 한 줄을 통째로 잡아 뜯었다.

물론 E급 전용 게시판에서.

"또, 또냐? 어이, 적당히 좀 하라고! 아니, 제대로 보기는 한 거야? 대체 누가 도와주고 있는지는 모르겠지만, F급과 E급은 다르다고! F급은 일종의 수습 기간 같은 거야. 그러니 일반인보다 조금 나은 수준이면 할 수 있지만, E급부터는 아니야! 거기부터는 진짜 프로의 세계라고!"

알고 있다.

진짜 프로의 세계라는 말에는 동의하기 힘들지만.

오크 퇴치[E~D 권장]

샤르윈 외곽의 개척마을 빈센 근처에 갈색 오크 무리가 터를 잡고 때때로 마을을 습격, 피해가 커지고 있습니다. 촌장을 만나 자세한 정황을 확인하고 오크의 부락을 찾아내 격퇴해 주십시오.
[의뢰인 : 개척마을 빈센의 촌장]
[기간 : 의뢰 시작으로부터 최대 5일] [보수 : 25골드]

D급부터는 대체로 이런 의뢰.

즉, 본격적으로 몬스터와 싸워야 하는 일이 많다.

게다가 대부분 정확한 정보도 없었다.

태영이 뜯은 의뢰서에 적힌 것처럼 어딘가에 고블린이나

오크 같은 몬스터가 있으니 어떻게든 해 달라는 식이다.

따라서…….

"샤르윈의 헌터 길드에서 의뢰를 받고 왔습니다."

"허, 헌터! 드디어 왔군!"

"근처에 갈색 오크 무리가 터를 잡아서 곤란하다고 하시던데……."

"곤란한 정도가 아니네! 벌써 죽은 사람만 넷이야! 그 망할 괴물 녀석들, 이대로 두면 우리 마을의 씨가 마를 때까지 습격할 거라고!"

"진정하시고. 혹시 놈들의 부락이 어디에 있는지 아십니까?"

"그, 그건 우리도 정확히는 모르네. 하지만 분명 저쪽 숲 어딘가에 있을 거야. 놈들이 습격할 때는 항상 저쪽 숲에서 몰려나왔으니까."

"그럼 제가 처리하는 놈들이 이 마을을 습격한 오크인지는 어떻게 확인할 수 있습니까?"

"며칠 전에도 놈들이 염소 몇 마리를 잡아갔네. 그중 한 마리는 내가 키우던 염소인데, 뿔에 독특한 상처가 있지. 아무리 놈들이라도 뿔까지 씹어먹지는 않았을 테니 놈들의 부락에 아직 그 뿔이 남아 있을 거네."

일단 의뢰주를 만나 이렇게 기초 정보를 습득.

그 뒤에는 경험을 살려 위치를 찾고, 놈들의 전력을 정확히 확인, 상황에 따라서는 동료를 모으거나 치밀한 작전을 짜서 놈들을 격멸, 증거품을 확보해 보고해야 한다.

일반적으로는.

그러나 이게 꽤 귀찮은 일인지라.

"그렇군요. 그럼 이 중에 그 뿔이 있습니까?"

와르르르.

태영은 그 앞에 온갖 잡동사니를 쏟아 놓으며 물었다.

"이, 이거네! 이거야! 이걸 어떻게……."

"잡았죠."

말했듯이 이거 확인하고 저거 확인하기 귀찮으니까.

그냥 청영을 이용해 근방의 오크란 오크는 씨를 말라고 부락을 탈탈 털어 왔다.

—……그게 더 귀찮은 일 아니냐?

그렇지도 않다.

어차피 오는 길이고, 태영에게 그 정도는 길가의 깡통을 걷어차는 정도의 일밖에 되지 않으니까.

게다가…….

"혹시 여기에 방금 말씀하신 분의 유품이 있습니까?"

"이, 있어요! 이거예요!"

인근 지역의 의뢰를 한꺼번에 받아 놓으면 이렇게 둘, 운이 좋으면 서너 개까지도 얻어걸릴 때가 있었다.

가끔 금화나 용돈벌이가 될 만한 물건이 섞여 있을 때도 있고 말이다.

그리하여 이번에 챙겨 나온 의뢰도 이틀 만에 모두 완료!

"E급 승급 조건이 의뢰 15개, 맞죠?"

"서, 설마……."

"제가 처리한 의뢰서입니다. 물론 의뢰주의 사인도 확실히 받아 왔고요."

황망한 얼굴로 바라보는 접수원에게 의뢰서 뭉치를 내밀었다.

–헌터 등급이 D급으로 승격되었습니다.

투두두둑–!

그리고 승격과 동시에 곧바로 다시 D급 의뢰서를 한 줄로 잡아 뜯고 출장!

그러나 이제 그런 행동에 불만을 제기하는 사람은 없었다.

슬슬 소문이 퍼지기 시작해서다.

"어이, 저 녀석이지? 의뢰받은 몬스터만이 아니라 근처에 있는 다른 놈들까지 싹 다 처리해 준다는 녀석이."

"그래, 그것 때문에 요즘 그런 의뢰가 꽤 늘었어. 덕분에 죽을 맛이라고."

"응? 왜? 일거리가 늘면 좋잖아."

"알잖아. 그런 의뢰는 잘해야 본전치기인 거. 걸리는 시간도 그렇지만, 장비 수리비에 치료비까지 나갈 일이 생기면 되레 손해라고. 그런데 저 녀석이 저러고 다니니까 의뢰를 해 오는 사람들은 다른 헌터도 다 그렇게 해 주는 줄 안다고."

대신 다른 불만이 생겨 버렸다.

"그럼 네가 말해 보든가."

"싫어. 며칠 만에 한 지역의 몬스터를 싹 다 잡아 죽이는 녀석에게 그딴 말을 했다가 무슨 꼴을 당하라고? 어쩨 처음 왔을 때부터 제드 녀석들이 시비를 걸어도 눈 하나 깜빡하지 않는다 했더니 다 이유가 있었어. 인제 보니 갑옷이나 검도 꽤 고급품으로 보이고. 저 녀석, 분명 전직 기사나 뭐 그런 걸 거야."

기사는 현직이고, 거기에 얼마 전에는 영주라는 직함까지 생겼지만 어쨌든.

나쁜 일은 아니었다.

태영의 목표는 잘나가는 헌터, 어떤 식으로든 눈에 띄는 존재가 되는 것이니까.

이에 태영은 아예 그쪽, 애프터서비스까지 해 주는 헌터 콘셉트로 밀고 나갔다.

"호, 혹시 또……."

"네."

"아, 뭐 그렇겠지."

―헌터 등급이 C급으로 승격되었습니다.

그럼에도 닷새 만에 다시 한 등급 올릴 수 있었다.

그리고 지금까지 그랬듯이 등록증을 돌려받자마자 다시 게시판으로 시선을 돌릴 때였다.

'……뭐지?'

묘한 의뢰서 한 장이 눈에 들어왔다.

"흠……."

태영은 흥미로운 눈으로 의뢰서를 바라보았다.

유적 탐사[C~D++ 권장]

샤르윈 동부에 아직 보고된 적이 없는 유적의 존재가 확인됐습니다.
현재까지 파악된 건 이계의 유적 중 하나로 추정된다는 것뿐, 그 외에는 아무런 정보가 없습니다. 이에 샤르윈 지부는 헌터 길드의 규정에 근거해 해당 유적의 기본 정보 조사를 시행하기로 결정되었습니다.
확보한 정보의 수준에 따라 추가 보수가 지급될 수 있습니다.
※이 건은 확인되지 않은 이유로 중도 포기한 헌터가 있으므로 특히 주의를 요구하는 의뢰임을 밝혀 둡니다.
[의뢰인 : 헌터 길드 샤르윈 지부]
[기간 : 의뢰 시작으로부터 최대 7일] [보수 : 30골드+α]

이게 그 내용이었다.

―왜? 딱히 특별할 것도 없는 내용이잖아?

그리모어의 말대로다.

기본적으로 헌터가 하는 일은 크게 두 가지.

지금까지 태영이 해 온 것처럼 인근 도시나 마을 사람의 의뢰를 받아 처리하는 것과 유적이나 던전 따위를 발굴, 탐사하는 일이다.

그리고 일전에도 말한 것처럼 후자 쪽이 더 인기가 많다.

애초에 착실히 한 푼 두 푼 모으겠다는 생각으로 헌터가 되는 사람은 별로 없다.

대부분이 젊을 때 화끈하게 벌어 팔자를 고치겠다고 생각하는 부류.

어떤 위험이 있을지도 모르고, 그럼에도 뭔가 얻을 수 있다는 보장조차 없음에도 많은 헌터가 유적이나 던전에 몰리는 이유다.

그리고 무수히 죽어 나간다.

이에 헌터 길드에서 마련한 대책 중 하나가 이런 의뢰다.

새로운 유적이나 던전의 발굴은 기본, 이렇게 선행 조사단을 파견해 기초 정보를 확보하고, 이를 토대로 후발 헌터에 필요한 조언을 해 주는 것.

물론 모두 유료 서비스지만 어쨌든.

지금까지 태영은 이런 의뢰에는 관심을 두지 않았다.

당장은 헌터 등급을 올리는 게 먼저였고 그런 방면에서는 이런, 꽤 긴 시간을 들여야 하는 정보 조사는 효율적이라고 할 수 없다.

그럼에도 태영이 새삼 이 의뢰를 눈여겨보는 이유는…….

"여기 적혀 있는 이계의 유적이 뭘 말하는 건지 짐작되지 않아?"

－그야 뻔하지. 지금 이 세계에서 이계의 유적이라고 부를 만한 건 그거밖에 없잖아. 주인이 현대라고 부르던 세계에서 넘어온 건물 같은 거. 이제 그런 건 어디든 있잖아. 내가 있던 마경의 숲도 그렇고, 당장 주인이 영지로 삼은 버림받은 땅에도 말이야. 인제 와서 생각하면 그런 걸 유적이라고 부르는 것도 꽤 웃기다 싶지만, 처음 보면 그럴 수도 있겠지.

"바로 그거야."

－응? 뭐가?

"노월 왕국에 넘어온 뒤로는 그런 걸 본 기억이 없지 않아?"

－어라? 그러고 보니…… 없군. 왜지?

이유는 간단하다.

버림받은 땅은 본래 대한민국의 남동부 끝부분에 있는 지역이고, 노월 왕국은 그 동부에 자리 잡은 나라.

즉, 현대로 따지면 동해상이라는 말이다.

노월 왕국에 온 뒤로 현대의 건물이나 한국인을 보지 못한 이유가 그래서다.

바다 한복판에 그런 게 있을 리가 없으니까.

－그럼 대체 여기 적혀 있는 이계의 유적이라는 건 뭐야?

태영도 그게 궁금하다.

그러나 여기서 의뢰서만 들여다본다고 답이 나오지는 않을 터.

확인할 방법은 하나밖에 없었다.

투둑―!

―……하게?

"너도 궁금하지 않아?"

―뭐 그렇긴 하지만, 바쁜 거 아니었어?

"어차피 C급부터는 의뢰만 많이 처리한다고 승급할 수 있는 게 아니야. 게다가 애초에 헌터 일을 하는 이유가 등급을 올리기 위해서도 아니잖아. 3왕자의 관심을 끄는 게 목적이지. 왕자씩이나 되는 사람이 오크나 때려잡는 헌터에게 관심이 생길 리가 없잖아."

태영도 슬슬 물리던 참이다.

이제 좀 다른 일도 해 볼 때가 됐다는 말이다.

"이 의뢰로 하겠습니다."

이에 태영이 뜯어낸 의뢰서를 접수대에 내밀었을 때였다.

"흠, 이번에는 1장이군. 하긴, 아무리 자네라도 C급부터는…… 어? 자, 잠깐. 이걸 하겠다고?"

의뢰서를 확인한 접수원이 화들짝 놀라며 되물었다.

"네, 문제라도 있습니까?"

"문제라니…… 정말 몰라서 묻는 건가?"

"뭘 말입니까?"

"이런……."

접수원이 황당한 얼굴로 태영을 바라보았다.

그리고 잠시 고민하는 얼굴을 미간을 찌푸리다가 머리를 벅벅 긁으며 말을 이었다.

"원래 내가 이런 말을 하면 안 되지만, 상황이 상황이니 말해 주지. 뭐 이미 다른 녀석들도 대부분 알고 있는 얘기고, 자네와 관련이 없다고 할 수 없는 일이니까."

"저와 관련이 있다니요?"

"랄프 말이네."

태영의 질문에 접수원이 목소리를 낮추며 대답했다.

"자네도 의뢰서에 적혀 있는 거 봤지? 이 의뢰는 이미 다른 헌터가 맡았다가 실패한 적이 있다고. 그게 바로 랄프야. 정확히는 랄프와 제드, 그리고 그 둘의 파티지."

"랄프와 제드? 사이가 나쁜 거 아니었습니까?"

"딱히 사이가 나쁘지는 않아. 예전에는 그 둘도 같은 파티에 있었으니까. 뭐 랄프가 새 파티를 꾸려 나온 뒤에 좀 벌어지기는 했지만, 되레 그래서지. 자네가 왔을 때 시비가 붙은 뒤로 틈만 나면 으르렁대며 C니 D니 떠들어 대다가 결국 승부를 가리고 한 모양이야. 같은 의뢰를 받아 어느 파티가 더 많은 성과를 내는지로."

– 헌터답군. 도토리 키 재기라는 생각밖에 들지 않지만.

그 부분은 태영도 딱히 할 말이 없지만, 어쨌든 첫날 이후로 보이지 않는다 했더니 그런 이유였던 모양이다.

"그럼 실패라는 건……."

"모르겠네. 그 뒤로 아직 연락이 없으니까."

그 의뢰가 다시 게시판에 붙은 건 이런 이유고.

기본적으로 의뢰서에 붙어 있는 기일은 의뢰주가 정해 두는 게 아니다.

길드에서 난이도를 가늠해 정해 놓는 것이다.

의뢰를 받고도 차일피일 미루거나, 아예 도중에 다른 데로 가 버리면 그가 받은 의뢰도 공중에 붕 떠 버리게 될 테니까.

신속하게 다른 헌터에게 일을 돌리기 위해서다.

그리고 당연히, 그런 상황은 앞의 두 가지만 해당하는 일이 아니다.

"나도 그 두 녀석과 알고 지낸 지 꽤 돼서 나쁜 쪽으로 생각하고 싶지는 않지만…… 지금까지 이런 적은 없었어. 무슨 말인지 알겠나?"

물론 이해했다.

태영이 고개를 끄덕이며 대답해 주었다.

"서둘러야겠군요."

"뭐? 대체 지금까지 무슨 말을 들은 거야? 이 의뢰서의 권장 등급에 붙어 있는 '++'은 폼이 아니라고! C급과 D급이 파티까지 데리고 갔다가 실종돼 버린 의뢰니까, 최소 두 파티는 돼야 시도라도 해 볼 수 있는 일이란 말이야!"

–저렇게 말하는데?

그런다고 딱히 달라질 것도 없었다.

아니, 그렇게까지 말하니 되레 더 관심이 생겼다.

게다가 제드는 둘째치고라도 랄프와는 모르는 사이도 아니니까.

적어도 태영에게는 그 두 가지 이유에 비하면 의뢰서에 붙어 있는 '++' 따위는 딱히 신경 쓸 가치도 없는 일이다.

태영은 빙긋 웃으며 그런 생각을 가감 없이 표현해 주었다.

"빌어먹을, 이제 나도 몰라! 자, 여기! 이게 그 유적지의 위치가 표시된 지도다! 대신 똑똑히 알아 둬! 난 분명히 경고했어! 나중에 원망하지 말라고!"

결국, 이런 말과 함께 접수 완료!

다시 의뢰서를 받아 든 태영은 바로 길드를 나왔다.

"자, 가자!"

삐이–!

히히히힝! 두두두두–!

그리고 흑영을 타고 청영과 함께 출발!

접수원에게 받은 지도를 확인하며 수 시간을 달렸을 때였다.

"이건……."

태영은 마침내 유적의 실체를 확인할 수 있었다.

낮은 화산처럼 완만한 경사로 이루어진 산 정상에는 지름이 1킬로미터는 되어 보이는 원뿔형의 구멍이 뚫려 있었고…….

—뭐지? 저것들은?

"배야."

—배라고? 저게? 아니, 뭐 배처럼 생기기는 했지만…… 혹시 현대라는 곳의 강이나 바다는 여기에와는 다르게 되어 있는 거야? 저거 다 쇠잖아? 그것도 어마어마한 크기의 쇳덩이. 저런 게 그냥 물에 떠다닐 수 있을 리가 없잖아.

이런 부분까지 설명하기는 힘들지만, 어쨌든 그 안에 모여 있는 건 배였다.

작은 어선부터 유조선 같은 대형 선박까지, 대충 헤아려도 100여 척 이상은 되어 보이는 배가 마구잡이로 뒤엉켜 있었다.

'원래 이 지역은 바다였으니 배가 있는 건 되레 자연스러운 일일지도 모르지만, 어째서 저 많은 배가 이런 곳에 모여 있는 거지?'

이해하기 힘든 일이지만.

그래도 일단 한 가지 의문은 해결한 셈이다.

—하…… 이전에도 가끔 그런 생각이 들기는 했지만, 이런 걸 보니 정말 궁금해지는군. 그 현대라는 곳이 대체 어떤 세상이었는지

말이야. 저만한 크기의 배를, 그것도 쇠로 만들어 타고 다니는 세상이라니, 수백 년을 살아온 나도 상상이 안 되는군. 다른 녀석들이 유적이라고 생각하는 것도 무리는 아니겠어.

그 말대로.

그렇지 않아도 내부 구조가 복잡한 대형 선박이 이렇게 모여 있으니 이계인의 눈에는 유적, 아니 미궁이나 다름없이 보일 것이다.

-하지만 그냥 배가 모여 있는 거라면 딱히 위험할 것도 없잖아. 그런데 그 랄프와 제드라는 녀석들은 왜 연락이 끊긴 거야?

뭐 그건 그것대로 또 다른 의문으로 이어졌지만.

"답을 알면 굳이 내가 여기까지 올 일도 없었겠지. 청영, 주위를 경계해라."

삐이이이-!

청영이 날개를 펼치며 날아올랐다.

태영은 흑영의 등에서 내려와 장비를 점검하고 가파른 경사를 타고 거대한 유조선의 갑판 위에 내려왔다.

끼이이익.

불안하게 흔들리는 바닥에서 울리는 마찰음.

배는 곳곳이 찢기듯 갈라져 있었고, 그 주위는 온통 검붉은 녹으로 덮여 있었다.

당연히 내구성 따위는 기대할 수 없었다.

실제로 잠시 갑판을 둘러보는 몇 번이나 바닥이 움푹 꺼져

들어갔다.

–완전 종잇조각이군.

"뭐 적어도 몇 달은 이렇게 방치되어 있었을 테니까. 어쨌든 이런 상태라면 랄프나 제드 일행도 단순히 사고를 당해서 발이 묶여 있을 가능성도 배제할 수는 없겠어."

–C, D급이나 되는 헌터가?

"경험 많은 헌터라도 사고를 당하지 말라는 법은 없지. 또 그들도 이런 곳은 처음이었을 테고."

태영이 고개를 들어 올리며 대답했다.

청영은 거의 점처럼 보일 정도로 높이 떠서 주위를 선회하고 있었다.

그러나 아직 별다른 반응은 없었고, 청영과 시각을 공유한 태영의 눈에도 이렇다 할 건 보이지 않았다.

태영은 안으로 들어가 보았다.

내부 역시 곳곳이 찢기고 군데군데 녹이 번져 있었다.

그러나 외부보다는 침식이 덜해 갑자기 바닥이 움푹 꺼지는 일은 없었다.

이에 좀 더 속도를 높여 선내를 수색하던 태영이 미간을 좁히며 중얼거렸다.

"역시 좀 이상해."

–뭐가?

"랄프나 제드는 그렇다 쳐도, 선원조차 보이지 않아."

–당연한 거 아니야? 이렇게 언제 부서져도 이상하지 않을 정도로 낡았는데. 딱히 막혀 있는 것도 아니고, 누군가 있었어도 진즉에 다 다른 데로 가지 않았겠어?

"여기에 모여 있는 배는 한두 척이 아니야. 수백 척, 아마 선원은 수천 명 이상이었겠지. 몇 명이라면 모를까, 그 정도 인원이 몰려나갔다면 여기에 대한 소문도 진즉에 퍼지지 않았겠어? 헌터 길드에서도 이미 오래전에 조사를 끝냈을 거고 말이야."

–듣고 보니 그렇군. 그럼 다 어디로 간 거지?

"지금 생각할 건 그게 아니야."

–응?

"이 배들은 그저 낡기만 한 게 아니야. 외부는 물론 내부까지 심하게 파손되어 있어. 그 이유는 둘째치고서라도 배가 이 정도로 파손될 만한 일이 있었는데도 선원들이 모두 무사하다는 건 상식적으로 말이 안 돼. 즉, 살아 있는 사람은 몰라도 시체 몇 구 정도는 있어야 한다는 말이지."

–그럼…….

그때 그리모어가 움찔하며 말을 멈췄다.

굳이 이유를 물을 필요는 없었다.

배는 걸레처럼 찢기고 부식되어 바람만 불어도 곳곳에서 삐걱대는 마찰음이 들려오고 있었지만, 확실히 구분할 수 있었다.

그 소음 속에 미세하게 섞여 들려오는 좀 더 둔탁하고 인위적인 질감의 잡음!

'뭔가 있다!'

퉁—!

생각과 동시에 태영의 몸이 번뜩이는 속도로 선원실에서 튕겨 나갔다.

그리고 바로 기척이 감지된 통로로 돌아 들어갔을 때였다.

'없어?'

아무것도 보이지 않았다.

100여 미터 이상 일자로 쭉 뻗어 있는, 샛길이나 숨을 곳도 없는 통로임에도.

그렇다면 가능성은 둘 중 하나밖에 없었다.

—이상하군. 그사이에 뭔가가 이동하는 기척은 느껴지지 않았는데…… 착각한 건가?

"너와 내가 동시에?"

그러나 지금까지의 경험상 그럴 확률은 그리 높다고 생각되지 않았다.

"어쩌면 생각보다 재미있어질지도 모르겠어."

태영의 얼굴에 웃음 번지는 이유다.

—또 나쁜 버릇이 도졌군.

"왜? 넌 싫어?"

—글쎄? 좋고 싫고의 문제가 아니라고 생각하지만, 난 검이다.

태영의 질문에 그리모어가 단호한 목소리로 대답했다.

–트러블은 언제나 환영이지.

유유상종이라는 말은 괜히 있는 게 아니다.

당연히 이런 찜찜한 곳을 한층 찜찜하게 만들어 놓은 수상한 기척도 문제없음!

되레 둘의 의욕을 한층 더 북돋아 줄 뿐이었다.

그러나 의욕과 달리 그 뒤로는 이렇다 할 일이 없었다.

더는 수상한 기척도 느낄 수 없었고, 랄프나 제드 일행의 흔적도 찾을 수 없었다.

그러나 다음, 원양 어선으로 추정되는 생선 썩어 가는 악취가 진동하는 선박으로 넘어가 수색 작업을 진행하고 있을 때.

–이건…….

태영의 예상은 확신으로 변했다.

선내 통로의 바닥과 벽에 무수히 새겨져 있는 크고 작은 흠집들.

한눈에 알아볼 수 있었다.

검이나 도끼 따위의 병장기에 의해 생긴 자국이었다.

–랄프와 제드 일행인가?

"그럴 확률이 높지. 흠집이 난 곳은 다른 곳보다 녹이 적게 슬어 있어. 현대 물건의 부식 속도는 다 다르니 정확하게는 알 수 없지만, 최근에 생긴 것만은 분명해. 그리고 이유도 없이 이런 곳에서 무기를 휘둘러 대지도 않았을 테고 말이야."

-그럼 대체 뭐와 싸운 거지?

"글쎄……."

시체는 보이지 않았다.

랄프와 제드 일행은 물론, 그들이 싸웠을 뭔가도.

주위에는 검게 말라붙은 핏자국만이 남아 있을 뿐이었고, 그중 일부가 통로를 따라 점선처럼 이어져 있었다.

"일단 따라가 보자."

그 흔적만 따라가도 대강의 상황은 이해할 수 있었다.

여기저기 어지럽게 흩어져 있는 핏자국 끝에 보이는 벽. 뭔가의 습격을 받고 정신없이 도망치다가 막다른 길에 도달했다는 말이고.

-용케 뚫었군.

"C, D급 헌터만 돼도 웬만한 병사보다는 나아. 이렇게 너덜너덜해질 정도로 낡은 배의 외판 정도는 어떻게든 뚫을 수 있었겠지."

탈출한 모양이다.

태영이 돌아보는 선원실 벽에 구멍을 뚫고.

물론 뭔가의 습격을 받는 도중이었다면 쉽지 않았을 테고, 선원실이 온통 검붉은 핏자국으로 덮여 있는 이유도 그래서 겠지만 어쨌든.

그 구멍을 통해 밖으로 나오자 맞은편 선박에도 같은 구멍이 뚫려 있었고, 그 뒤로 계속 같은 상황이 반복되었다.

그렇게 네 척의 선박을 지나왔을 때였다.

그 앞에 절벽이 나타났다.

선박이 모여 있는 분화구 같은 구덩이의 반대쪽 끝까지 도착한 것이다.

-끝이잖아. 그럼 그 녀석들, 이미 여기서 나간 거야?

그럴 만한 지형은 아니었다.

태영이 내려온 지점도 가파른 경사였지만, 그 반대쪽은 거의 직각. 게다가 흙으로 되어 있어 기어오를 수 있는 지형도 아니었다.

"어? 너는……."

당혹성이 들려온 건 그때였다.

고개를 들어 보자 태영이 나온 곳보다 조금 높은 위치의 절벽, 안쪽으로 움푹 들어간 곳에서 한 사내가 얼굴을 내밀었다.

"레, 레온?"

-뭐야? 생각보다 꽤 멀쩡하잖아.

그리모어의 말대로 꽤 멀쩡해 보이는 랄프였다.

"레온이라고? 그때 그 녀석 말이야?"

-쳇, 저 녀석도 있었군.

그 직후에 고개를 내미는 제드도, 여기저기 핏자국이 묻어 있었지만, 멀쩡해 보였다.

"네가 어떻게 여기에…… 혹시 길드의 의뢰를 받고 온 거냐?"

"네, 무사해서 다행입니다."

"그, 그럼 동료는? 지금 다들 어디 있는 거야? 설마 혼자 온 건 아니겠지?"

"혼자입니다."

"뭐?"

랄프와 제드가 멀쩡하지 않은 얼굴이 된 건 태영의 대답을 들은 다음이었다.

"호, 혼자 왔다고? 이런 미친…… 그 망할 접수원 자식, 어디 머리라도 고장 난 거 아니야? 장사 하루 이틀 해? 우리가 제때 돌아가지 않았으면 답이 딱 나오는 거 아니야! 그런데 달랑 한 명, 그것도 F급 헌터를 보내다니, 미친 거 아니냐고!"

"진정해, 제드."

"진정 같은 소리 하고 자빠졌네. 지금이 진정할 때냐? 저 녀석이 의뢰를 받았으면 한동안은 다른 녀석들의 도움도 기대하기 힘들다는 말이잖아! 이제 꼴랑 육포 두 조각에, 곧 소변을 받아먹어야 할 상황에서! 이건 그냥 다 같이 뒈지라는 거라고!"

"그러니까……."

인상을 찌푸리며 말하던 랄프가 움찔하며 태영을 돌아보았다.

"레온, 너 어떻게 우리를 찾은 거지?"

"보다시피, 그쪽이 뚫어 놓은 구멍을 따라왔습니다."

"그냥 왔다고? 다른 일은 없었고?"

"네, 그런데……."

"아니, 됐어! 그럼 대화는 나중이다. 잠깐 기다려. 내가 밧줄을……."

태영의 말을 막은 랄프가 황급히 몸을 돌릴 때였다.

"안 돼!"

제드가 그 앞을 막아섰다.

"저 녀석이 여기까지 별일 없이 왔다고 그놈이 없어졌다는 보장은 없어!"

"나도 알아. 그러니까 빨리 저 친구도……."

"그래서 안 된다는 거다. 놈은 이미 저 녀석의 기척을 알아채고 있을지도 몰라. 즉, 저 녀석을 여기로 들이면 우리가 여기에 숨어 있다는 것까지 들킬지도 모른다는 말이야. 저런 놈 때문에 우리까지 위험해질 수는 없어."

"뭐? 너 이 자식 정말……."

"그딴 눈깔로 쳐다보지 마, 이 자식아! 나라고 좋아서 이런 말을 하는 게 아니야. 지금 여기서 제대로 움직일 수 있는 사람은 너와 나뿐이다. 놈이 다시 나타나면 끝장이라는 말이다. 너는 그렇지 않아도 상처가 악화해 중태에 빠져 있는 파티원에게 그런 위험까지 감수하게 하겠다는 거냐? 만난 지 얼마 되지도 않는 저런 녀석 때문에?"

"그, 그건……."

랄프는 말을 잇지 못하며 입술을 씹어 대기 시작했다.

-쟤들 뭐 하냐?

태영도 몹시 궁금해졌다.

뭘 알아야 그 상황에 공감이라도 해 줄 수 있을 테니까.

"밧줄 같은 건 아무래도 상관없지만, 일단 뭐가 어떻게 됐다는 건지부터 말해 주시겠습니까?"

이에 태영이 둘을 올려다보며 말했을 때였다.

텅! 퍼펑-!

갑자기 울리는 폭음!

몸을 돌리자 커다란 철판이 치솟아 올라가고 있었다.

그리고 뻥 뚫린 갑판 아래에서 뭔가가 올라온다고 생각하는 순간.

텅-!

몸을 강타하는 엄청난 충격!

태영은 채 반응할 새도 없이 10여 미터나 날아가 절벽에 처박혔다.

쿠콰콰콰콰! 콰쾅-!

그리고 굉음을 일으키며 그 앞을 들이받는 거대한 물체!

"이, 이런…… 레온!"

"그만둬!"

랄프의 목소리에 제드가 버럭 소리쳤다.

"빌어먹을, 아직도 모르겠어? 다 끝난 거라고. 저 녀석도, 그리고 우리도. 이제……."

그리고 절망적인 얼굴로 시선을 내리며 중얼거릴 때였다.

푸확-!

그 위로 투명한 액체가 분수처럼 치솟아 올라왔다.

쿠콰콰콰콰-!

동시에 랄프와 제드가 숨어 있는 동굴이 거칠게 흔들렸다.

그 아래에서는 절벽을 들이받았던 거대한 줄기가 격렬하게 요동치며 물러나고 있었다.

그리고 우수수 쏟아지는 흙더미 속에서 떠오르는 푸른 섬광!

"마, 말도 안 돼. 저건 설마……."

그곳을 내려다보던 제드의 얼굴이 하얗게 질려 버렸다.

"소, 소드 오러?"

그리고 쥐어짜듯이 이런 말이 흘러나왔을 때.

팡! 팡! 팡! 팡!

연이은 파열음과 함께 그 앞으로 태영이 솟아 올라왔다.

그러자 랄프와 제드의 눈도 따라 올라왔고, 태영도 그제야 제대로 볼 수 있었다.

그 뒤로 보이는 작은 동굴 안에는 여러 명이 피 묻은 붕대를 두르고 누워 있었다.

태영의 손이 가방으로 움직였고.

"회복약이다!"

서너 개의 병이 동굴 안으로 날아 들어갔다.

그러나 랄프와 제드는 여전히 황망한 눈으로 태영을 바라보고 있을 뿐이었다.

"에, 에어워크……!"

그 입에서 다시 떠듬대는 목소리가 흘러나왔지만, 그런 건 아무래도 상관없다.

-그래, 저놈이었군.

이제 굳이 그 둘의 입으로 들을 필요가 없으니까.

그 아래에서 찢어진 표피로 투명한 액체를 뿜어 대며 요동치는 거대한 줄기!

그 장면만으로도 모든 것이 해명되었다.

-눈깔이 보이지 않는군. 웜처럼 진동 같은 거로 사냥감을 감지하는 놈인 모양이야.

유조선에서 태영이 감지했던 그 묘한 기척이 뭔지, 또 랄프와 제드 일행이 왜 그런 곳에 숨어 있게 됐는지도.

따라서 할 일도 명확!

에어워크를 밟으며 동굴을 위로 솟아오른 태영은 바로 놈을 향해 몸을 돌렸다.

콰-!

그리고 벽을 찍으며 사선으로 폭사!

이를 따라 긴 궤적을 그리며 뻗어 나가는 그리모어의 오러에는 2미터에 달하는 줄기의 두께 따위는 아무런 의미가 없었다.

푸확-!

닿기가 무섭게 일도양단!

일격에 허리를 끊어 버리자 남은 뒷부분이 빠르게 선박 아래로 밀려 들어갔다.

-싱겁군. 설마 이게 다는 아니겠지?

"그렇겠지."

그리모어의 말에 태영이 몸을 돌리며 대답했다.

이미 느끼고 있기 때문이다.

선박에 내려선 발을 통해 전해지는 진동.

아래에서부터 뭔가가 빠르게 올라오고 있었고, 그건 태영이 서 있는 곳만이 아니었다.

그 앞에 보이는 선박과 그 너머, 또 그 너머의 선박까지, 구덩이에 겹겹이 쌓여 있는 모든 선박이 진동하고 있었다.

그리고…….

펑! 펑! 펑! 펑!

폭음을 일으키며 곳곳에서 치솟아 올라오는 거대한 줄기!

수십 개의 줄기가 올라오자 선박들도 격렬하게 흔들렸고

비벼지는 외판이 종잇장처럼 찢겨 나갔다.

그때마다 고막을 긁어 대듯이 파고들어 오는 쇳소리!

그러나 딱히 달라질 건 없었다.

–대체 이놈들은 뭐지? 웜치고는 너무 길잖아.

놈들이 뭐든!

"그런 건 해치워 놓고 보면 알겠지."

태영은 오러를 뿜어 올리는 그리모어를 고쳐 쥐고 한 걸음 내디디며 대답했다.

쾅–!

그리고 그대로 섬광으로 변해 돌진!

그러자 근처에 있던 줄기도 겹겹이 쌓여 있는 파이프 따위를 부수며 돌진해 왔지만.

–다른 건 몰라도 한 가지는 확실히 알겠군. 저 녀석, 학습 능력이 없군.

그리모어의 말대로.

콰콰콰콰–!

좌우로 갈라져 나갈 뿐이다.

태영과 정면으로 충돌한 줄기는 물론, 그 직후에 측면에서 휩쓸 듯이 날아들던 줄기도, 또 그사이에 위에서 내리찍듯이 떨어진 줄기도.

푸확! 푸확! 푸확!

태영 주위에서 솟아오른 줄기는 순식간에 갈가리 찢어져

날아갔다.

이쯤 되니 놈들도 조금은 학습 능력이 생긴 모양이다.

위잉- 콰쾅!

다시 한 놈의 몸을 관통하듯이 쪼개며 나오는 태영의 앞에 내리꽂히는 철판!

콰쾅! 콰쾅! 콰쾅!

이를 시작으로 연이어 철판이 내리꽂히기 시작했다.

곳곳에서 솟구쳐 올라온 놈들이 선박의 잔해 따위를 휘감아 던져 대는 것이다.

그러나 명중률은 높지 않았다.

아니, 제로다.

태영은 눈깔도 없는 놈들이 던져 대는 물건에 맞아 줄 정도로 어수룩하지 않았다.

이미 한쪽은 금색으로 물들어 있으니까.

삐이이이-!

상공을 선회하는 청영의 눈이 곧 태영이 눈!

어디서 몇 개가 날아오든 '복합시'를 발동 중인 태영의 눈을 피할 수는 없었다.

수백 미터 간격으로 퍼져 있는 놈들과의 거리도 문제가 되지 않았다.

태영이 헌터 일을 시작한 지 8일.

일단 목적이 있어서 시작한 것이지만, 태영은 효율주의.

그저 F, E, D급의 의뢰에 8일을 쏟아붓기에는 너무 아까웠다. 일전에도 말했듯이 일부러 절벽에 붙은 버섯 채취 같은 의뢰를 받은 이유가 그래서다.

'어차피 해야 할 일이라면…….'

좀 더 도움이 될 만한 일도 병행할 수 있는 의뢰가 좋은 건 당연지사.

태영은 그 뒤로도 꾸준히 그런 의뢰를 골라 받아 왔다.

—스킬 [에어 워크 Lv. 1]을 습득했습니다.

이게 그 성과다.

마침내 '에어워크'도 스킬로 등록!

따라서 놈들의 간격이나 미친 듯이 흔들리는 선박 따위는 조금도 문제가 되지 않았다.

팡! 팡! 팡! 팡!

이렇게 허공을 밟으며 일직선으로 내달리면 그만이니까.

그것만이 아니었다.

'에어워크'를 습득하고도 꽤 시간이 남아 이것저것 생각하고, 또 시험해 보는 사이에 알게 된 게 하나 더 있지만.

푸확—!

지금은 거기까지 생각할 필요도 없었다.

기껏해야 철판이나 집어 던지는 놈들에게는 오리와 '에어워크'만으로도 충분하니까.

아니, 그렇게 생각했지만.

"위험해! 뒤를 보라고! 놈들은 그저 끊어 놓는 것만으로는 죽지 않아!"

랄프의 목소리였고, 태영도 이미 보고 있었다.

처음에 끊어 놓았던 줄기가 그사이에 다시 본래대로 돌아와 날아오는 장면을 말이다.

팡! 팡! 팡! 위잉―!

그러니 피하는 건 문제가 아니었지만.

―뭐야? 저 말도 안 되는 재생력은? 이래서야 끝이 나질 않잖아!

"그래, 아무래도 괜한 짓을 한 모양이야."

―그건 또 뭔 말이야?

"반응을 보면 알 수 있어. 이놈들은 여러 마리가 아니야. 한 마리다. 즉, 본체가 따로 있다는 말이지."

―뭐? 저렇게 커다란 게 다 한 놈의 몸에 붙어 있는 거라고? 그럼 대체 그 본체라는 건 얼마나 큰 거야? 게다가 저런 재생력까지 가진 몬스터라니, 그런 놈은 들어 본 적이 없는데?

"나도 생각나는 놈은 없지만……."

아래쪽으로 방향을 바꾼 태영이 히죽 웃으며 대답했다.

"보면 알겠지."

팡―!

그리고 허공을 밟으며 들썩대는 수직 낙하!

그 손에서는 빛에 휩싸인 그리모어가 거대한 도끼의 형태로 변하고 있었다.

그리고…….

◎

콰광—!

터져 오르는 폭음!

오러에 휩싸인 채 내리꽂히는 중량감 넘치는 도끼날은 이미 벌겋다 못해 시커멓게 보일 정도로 녹이 슨 철판 따위가 버텨 낼 수 있는 공격이 아니었다.

게다가 그게 끝도 아니었다.

퍼펑—!

그 접점에서 다시 한번 터져 나오는 폭음!

타격과 동시에 자동 발동하는 양손 도끼의 무기 스킬 '충격'이다.

순간 도끼날이 박힌 지점을 중심으로 갑판이 물결치듯이 위아래로 흔들리며 퍼져 나갔고, 이내 굵은 균열을 일으키며 통째로 주저앉았다.

이에 태영도 다시 낙하.

아래층에 내려서자 그 뒤를 따르듯이 무수한 쇳조각이 비처럼 쏟아졌다.

쇳조각만이 아니었다.

―……주인!

펑! 펑! 콰콰콰콰―!

그리모어의 목소리와 함께 사방에서 잇달아 울리는 폭음!

놈들, 아니 본체가 하나라면 놈이라고 해야겠지만 어쨌든, 거대한 줄기가 녹슨 문이나 파이프 따위를 부수며 밀려들고 있었다.

심지어 태영이 뚫어놓은 구멍으로는 서너 줄기가 한데 뭉쳐 떨어져 내리고 있었다.

그러나 놈들은 어차피 곁가지.

"관심 없어."

―그건 주인의 생각이고, 저놈들은 아닌 것 같은데? 이렇게 좁은 장소에서 저런 놈들의 공격을 받으며 바닥을 뚫고 내려가기는 힘들지 않겠어?

"생각하기에 따라 다르지."

퉁―!

피식 웃으며 대답한 태영이 앞으로 뻗어 나갔다.

그리고 다시 몸을 돌리는 순간.

콰쾅―!

그 앞에서 폭음이 터져 나왔다.

태영이 수직으로 뚫어 놓은 구멍을 따라 한데 뭉쳐 떨어지던 줄기였다.

당연히 그 충격 역시 무시할 수 없는 수준.

줄기 더미가 내리꽂히자 아래층 바닥도 굵은 균열을 일으키며 함몰되었다.

–오호!

“뭐든 활용하기 나름이라는 거지.”

이를 따라 바로 옆에 서 있던 태영도 자동으로 아래층에 내려왔다.

물론 그렇다고 줄기에만 맡기고 있을 생각은 없었다.

서컹–!

따라서 바로 그리모어를 핼버드로 변환해 절단!

콰쾅–!

이어 다시 양손 도끼로 바꾸며 바닥을 내리찍었다.

그리고 또! 또! 또!

곳곳에서 튀어나오는 줄기를 피하며 때로는 바닥을, 때로는 벽, 어떨 때는 무성한 수풀처럼 얽혀 있는 파이프 따위를 부수며 겹겹이 쌓여 있는 선박을 수직으로 뚫고 내려올 때였다.

드디어 흙과 돌 따위로 이루어진 바닥이 나타났다.

그리고 그 바닥에 내려섰을 때.

일단 선박이 모여 있는 곳은 깔때기와 같은 지형으로 이루어져 있었다.

그 탓에 아랫부분의 선박들은 병목 현상을 일으키듯 겹쳐져 약 10여 미터 높이에 떠 있는 것과 같은 상태로 모여 있었다.

크와아아아―!

그리고 그 공간을 뒤흔들며 터져 나오는 괴성!

선박들 사이로 뻗어 있는 수십 개의 줄기가 모여 있는 중심, 무수히 겹쳐진 톱니와 같은 송곳니 속에서 울려 나오는 소리였다.

그때마다 송곳니 사이에서 뼈다귀와 옷가지 따위가 으스러지고 있었다.

그러니 이제 선원의 시체조차 보이지 않던 이유 따위는 굳이 생각할 필요도 없지만.

―뭐야? 저 말미잘처럼 생긴 놈은?

"글쎄……."

그게 놈의 정체까지 알 수 있다는 의미는 아니었다.

그리모어는 물론 태영도, 웬만한 이계인보다 몇 배는 더 몬스터에 대해 잘 안다고 자부하지만, 이런 놈을 보는 건 처음이었다.

그러나 놈이 뭐든, 어차피 할 일은 달라지지 않는다.

그런 생각을 하는 건 태영만이 아니었다.

펑! 펑! 펑!

태영이 지면에 내려서기가 무섭게 위에서 울리는 폭음!

십여 개의 줄기가 천장처럼 덮여 있는 선박을 뚫고 나오고 있었다.

그리고 크고 작은 잔해와 함께 그대로 태영을 향해 폭사!

당연히 태영도 그냥 보고만 있지는 않았다.

퉁-!

바로 차지대시를 발동!

콰콰콰콰-!

줄기가 내리꽂혔을 때는 이미 가파른 경사 위를 질주하고 있었다.

"타키온!"

그리고 이 지점을 경계로 섬광이 되었다.

- 그래! 뭐든 일단 해치워 놓고 보자고! 항상 그랬듯이!

거기에 더해지는 푸른 빛!

푸화아아악-!

그 앞에서 엄청난 양의 액체가 치솟아 올라왔다.

그러나 모처럼 의욕적으로 오러를 뿜어 올리는 그리모어도 놈에게는 닿지 못했다.

액체를 뿌리며 끊어져 나가는 건 놈의 본체에서 솟아 나와 실타래처럼 뒤엉키는 촉수였다.

광속의 발도술 '타키온'은 일격에 수백 가닥을 끊어 냈지만, 겹겹이 쌓인 촉수는 그 이상!

수천 가닥이 뒤엉켜 두께가 10여 미터에 달할 정도였다.

일격에 뚫을 수 있는 숫자가 아니었다.

물론 그래 봤자 촉수의 덩어리, 계속 몰아붙이면 언젠가는 뚫을 수 있겠지만.

콰광! 콰광! 콰광!

동시에 그 위로 떨어지는 줄기들!

—……이런 빌어먹을!

그러나 피해야 할 건 줄기만이 아니었다.

놈이 뻗어 낸 거대 줄기는 이미 모두 그 위의 겹겹이 쌓여 있는 선체에 박혀 있는 상황.

줄기가 요동치니 낡은 선체에서 크고 작은 쇳덩이들이 뜯겨 나와 우박처럼 쏟아지기 시작했다.

이 역시 태영에게는 위협!

태영도 잔해를 피해 일단 후퇴할 수밖에 없었다.

—젠장! 정신이 하나도 없군. 이래서야 제대로 공격이나 할 수 있겠어?

"해 봤자 소용도 없을 것 같아."

—응?

"저 촉수를 봐."

잔해를 피하던 태영이 놈의 본체, 정확히는 그 앞에 겹겹이 쌓여 있는 촉수를 돌아보았다.

—좀 전보다…… 아직도 늘어나고 있는 건가?

"그것만이 아니야."

재생하고 있기 때문이다.

그 말을 하는 지금도 쭉쭉 늘어나는 게 눈에 보일 정도로 빠르게.

본체의 앞을 막은 촉수만이 아니었다.

그사이에 태영이 끊어 놓은 거대 줄기도, 절단면에서 새살이 돋듯이 살덩이가 솟아오르며 본래대로 돌아가고 있었다.

–뭐야, 이건? 재생 속도가 빨라진 건가?

"그건 아닐 거야."

–뭐? 아니, 하지만 밖에서는…….

"저렇게 재생하는 모습을 직접 본 적은 없지. 끊어진 줄기는 모두 선체 안으로 말려 들어갔어. 우리가 본 건 다시 나왔을 때, 즉 재생이 끝난 다음이었지."

–그러고 보니…… 아니, 잠깐. 그럼…….

"놈이 이런 곳에 숨어서 줄기만 휘둘러 대던 이유가 있다는 말이지. 그게 적어도 저 줄기나 촉수가 재생하는 모습을 보여 주는 게 부끄러워서 그런 건 아닐 테고 말이야."

그럼 생각할 수 있는 건 하나.

놈이 줄기를 재생하기 전에는 항상 선박 안으로 들어가던 모습을 떠올리면 답은 바로 나온다.

어두침침한 곳을 좋아하는 몬스터는 빛에 약하다는 건 상식.

"분명 저놈도 그런 거야. 어떤 이유에서인지는 모르겠지만, 햇빛이 닿는 곳에서는 재생 못 하거나, 할 수 있어도 저 정도 속도로는 재생하지 못할 확률이 높아."

-그런다고 달라질 것도 없잖아! 저 위를 보라고! 저렇게 많은 배가 꽉꽉 들어차 있잖아! 저걸 다 무슨 수로 치워?

"그럴 필요 없어."

그리모어의 말에 태영이 고개를 들어 올리며 대답했다.

"더 쉬운 방법이 있으니까."

삐이이이-!

태영이 뚫고 내려온 구멍에서 날카로운 울음과 함께 한 마리의 매가 떨어져 내린 건 그때였다.

이런 상황임에도 태영이 여유를 잃지 않는 이유가 바로 그 매 덕분이었다.

"와라!"

그리고 태영이 그 매, 청영을 향해 소리쳤을 때!

쿠쿠쿠쿠! 콰광-!

거친 진동음에 섞여 때때로 터져 올라오는 폭음!

그때마다 일대를 뒤덮은 선박들이 위아래로 거칠게 들썩이며 흔들렸다.

그 충격은 선박이 모인 곳에서만 전해지는 게 아니었다.

분화구 같은 지형의 한쪽 끝, 절벽 중간 부분에 뚫려 있는 동굴에까지 고스란히 전해지고 있었다.

"대, 대체 이게 무슨……."

바로 이, 황망한 얼굴로 그 모습을 바라보는 랄프와.

"뭐야? 대체 내가 좀 전에 뭘 본 거야? F급 헌터가 소드 오러에, 에어워크라니? 그게 말이 돼? 그런 건 A급도, 아니 난 그런 걸 실제로 쓰는 놈은 본 적도 없어! 대체 그 레온인지 뭔지 하는 놈 정체가 뭐냐고!"

고래고래 소리치며 그의 멱살을 쥐고 흔들어 대는 제드가 있는 동굴이었다.

그러나 랄프는 아무 대답도 할 수 없었다.

그도 아는 게 없기도 하지만.

"네놈 때문이야! 네놈이 제대로 말해 주지 않아서라고! 마스터급의 검사에게 버릇이 없다느니, 뒈지게 패 주겠다는 말을 해 버리다니…… 이제 어쩔 거야? 어떻게 책임질 거냐고, 이 자식아!"

그런 식으로 따지면 랄프도 꽤 얼굴이 화끈거리기 때문이다.

제드가 떠들어 대는 그 마스터급 검사에게 곤란한 일이 생기면 찾아오라고 말하던 기억이 떠올라 버리니까.

더불어 역시 그런 말을 함부로 하는 게 아니라는 생각이 들었지만 어쨌든.

랄프가 와락 인상을 쓰며 소리쳤다.

"시끄러워, 인마! 지금 그런 말이나 하고 있을 때가 아니잖아!"

"아니면?"

"몰라서 물어? 레온은 우리를 구하려고 여기에 왔다가 그, 정체불명의 괴물과 싸우고 있는 거라고!"

"그걸 묻는 게 아니잖아! 그래서 뭐 어쩌자고? 너도 놈들과 싸워 봐서 알잖아! 그런 놈들의 습격을 받고 아직 죽은 사람이 없는 게 기적이라고! 알아? 그런 걸 기적이라고 말하는 우리가 대체 뭘 할 수 있다는 건데? 너도 봤잖아! 그 레온이라는 녀석이 싸우는 모습을! 애초에 우리 같은 녀석들이 끼어들어서 뭔가 할 수 있는 수준이 아니라고!"

"하지만……."

"하지만이고 뭐고…… 아니, 됐어! 어쨌든 지금이 기회다!"

"기회라니?"

"대체 무슨 생각인지는 모르겠지만, 좀 전에 놈이 저기로 들어갔잖아! 그리고 놈들도 따라 들어갔고! 즉, 지금이라면 놈들의 습격을 받을 위험이 적다는 말이야. 그러니 이 기회에 파티원을 데리고 저쪽의 완만한 경사까지 갈 수 있다면……."

"그, 그게 무슨 말이야? 그럼 너 지금, 레온을 저대로 두고 도망치자는 말이냐?"

"말했잖아! 우리가 할 수 있는 일은 없어! 더구나 레온이

이긴다는 보장도 없잖아! 아니, 솔직히 무리라고! 잘라도 금세 다시 살아나는 놈들을 무슨 수로 이겨? 그러니 더 늦기 전에 우리라도 탈출해야지! 다행히 파티원들도 꽤 회복됐으니 그 정도는 할 수 있을 거야."

"레온이 준 회복약 덕분에 말이지."

"그래, 그러니까 레온도 그러기를 바랄 거야."

"그걸 지금 말이라고……."

"네가 뭐라고 하든 상관없어! 만약 레온이 살아 돌아온다면 평생 형님으로 모시고, 원한다면 목숨이라도 기꺼이 바치겠지만, 지금은 아니야! 나에게는 내 파티원의 목숨이 먼저다! 야, 빨리 짐 챙겨!"

배낭을 짊어지고 일어난 제드가 랄프를 돌아보았다.

"너희는 안 갈 거냐?"

"빌어먹을 자식!"

랄프가 씹어뱉듯이 말했다.

제드의 눈가가 살짝 일그러졌지만, 더는 대꾸하지 않고 몸을 돌려세웠다.

그리고 절벽과 맞닿아 있는 선박으로 뛰어내리려 할 때였다.

콰콰콰콰-!

갑자기 그 선박이 굉음을 일으키며 요동치기 시작했다.

그 선박만이 아니었다.

절벽 앞에 겹겹이 쌓여 있는 선박들이 모두 격렬하게 흔들리며 몸을 비벼 대고 있었다.

그리고 마치 그 중심을 관통하며 올라오듯이 빠르게 가까워지는 굉음과 진동!

"큭! 이, 이게 뭐야?"

중심을 잃은 제드가 당혹성을 터뜨리며 털썩 주저앉았다.

콰쾅—!

그 앞에서 폭음이 터져 나왔다.

흠칫 놀라며 다시 고개를 돌린 제드의 눈앞에서 선박이 날아오르고 있었다.

대충 헤아려도 족히 50여 미터는 되어 보이는 선박이, 그것도 하나도 아닌 서너 개가 동시에.

그러나 더 충격적인 장면은 그다음이었다.

크아아아아—!

그 아래에서 괴성을 울리며 치솟아 올라오는 괴생명체!

드럼통처럼 둥근 몸의 중앙에 톱니바퀴 같은 송곳니가 박혀 있는 형상도 꽤 충격적인 비주얼이었지만, 제드의 눈길을 잡아끈 건 그보다 그 몸에 붙어 있는 수십 개의 줄기였다.

랄프와 제드를 습격한 바로 그 줄기!

"맙소사! 그, 그럼 그 줄기가 모두 저 괴물의…… 하, 하지만 놈이 왜 갑자기…… 헉! 저, 저건 뭐야?"

뱀이었다.

놈의 줄기마저 가늘게 느껴질 정도로 거대한 뱀!

폭발하듯이 터져 올라온 선박 아래에서 놈의 동체를 밀어 올리는 건 그 거대한 뱀의 형상이었고, 단숨에 수십 미터까지 치솟으며 쩍 벌어진 아가리가 닫히는 순간!

퍼퍼퍼펑—!

팽팽하게 당겨지던 줄기가 연이어 터져 나갔다.

이에 놈은 남아 있는 반대쪽 줄기에 매달린 채 포물선을 그리며 선박 위로 추락!

끄아아아아—!

놈은 괴성을 터뜨리며 미친 듯이 요동쳤다.

그러나 곧 몸을 뒤집으며 잔털처럼 돋아 있는 무수한 촉수를 꿈틀대며 기어가 굵은 줄기로 선박의 틈을 벌리며 파고들어 갔다.

아니, 들어가려 할 때.

펑—!

그 아래에서 빛이 폭발했다.

그리고 휘청거리며 물러나는 놈의 앞으로 치솟아 올라오는 한 줄기 섬광!

"……레온?"

멍하니 바라보던 랄프의 입에서 당혹감 섞인 목소리가 흘러나온 건 그 직후였다.

콰쾅—!

바로 앞에서 울리는 폭음.

그와 함께 무수한 파편이 터져 올라왔다.

거대한 줄기에 휘감긴 채 던져져 10여 미터를 날아온 작은 어선이 박살 나며 뿌려 대는 잔해였다.

하나가 아니었다.

이를 시작으로 곳곳에 작은 어선이나 철판 따위에 내리꽂혔다.

그리고 때로는 줄기가 쩍쩍 갈라지는 갑판을 뚫고 치솟아 올라 일대를 휩쓸고 지나가기도 했다.

투콰콰콰—!

그때마다 격렬한 쇳소리를 일으키며 요동치는 수십 척의 선박들.

— 발악이로군.

그러나 태영에게는 그 이상의 의미는 없었다.

분명 놈의 줄기는 물론, 그 줄기로 감아 던지는 선박의 잔해는 위협적이다.

그러나 그뿐이었다.

압도적인 힘을 가진 몬스터가 대부분 그렇듯이 놈의 공격 역시 단순.

선박의 잔해를 휘감아 던지는 게 전부였고, 좀 더 머리를 써 봐야 그사이에 다른 줄기로 뒤를 노리며 휘둘러 대는 정도에 불과했다.

게다가 지금은 그마저도 이전보다 제한적이었다.

놈의 유일한 공격 수단인 줄기가 반 가까이 줄어든 탓이다.

-주인의 예상이 맞아떨어졌군. 확실히 밖으로 끄집어 올리니 놈의 줄기나 촉수의 재생 속도가 현저하게 떨어졌어.

그리고 모든 결과에는 그만한 이유가 있는 법.

이제 어떻게 싸울지보다 어떻게 해치워야 할지를 고민해야 할 단계라는 말이다.

삐이-!

귓가로 청영의 울음이 들려온 건 그때였다.

다시 백열 되는 태영의 갑옷에서 흘러나오는 소리였다.

놈을 밖으로 밀어 올린 청영의 환수 스킬 '잠재된 영혼의 힘'을 다시 발동할 준비가 됐다고 어필해 오는 것이다.

"참아."

그러나 태영은 고개를 저었다.

'잠재된 영혼의 힘'도 공짜로 사용할 수 있는 스킬이 아니다.

그 역시 사용하려면 에너지가 필요하고, 그 에너지의 충전에는 꽤 많은 시간이 필요하다.

그러니 굳이 내친김에 라며 바닥까지 박박 긁어 가며 사용할 이유도 없지만.

"제대로 싸워 보는 건 오랜만이잖아."

-그래, 넌 이만 빠져! 타라칸이라는 녀석과 싸운 이후로 버림받은 땅에서는 영지를 관리한답시고, 여기 와서는 헌터 등급을 올린답시고 제대로 싸워 본 적이 없잖아! 스트레스가 쌓인 건 너만이 아니라고!

태영은 딱히 그런 스트레스는 없었다.

그렇게까지 싸우지 못해 안달 난 전투광이 아니기도 하지만, 그리모어가 읊어 댄 일을 하는 동안 마냥 손 놓고 지내지는 않았으니까.

끊임없이 성장할 방법을 고민했고, 또 찾아내기도 했다.

그러나 방법을 찾았다고 바로 자신의 힘이 되는 건 아니다. 당연히 피나는 훈련이 따라야 하지만, 그것만으로도 부족하다.

필요한 건 실전!

그와 어울리는 상대와의 실전을 통해 숙달시켜야 비로소 완전한 자신의 실력이 되는 것이다.

"나도 시험해 보고 싶은 게 있다는 말이지."

그런 이유로!

콰광-!

태영이 밀려드는 줄기 위로 몸을 날렸다.

그 아래로 스쳐 지나간 줄기가 선창을 휩쓸며 지나갔고, 먼지구름처럼 피어오르는 녹가루 속에서 또 다른 줄기가 치솟아 올라왔다.

그러나 어림도 없는 짓이다.

팡! 팡! 팡!

그 사이사이에서 폭발하는 대기!

'에어워크'를 완전히 습득한 태영에게는 이미 공간의 제약 따위는 없었다.

마구잡이 휘둘러 대는 놈의 줄기는 물론, 그때마다 미친 듯이 요동치는 선박도 아무런 문제도 되지 않는다는 말이다.

그리고 그건, 그저 피할 때만 적용되는 말이 아니었다.

팡! 화악-!

허공을 밟으며 도약하는 태영의 몸에서 갈라져 나오는 분신!

투룰 채취 이후에도 꾸준히 그와 비슷한 의뢰를 받으며 연습한 태영은 이제 에어워크를 밟으며 새도 스텝을 펼칠 수 있는 수준에 도달해 있었다.

허공을 가로지르는 태영의 뒤로 떠오르는 분신은 거기에 광화가 더해진 결과!

빛을 뿜어내는 무수한 분신이 점차 어두워지는 하늘을 빠르게 덮어 가는 모습은 그 자체만으로도 장관이었다.

-나 참, 저런 건 왜 만들어? 저딴 놈은 좀 전처럼 재생도 제대로

못 하면 그냥 커다란 말미잘이나 다름없잖아.

"다 그럴 만한 이유가 있어."

-뭔 이유? 어차피 저놈은 눈깔도 없잖아.

"그래서 더 효과적이지."

당연히 멋져 보이라고 만들어 내는 건 아니었다.

'광화 섀도 스텝'으로 만들어지는 분신은 모두 태영과 같은 동작을 취하는 게 기본!

팡! 팡! 팡! 팡!

분신 역시 허공을 밟으며 어지럽게 날아다니고 있었다.

그리고 놈은 기척으로 적을 감지하는 몬스터.

그리모어의 지적처럼 눈이 없어 갑자기 기척이 늘어난 이유조차 모르니 더 혼란에 빠질 수밖에 없었다.

크와아아아-!

펑! 펑!

그래도 마구잡이로 휘둘러 대는 줄기에 때때로 얻어걸린 분신이 폭발했지만, 달라질 건 없었다.

아니, 되레 그 폭발음에 감각이 뒤흔들려 더 혼란!

더 마구잡이로 휘두르고, 폭발하고, 더 마구잡이가 되는 악순환을 반복할 뿐이었다.

-……확실히 효과는 있군. 하지만 딱히 새로운 것도 아니잖아. 좀 전에 시험해 볼 게 있다고 하지 않았어? 이런 건 이미 며칠 전에도 써 봤던 기술이잖아.

당연히 태영이 시험하겠다는 건 이게 아니다.

그리모어의 말대로 이건 이미 며칠 전 오크 부락을 밀어버릴 때 질릴 정도로 사용해 봤으니까.

그 덕분이었다.

'에어워크를 사용하면 지형에 얽매일 필요가 없을 뿐만 아니라 지상과 상공, 활동 범위를 극적으로 넓힐 수 있다. 하지만 단점이 없는 건 아니야. 그중 가장 큰 문제가 속도다. 에어워크로 발휘할 수 있는 속도는 걷는 것보다 조금 빠른 정도. 오크 정도라면 모를까, 대등한 상대와의 전투에서 적극적으로 활용하기에는 한계가 있어.'

태영은 이런 단점도 알게 되었다.

물론 이번에 처음 알게 된 건 아니다. 과거에도 에어워크를 배워 본 적이 있으니까.

그러나 지금의 태영은 과거와는 몸도, 직업도 다르다.

각성자의 신체를 가진 엘더 슬레이어!

이는 단순히 과거보다 강하다는 의미를 넘어 그 이상의 가능성을 가지고 있다는 의미!

'……활용하지 않으면 안 되지.'

따라서 스킬을 바라보는 관점도 바뀔 수밖에 없었다.

그저 주어진 스킬을 능숙하게 사용하는 게 아닌, 더 효과적으로 변형시킬 방법을 찾는 방향으로 말이다.

'에어워크의 속도가 제한적인 건 결국 디딤판이 약하기 때문이다. 발끝에서 마력을 폭발시켜 얻어지는 반발력만으로 이보다 빠른 속도를 얻기는 힘들어. 물론 숙련도를 올리면 좀 더 강한 반발력을 만들어 낼 수 있겠지만, 확 달라질 정도의 차이는 아니니 그 역시 공격으로 활용하기에는 힘들다. 그렇다면…….'

이에 스킬을 해부하며 고민한 결과, 힌트를 찾아낼 수 있었다.

그게 바로 방금 만들어 낸 분신이다.

그 분신은 놈이 마구잡이로 휘둘러 대는 줄기에 닿기가 무섭게 폭발하고 있지만, 그게 꼭 적의 공격을 받았을 때만 폭발하는 게 아니기 때문이다.

"일단 보고만 있어."

턱! 펑-!

이렇게 태영이 밟았을 때도 폭발하고, 이는 곧 반발력.

그 타이밍에 맞춰 차지대시를 사용하면 지상과 같은 속도를 만들어 낼 수 있는 것이다.

퉁-!

이런 식으로!

급격히 방향을 바꿔 섬광처럼 허공을 가로지르는 태영!

그 뒤로 투명한 액체가 확 뿜어져 올라왔고.

끄아아아아-!

처절한 비명이 대기를 뒤흔들며 울려 퍼졌다.

그리고 그게 시작이었다.

좀 전까지 에어워크로 부지런히 날아다니며 만들어 놓은 분신은 수십! 놈을 가르며 날아가는 태영의 앞에도 분신이 자리 잡고 있었고, 그 역시 발판!

턱! 펑! 퉁-!

태영은 방향을 전환하며 분신을 밟고, 폭발과 함께 돌진!

다시 요동치는 놈의 몸을 가르며 지나갔다.

그리고 다시! 다시! 다시!

위로, 아래로, 오른쪽으로, 왼쪽으로, 연이어 분신을 폭발시키며 뻗어 나가는 태영은 그야말로 빛의 궤적!

놈도 한층 과격하게 줄기를 휘둘러 댔지만, 소용없었다.

그 궤적은 곧 그리모어의 오러!

어둠이 깔리는 상공에서 푸른 궤적이 번뜩일 때마다 줄기가 끊어져 나가고, 보호막처럼 놈의 몸을 덮고 있는 촉수도 수십 가닥씩 끊어지며 우수수 쏟아질 뿐이다.

그리고 그 사이로 드러나는 놈의 본체!

놈의 몸을 스치고 반대쪽으로 뻗어 나가는 태영의 앞에 네 개의 분신이 모여 있는 이유다.

끝을 낼 때가 됐으니까.

퍼퍼퍼펑-!

다시 놈을 향해 몸을 돌리는 것과 동시에 일제히 폭발하는 분신들!

순간 태영은 발로 그 폭발을 내리찍었고.

쾅—!

"타키온—!"

한 줄기 빛으로 변해 뻗어 나갔다.

눈알조차 없는 놈도 그 폭발음에 심상치 않은 조짐을 느꼈는지 황급히 두 가닥밖에 남지 않은 줄기로 앞을 막았지만, 의미 없는 짓이었다.

"그리모어, 네 차례다! 와일드 오러!"

—오오! 좋지!

파지지지—!

그리모어의 환호성과 함께 뻗어 나오는 검에서 뇌전처럼 뿜어져 올라오는 붉은 오러!

줄기 따위는 그 오러가 닿기가 무섭게 잘려 날아갔다.

그리고 태영은 투명한 액체를 흩뿌리며 떨어지는 줄기 너머로 드러나는 놈의 아가리 속으로 돌입!

콰콰콰콰! 퍼펑—!

폭음과 함께 빠져나왔다.

뻥 뚫린 구멍으로 투명한 액체를 콸콸 쏟아 내는 놈의 뒤로.

"후—!"

이에 한숨을 불어 내며 몸을 돌리는 태영의 주위로 조각난 놈의 육편이 비처럼 쏟아져 내리고 있었고…….

—종합 평가 레벨이 상승했습니다.

—종합 평가 레벨이 상승했습니다…….

그게 끝이었다.

아니, 정확히 말하면 그게 시작이었다.

"자, 그럼 이제……."

태영이 바람 빠진 풍선처럼 쪼그라드는 놈을 향해 한 걸음 내디뎠을 때, 천천히 가라앉아 가던 마력이 갑자기 다시 고속으로 회전하기 시작했다.

동시에 터질 듯이 팽창하는 기맥!

삐, 삐이?

—뭐, 뭐야? 왜 이래?

이를 감지한 청영과 그리모어가 당혹성을 터뜨렸지만, 태영은 당황하지 않았다.

사실 요 며칠, 태영은 꽤 조바심을 내고 있었다.

바로 광력 때문이다.

그동안 태영은 당연히 헌터 일을 하면서도 꾸준히 광합성을 통해 광력을 늘려 가고 있었다.

다른 능력치는 몰라도 광력만큼은 시간을 투자해야 올릴 수 있으니까.

어떤 상황이든 광합성만큼은 빼먹지 않았고, 꾸준히 하루에 1~2의 광력을 얻어 왔다.

그러나 며칠 전부터는 늘어나지 않고 있었다.

그 이유는 바로 알 수 있었다.

경험이 있어서다.

마법사, 아니 검사라도 마찬가지다.

일단 그만한 노력을 하지 않아 성장하지 못한다는 너무나 당연한 상황을 제외하면, 태영이 아는 한 갑자기 정체기에 들어설 만한 이유는 하나밖에 없다.

다음 단계로 넘어갈 준비가 됐다는 말이다.

'문제는…….'

그게 그냥 넋 놓고 있어도 되는 일이 아니라는 점이다.

현 단계의 한계를 넘어 다음 단계로 넘어가기 위해서는 그만한 계기, 일종의 방아쇠 역할을 해 줄 만한 일을 경험할 필요가 있었다.

그것도 되도록 빨리.

본래 성장에는 다 때가 있는 법.

그 변화를 알아채지 못하고 어영부영하다가 때를 놓치면 다시 본래대로 돌아가 버린다.

뭐 그러고도 되레 정체되어 있던 성장이 다시 시작됐다고 좋아하는 멍청한 녀석들도 있지만 어쨌든, 조바심의 정체가 그것이었다.

태영은 이미 얼마 전까지 박스 단위로 잡아 대던 오크 따위로는 만족할 수 없는 레벨.

하물며 다음 단계로 넘어갈 방아쇠의 역할을 바라기는 무리였다.

'어쩌지? 당장은 샤르윈을 떠나기 힘든 상황인데…… 그렇다고 모처럼 온 기회를 오크 따위나 잡아 대며 그냥 흘려보낼 수도 없고…….'

태영이 이번 의뢰를 받은 이유가 그 때문이라고 할 수 있었다.

랄프와 제드가 파티까지 동원해서 갔다가 연락이 끊겼다는 점을 포함해서 여러모로 찜찜한 구석이 많은 의뢰였으니까.

'어쩌면…….'

있을지도 모른다고 생각했다.

적어도 오크보다는 나은, 태영을 만족시켜 줄 만한 놈이 말이다.

처음 선박에서 수상한 기척을 감지했을 때 재미있어지겠다고 이유도, 또 촉수를 휘둘러 대는 것밖에 할 줄 모르는 놈을 굳이 전력까지 동원해 처리한 이유도 그래서다.

그러니 당황할 이유 따위는 없었다.

'드디어 왔군.'

올 게 왔다는 의미니까.

이에 태영이 가부좌를 틀고 앉아 폭주하는 마력을 차분히 정리해 나갈 때였다.

태영의 주위로 마치 반딧불처럼 작은 불빛이 떠오르기 시작했다.

그리고 천천히 몸을 휘감으며 회전하던 어느 순간.

번쩍—!

돌연 태영의 몸에서 거대한 빛기둥이 솟구쳐 올라왔다.

—직업 [엘더 슬레이어]의 레벨이 상승했습니다.

—[엘더 슬레이어 Lv. 2]

—직업 특성 [라이트 세이버 Lv. 1]이 [라이트 세이버 Lv. 2]로 상승했습니다.

—[라이트 세이버]로 인한 광도에 따른 신체 보정이 최대 40%로 확장되었습니다.

—[라이트 세이버] 마스터리 스킬 [광합성]의 효율이 상승했습니다.

—[라이트 세이버] 마스터리 스킬 [광화]의 효율이 상승했습니다.

—[라이트 세이버] 상위 마스터리 스킬 [솔리드]를 습득했습니다.

—[라이트 세이버] 상위 마스터리 스킬 [라이트 웹]을 습득했습니다.

—신체 능력이 대폭 향상되었습니다.

—근력 : 410⇒451(+15) 순발력 : 470⇒514 지구력 : 431⇒449(+15)

마력 : 416⇒451(+67) 광력 : 77⇒97

-종합 평가 레벨 : 172⇒182

그리고 줄지어 떠오르는 메시지.

몸을 일으켜 주위를 둘러보던 태영의 입가에 웃음이 번졌다.

"이런 게 해피엔딩이지."

저 멀리 보이는 절벽의 동굴에서는 랄프와 제드 일행이 황망한 얼굴로 그 모습을 바라보고 있었다.

초대

"뭐, 뭐라고?"

샤르윈의 헌터 길드.

접수대 앞에서 당혹성이 터져 나왔다.

하나같이 거지 몰골을 한 10명은 랄프와 제드 일행.

현대의 선박이 모여 있는 분화구 속에서 일주일 가까이 갇혀 있다가 막 돌아온 헌터였고, 오자마자 접수원에게 충격적인 말을 전해 듣게 되었다.

"C급이라고?"

"너희도 기가 막히지? 일주일이었다고. 저 녀석이 F급에서 C급까지 올라오는 데 걸린 시간이 말이야."

"마, 말도 안 돼."

"그래, 말도 안 되는 일이지."

접수원이 당연하다는 듯이 고개를 끄덕이며 랄프와 제드 일행의 뒤쪽에 앉아 있는 저 녀석, 태영을 돌아보았다.

랄프와 제드도 새삼 황당한 얼굴로 태영을 돌아보았다.

그러나 그것도 잠시.

"말도 안 되는 건 네놈의 머리통이다!"

다시 고개를 돌린 제드가 와락 접수원의 멱살을 움켜쥐었다.

"저런 분이 대체 어디가 C급이라는 거냐? 아니, C급이니 뭐니 떠들기 전에 애초에 저분은 네가 이 녀석이니 저 녀석이니 할 수 있는 분이 아니라고!"

"큭! 이 자식, 뭐라는 거야? 저 친구가 처음 왔을 때 시비를 걸던 건 너……."

"닥쳐, 인마!"

제드가 접수원의 짤짤 흔들어 대며 소리쳤다.

"B급이다! 아니, 그걸로도 부족해! A급이다! 지금 당장 저분을 A급으로 올려!"

"무슨 말을 하는 거야? 그게 내 맘대로……."

"그러니까 보고를 올리라고! 길드 본부든, 협회든! 말했잖아! 거기에서 무슨 일이 있었는지! 우리가 살아 돌아온 건 저분 덕분이라고!"

"아니, 헌터 구조는 확실히 점수를 많이 받을 수 있는 항

목이지만…….”

“그게 핵심이 아니잖아! 대체 지금까지 무슨 말을 들은 거야? 지금까지 들어 본 적도 없을 정도로 거대한 몬스터였다고! 놈의 몸에 붙은 촉수 하나가 수십 미터에 달할 정도로! 아마 놈이 여기까지 왔다면 샤르윈 정도는 하루아침에 사라졌을 거야! 그런 놈을 해치운 거라고! 저분이!”

“그렇게 말해 봤자 내가 직접 본 것도 아니고…….”

“내가 봤다고 하잖아! 내가 이 두 눈으로 똑똑히 봤다고! 그런 놈을 번쩍번쩍하며 순식간에 해치우는 모습을 말이야!”

“번쩍번쩍?”

“그래! 번쩍번쩍! 그게 뭔지는 나도 모르지만, 어쨌든 굉장했다고!”

제드가 목에 핏대까지 세워 가며 소리쳤다.

-중간이 없는 놈이군.

같은 생각이지만, 새삼스러운 일은 아니었다.

태영이 놈을 해치우고 찾아갔을 때 제드가 가장 먼저 한 말이 ‘형님’이었다.

한때 같은 입으로 ‘뒈질래?’라는 말을 들었던 태영으로서는 참 여러 가지를 생각하게 만드는 말이었지만, 태영은 너그럽게 넘어가 주었다.

“네? 제가요?”

제드는 기억상실증에 걸린 모양이니까.

아니, 좀 더 정확히 말하면 기억상실증에 걸린 이유를 이해해서라고 말해야겠지만 어쨌든, 결과가 좋으니 굳이 기억까지 들춰 가며 따질 이유는 없었다.

그럴 일은 따로 있었다.

–그런데 결국 그놈은 뭐였던 거야?

바로 이거다.

아무리 기억을 뒤져 봐도 그와 비슷한 놈조차 떠오르지 않는 것이다.

–뭐 인제 와서 그런 건 아무래도 상관없지만…….

그러나 태영은 이렇게 퉁 치고 넘어갈 생각은 들지 않았다.

이미 숱하게 경험해 봤기 때문이다.

모르는 걸 모르는 채 넘어가면 아무리 시간이 지나도 결국 제자리걸음을 할 뿐이고, 그런 방만한 태도는 훗날 예상 못한 위험을 불러들이기도 한다는 걸 말이다.

이에 태영은 수색 작업에 돌입!

다시 놈이 있던 분화구 같은 곳 아래로 내려왔을 때였다.

'이, 이건 설마…….'

태영은 충격적인 것을 발견하게 되었다.

바로 놈이 붙어 있던 곳 아래에 쌓여 있는 컨테이너, 아니 정확히는 그 컨테이너에서 쏟아져 나와 있는 유리병들이었다.

–[steroid], [C · R · E(Cell Regeneration Essential)], [BCAA(Branched-chain amino acid)]…….

그 유리병에 붙어 있는 이름들을 보는 순간.

'스테로이드와 세포 재생제, 그리고 이건…… 에너지 보충제인가? 그럼 설마…….'

자연스럽게 연결돼 버렸기 때문이다.

마치 수십 배로 뻥튀기해 놓은 것 같은 거대한 몸집에, 잘라도 바로 다시 자라나는 재생력 같은 것과 말이다.

물론 그렇다고 놈이 이런 약물을 오남용한 결과물이라고 단정할 수는 없었다.

상식적으로 말이 안 되니까.

그러나 이미 상식이 통하는 세계가 아니다.

현대와 이계를 모두 알고 있는 태영도 대격변을 경험해 보기는 처음이니까.

태영이 상상조차 못 해 본 일이라도 얼마든지 일어날 수 있다는 말이고, 이미 그런 경험을 해 본 적도 있었다.

현대에서는 텅스텐 광산이었던 곳이 미스릴 광산으로 변해 버리는 것처럼.

'그게 어떤 이유로, 왜 그렇게 변하는지를 이론적으로 설명할 수 없는 지금은 더 생각해 봤자 소용없겠지.'

그리고 같은 이유로.

'놈이 이 약물로 그런 몸집과 재생 능력을 얻은 거라면, 광산처럼 이 약물도 대격변의 영향으로 뭔가 비상식적인 변화를 일으켰다는 말인데…….'

직접 시험해 볼 생각은 들지 않았다.

약물은 물론.

[정체불명의 변이된 마석]

등급 : 미스터리

확인할 수 없는 이유로 변이된 마석입니다.

놈을 해부할 때 찾아낸 이 마석도.

어떤 위험이 따를지 예측하기 힘드니까. 그러나 이는 어떤 이점이 있을지도 모른다는 의미.

당연히 남아 있는 약물과 마석은 몽땅 챙겨 나왔다.

-[은닉의 마법 가방]에 [정체불명의 가죽]이 수납되었습니다.

물론 이런 기본도 잊지 않았지만 어쨌든.

태영은 그 약물에 대해서는 길드에 보고하지 않았다.

"말이 되는 소리를 해! 그 쉴 새 없이 떠들어 대는 번쩍번쩍은 그렇다 쳐도, 두께가 수 미터나 되는 촉수 수십 개를 휘둘러 대는 몬스터라니? 그런 건 들어 본 적도 없다고!"

"내가 봤다잖아!"

태영이 나서서 제대로 설명하면 접수대에서 벌어지는 이런 말싸움은 좀 더 빨리 끝낼 수 있을지도 모르지만, 태영을 포함해 버림받은 땅의 영지민은 대부분 현대인.

이계 사람에게 현대 문물을 위험한 것으로 인식시켜서 좋을 일은 없었다.

특히 노월 왕국은.

태영이 이런 곳에서 헌터 일을 하는 이유도 노월 왕국과 좋은 관계가 되기 위해서니까.

그리고 말싸움을 멈추는 게 딱히 어려운 일도 아니었다.

"제드, 그만해."

"네? 아니, 하지만 이 자식이……."

"됐다잖아."

태영이 살짝 미간을 찌푸리자 제드가 얼른 입을 닫았다.

90%는 제드가 줄기차게 떠들던 번쩍번쩍의 효과겠지만, 그게 전부는 아니었다.

"내가 놈과 싸운 건 길드의 인정을 받기 위해서가 아니야. 너희를 구하기 위해서였고, 구해 왔다. 그러니 그 이상 떠들 이유는 없어."

태영은 그 이후로 계속 이런 자세를 고수하고 있었다.

"혀, 형님……!"

제드나 감격시키기 위해서가 아니다.

그래야 편하기 때문이다.

이제부터 태영은 랄프와 제드 일행의 파티원, 아니 태영이 리더이니 그들이 들어온다고 말해야 맞겠지만 어쨌든, 하나의 파티로 묶이게 되었다.

이유는 두 가지다.

"헌터의 실력은 입으로 증명되는 게 아니다. 의뢰, 즉 실적이다. 실력을 인정받고 싶으면 그에 어울리는 의뢰를 하면 돼. 우리가 파티를 합친 것도 그래서고."

첫 번째 이유가 바로 이거다.

"아니, 저희는 그냥 형님을 따르고 싶어서……."

"네, 저도……."

랄프와 제드는 아닌 모양이지만.

기본적으로 길드의 의뢰는 해당 등급의 헌터만이 받을 수 있게 되어 있다.

그러나 모든 일이 그렇듯이 언제나 예외는 존재하는 법.

그 규칙에도 예외가 있었다.

-10인 이상 파티인 경우, 특별 규칙에 따라 파티원 중 가장 높은 등급의 헌터를 기준으로 한 등급 높은 의뢰를 수행할 자격을 부여합니다.

그게 바로 이거다.

랄프와 제드 파티를 합하면 정확히 10명.

즉, 그 파티를 흡수하면 태영도 한 등급 높은 의뢰를 받을 수 있다는 말이다.

그러나 실제로 이런 규칙을 이용하는 헌터는 거의 없었다.

특히 태영과 같은 C급 헌터는.

고만고만한 이전 등급과 달리 C, B등급 사이에는 상당한 격차가 있기 때문이다.

실력은 물론 그에 따른 의뢰의 난이도도.

투둑-!

"대충 이 정도면 되겠군. 좋아! 자, 가자!"

그러나 태영과는 상관없는 얘기다.

"네, 형님!"

그 뒤를 따르는 랄프와 제드 일행도 마찬가지다.

"뭐, 뭐야? 방금 그거 몇 달 동안 붙어 있던 B급 의뢰 아니었어? 저 녀석들 다 D급에 저 신입과 제드만 C급이잖아."

"특별 규칙이 있잖아. 정말 그 규칙을 이용하는 녀석들은 처음이지만."

"당연하지. 어떤 미친놈이 그런 규칙을 이용해? 상위 의뢰라는 게 그저 쪽수만 늘린다고 할 수 있는 게 아니잖아."

"어디서 뭘 먹고 와서 갑자기 저런 정신 나간 짓을 하는지는 모르겠지만……."

"오래 못 살 놈들이군."

주위에서 뭐라고 떠들든 콧방귀도 뀌지 않았다.

믿는 구석이 있기 때문이다.

그리고 그 믿음대로.

번쩍—!

그 앞에서는 뭐든 썰려 나갔다.

우연히 마주친 수십 마리의 오크 떼도, 그보다 몇 배는 큰 몸집의 트롤도, 또 그보다 몇 배는 단단한 가죽과 근육을 갑옷처럼 두른 오우거도.

나타나는 순간 절단! 절단! 절단!

파티라는 이름이 무색하게도 랄프와 제드 일행은 무기를 뽑을 시간조차 없었다.

아니, 뽑을 시간을 주지 않았다.

그들이 끼어들어 봤자 도움은커녕 되레 방해만 될 테니까.

"어? 우리는 왜 온 거지?"

—그러게. 대체 저 녀석들은 왜 데리고 온 거냐?

그러니 이런 질문이 나오는 것도 무리는 아니다 싶지만, 애초에 태영이 그들에게 기대하는 건 전투력 같은 게 아니었다.

의뢰 내용과도 아무런 상관이 없었다.

태영이 그들과 파티를 맺은 이유는 그다음을 위해서다.

새삼스럽지만 태영이 헌터 일을 시작한 건 돈을 벌기 위해서가 아니다.

아니, 뭐 미스트에도 외상을 달아 둬야 할 정도로 궁한 처지니 돈도 벌면 좋지만, 일차적인 목적은 어디까지나 3왕자를 만나기 위해서다.

그리고 이를 위해서는 먼저 3왕자의 관심을 끄는 게 순서.

즉, PR이 필요하다는 말이다.

그러나 본래 PR이란 제 입으로 떠들고 다니면 효과가 반감하는 법.

랄프와 제드 일행과 파티를 맺은 이유가 그 때문이다.

헌터가 대체로 그렇지만 특히 제드는, 한눈에 알아볼 수 있었으니까.

"정말이라고! 너희도 직접 보지는 못했어도 얘기 정도는 들어 봤을 거 아니야! 그 회색 산마루의 오우거! 신장이 거의 3미터에 엄청 두꺼운 갑옷까지 입고 있었다고! 그런데도 정말 눈 깜빡할 사이였어! 레온 형님이 검을 뽑는 순간 이미 갈라지고 있었다니까!"

주둥이를 가만 놔두는 성격이 아니라고 말이다.

게다가 그저 말만 많은 성격도 아니었다.

의뢰 도중에 태영이 함정 하나를 찾아 해제하면.

"레온 형님은 정말 못 하는 게 없어! 이번에 간 곳은 함정 밭이었다고! 어디든 함정이 안 깔린 곳에 없었어! 그런데 레온 형님이 그냥 한 번 쓱 지나가니까 모두 해체되어 있더라고!"

그걸 이런 식으로.

어쩌다 파이어 애로를 몇 방 날리면.

"이번에는 거대한 식인 식물이었어! 사람을 통째로 삼켜 버리는 식인 식물이 숲 전체에 깔려 있었다고! 그래서 우리도 이번에는 진짜 죽을지도 모른다고 생각했는데, 갑자기 레온 형님의 손에서 불길이 뿜어져 나가더니 순식간에 모두 잿더미로 만들어 버리더라고! 마법이야, 마법! 그것도 대마법사 수준의 마법! 갑옷을 입은 오우거도 일격에 갈라 버리는 검사가 대마법사 수준의 마법까지 쓸 수 있는 거야! 우리 레온 형님이 그렇게 대단한 분이라고!"

그걸 또 이런 식으로 바꿔 버리는 재능이 있었다.

물론 헌터들도 그런 말을 곧이곧대로 믿어 줄 정도로 바보는 아니었다.

그러나 제드가 쉬지 않고 떠들어 대니 다른 헌터의 입에서도 꾸준히 오르내리는 화제가 되었고, 본래 허풍은 헌터의 속성 중 하나.

그때마다 출처도 알 수 없는 뼈와 살이 붙으며 태영은 점점 더 괴물이 되어 갔다.

그리고 그 말의 사실 여부를 떠나 B급 의뢰도 빠르게 해결해 나가는 건 분명한 사실!

-헌터 등급이 B급으로 승격되었습니다.

열흘 뒤 태영은 다시 B급으로 승격되었다.

"정말 한 달도 안 돼서……."

"그, 그럼 설마 지금까지 들어 왔던 소문이 모두 사실이라는 거야?"

"그건 모르겠지만, F급이 한 달도 안 돼서 B급이 된 건 대사건이야! 지금까지 그런 일은 어디서도 들어 본 적이 없다고!"

거기에 그동안 랄프와 제드 일행이 부지런히 떠들고 다닌 말이 합쳐지며 폭발!

태영에 대한 소문은 도시 전체를 휩쓸었다.

그리고 다음 날, 태영이 다시 파티원을 이끌고 길드를 찾아갔을 때였다.

"잠시 볼 수 있겠나?"

게시판을 훑어보는 태영의 옆으로 한 사내가 다가왔다.

레이븐, A급 헌터였다.

◎

어둠이 깔리기 시작한 시각.

파티원과 헤어진 태영이 흑영을 몰고 한산해진 거리를 지나 성문 앞에 도착했을 때였다.

"왔나?"

말을 탄 사내가 태영을 돌아보았다.

품이 넓은 외투를 두르고 후드를 눌러쓴 레이븐이었다.

그는 후드 아래로 드러난 연한 초록색의 눈동자로 잠시 태영을 위아래로 훑어보다가 살짝 고개를 끄덕이며 몸을 돌렸다.

"그럼 가지."

태영은 말없이 그의 뒤를 따랐다.

샤르윈은 국경 도시. 낮에도 그렇지만, 밤에는 검문 절차가 한층 까다로워진다.

그 탓에 성문 앞뒤로는 꽤 긴 행렬이 늘어서 있었고, 그 옆으로 밀려 나와 짐 수색을 받는 사람들도 꽤 보였다.

그러나 레이븐은 그런 절차 따위는 무시.

바로 성문 밖으로 향하는데도 경비대원들은 마치 보이지 않는 듯이 눈길조차 돌리지 않았다.

"A급 헌터쯤 되면 여러모로 꽤 편해지는군요."

"그런 이유라고 생각하나?"

"다른 이유가 있습니까?"

"글쎄……."

성문을 나온 레이븐이 조금 속도를 올리며 말을 이었다.

"나는 그보다 자네가 묻지 않는 이유가 더 궁금하군. 내 용건이 뭔지, 어디로 가는 건지 궁금하지 않은가?"

"그런 거야 어차피 곧 알게 될 일 아닙니까."

"그렇기는 하지. 하지만…… 자네도 나에 대한 소문 정도는 들어 본 적이 있을 텐데?"

물론 들어 본 적이 있었다.

오전에 길드에서 레이븐을 만나고 돌아갔을 때, 랄프와 제드가 수선을 떨어 대며 말해 주었다.

"레, 레이븐을 만나기로 했다고요? 그것도 밤에, 둘이서?"

"안 됩니다! 그만두시는 게 좋다고요!"

"네, 저도 제드와 같은 생각입니다. 전에 말씀드리지 않았습니까? 그에게는 안 좋은 소문이 있다고. 뒷담화하는 것 같아서 그때는 제대로 말하지 않았지만……."

"그게 무슨 뒷담화야? 여기서 헌터 생활하는 놈들은 다 아는 일인데. 형님, 그 자식은 엄청 위험한 놈입니다!"

"위험?"

"그 자식이 이곳에 나타난 건 몇 달 전입니다. 그 전까지는 없던 A급 헌터라 처음에는 꽤 많은 놈이 파티로 끌어들이려고 경쟁했죠. 레이븐은 그중 B급 헌터가 여러 명 포함된 파티에 들어가 됐고, 서너 번 정도는 별문제가 없었습니다. 녀석들도 곧 A급이 될 것 같다는 소문이 돌기도 했고요. 하지만 직후에 모두 죽었습니다. 레이븐 한 명만 살아 돌아왔죠."

그리 드문 일은 아니었다.

항상 말하듯이 헌터란 언제 죽어도 이상하지 않은 직업이니까.

실제로 그렇게 말하는 랄프나 제드도 태영이 제때 가지 않았다면 그렇게 됐을 테고.

문제는 그게 한 번이 아니었다는 거다.

레이븐과 동행했던 파티가 전멸하는 일은 그 뒤로도 두 번이나 더 있었고, 그때마다 레이븐은 상처 하나 없이 돌아왔다.

그에 대한 찜찜한 소문이 퍼지기 시작한 건 그때부터였다.

"입 밖에 내지는 않지만, 모두가 그렇게 생각하고 있습니다. 그 파티를 죽인 건 바로 그, 레이븐이라고요. 의뢰를 몇 개 처리하는 것보다 B나 C급 헌터의 장비나 소지품을 터는 편이 훨씬 돈이 될 테니까. 실제로 밀수꾼처럼 보이는 놈들과 만나는 걸 본 사람도 있답니다."

그렇게 만들어진 이름이 동료 사냥꾼.

지금 태영을 바라보는 레이븐에게 붙어 있는 별명이었다.

그러나 태영은 피식 웃으며 대꾸했다.

"그렇게 말하는 그쪽도 저에 대한 소문 정도는 들어 봤을 텐데요?"

"들었지."

레이븐의 입가에도 웃음이 번졌다.

"어마어마하더군. 검성과 같은 검술에 엘리멘탈 마스터 수준의 마법까지 겸비한 마검사라니, 이대로 가면 조만간 드래곤을 때려잡았다는 말을 들어도 이상하지 않겠어. 그 소문이 사실이라면 말이야."

"조금 과장된 면이 있죠."

"일정 부분은 사실이라는 말이군."

"확인해 보시겠습니까?"

그러나 이어지는 태영의 말에 웃음이 사라졌다.

그리고 살짝 들어 올려지는 후드 속에서 날카로운 안광으로 염탐하듯이 태영을 훑어보았다.

순간 레이븐의 주위를 맴도는 공기가 확연하게 변했다.

마치 소용돌이치듯이 말려 올라오더니 돌연 검, 아니 화살 끝처럼 예리하게 변해 태영을 꿰뚫듯이 날아왔다.

탁-!

태영이 그리모어의 손잡이를 내리친 건 그때였다.

그러자 그 앞으로 밀려가던 공기가 확 퍼지듯 흩어졌다.

레이븐은 잠시 묘한 눈길로 그 모습을 바라보다가 살짝 고개를 저었다.

"그만두지. 오늘은 그런 용건으로 만나자고 한 게 아니니까."

-……젠장! 뭐야, 이 상황은? 긴장하고 있어야 하는 거야, 말아야 하는 거야?

둘 다다.

태영의 예상이 맞는다면 말이다.

그리고 성문을 나올 때 한 말처럼 그걸 확인하기까지는 오래 걸리지 않았다.

그 뒤로 별말 없이 말을 달리는 레이븐을 따라 30여 분 정도 이동했을 때였다.

길게 늘어진 산비탈 끝부분에 우뚝 솟아 있는 성이 눈에 들어왔다.

"따라와라."

외곽을 따라 이동한 레이븐은 후문 앞에서 말을 세웠다.

경비병은 보이지 않았다.

후문 주위는 물론 레이븐을 따라 들어간 성안에서도, 사람의 모습은 찾아볼 수 없었다.

몇 개의 계단과 복도를 지나 도착한 방에 들어설 때까지.

"데리고 왔습니다."

먼저 들어선 레이븐이 머리를 숙이며 말했다.

그러자 그 앞의 책상 너머에 앉아 있는 옅은 갈색 머리의 청년이 살짝 고개를 끄덕이며 태영을 돌아보았다.

"그대가 레온이라는 헌터인가?"

"네."

"혹시 아직 내가 누구인지 모르는가?"

"아직 소개받기 전이지만, 대충 짐작은 됩니다. 질리언 노월, 노월 왕국의 3왕자 아닙니까?"

"알면서도 그런 태도인가……."

태영의 대답에 청년이 실소를 지으며 중얼거렸다.

–응? 저놈이?

뭐 그런 말은 되레 이쪽에 해야 할 것 같지만 어쨌든.

그제야 머리를 들어 올린 레이븐은 질책하는 눈빛으로 태영을 돌아봤지만, 질리언은 덤덤한 얼굴로 말을 이었다.

"그럼 내가 왜 자네를 여기까지 불러왔는지도 알겠는가?"

"잘나가는 헌터를 불러서 모험담을 듣는 취미가 있다는 말은 들었습니다."

"그래, 그런 취미가 있지. 대체로 헌터는 돈에 목숨을 파는 족속이라며 경시하는 사람들이 많지만, 노월 왕국은 아니고 나도 그렇지. 설사 돈이 목적이라도 위험에 뛰어드는 건 아무나 할 수 있는 일이 아니니까. 또 그들의 경험담에서 배울 수 있는 것도 많고 말이야. 하지만 오늘은 그런 얘기를 하기 전에……."

잠시 말을 끊은 3왕자가 살짝 턱을 들어 올리며 물었다.

"내게 접근하려던 이유가 뭐냐?"

-……어?

순간 그리모어가 당혹성을 터뜨렸지만.

"내 취미는 이미 자네가 말했고, 그런 내가 있는 곳에서 갑자기 나타나 화제를 일으키는 헌터라…… 그대에 대한 소문 대부분이 부풀려진 것이라고 해도 불과 20여 일 만에 F급에서 B급으로 승격된 건 사실. 그런 자가 지금까지 F급에 머물러 있던 것도 그렇지만, 시기와 장소를 생각하면 우연이라고 생각하기는 힘들지."

태영의 얼굴에는 웃음이 번졌다.

그 말처럼 태영은 3왕자에 접근하기 위해서 그런 것이고, 그게 그와 친분이나 쌓고 싶어서 그런 건 아니니까.

원하는 것을 주고, 그 대가로 태영 역시 원하는 것을 받기 위해서다.

그러니 이 정도쯤은 바로 간파해 주지 않으면 곤란하다.

아무리 태영이라도 바보를 왕으로 만들 수는 없을 테니까 말이다.

물론 애초에 그가 세간에서 떠들어 대는 것처럼 만만한 사람이 아니라는 확신이 있었기에 시작한 일이기도 하고.

"정확히 보셨습니다. 모두 왕자님을 만나기 위해 한 일이죠."

"이유는?"

"물론 원하는 것을 얻기 위해서입니다. 하지만 지금은 말씀드릴 수 없습니다. 그런 말을 할 환경도 아닌 것 같지만, 왕자님이 줄 수 있는 것도 아니니까요. 내가 원하는 걸 줄 수 있는 사람은 단 한 명, 노월 왕국의 국왕뿐입니다."

"뭐? 그게 무슨…… 아니, 그럼 네가 내게 접근한 이유라는 게……."

"왕자님을 왕으로 만들어 드리기 위해서입니다. 말씀드렸듯이 그래야 저도 원하는 것을 얻을 수 있을 테니까."

태영은 바로 돌직구를 날렸다.

그리고 그 돌직구는 그대로 3왕자의 얼굴 정중앙에 스트라이크!

3왕자의 얼굴을 당혹감으로 물들였다.

그리고 강렬한 스플레시 대미지까지 발휘하며 레이븐의 얼굴까지 같은 빛으로 물들였다.

그러나 그것도 잠시, 3왕자가 미간을 찌푸리며 중얼거렸다.

"아무래도 번지수를 잘못 찾아온 모양이군. 나를 찾아 여기까지 오면서도 내가 이미 왕위 쟁탈전을 포기했다는 소문조차 들어 보지 못한 건가?"

"들었습니다. 하지만 그 말대로 소문이었죠. 왕자님에게 직접 들은 것도 아니지 않습니까?"

"사실에 근접한 소문도 있는 법이지."

"저도 잘 알고 있습니다."

"호오, 뭔가 그 말은? 자네에 대한 소문도 모두 사실이라는 말을 하는 건가?"

"그렇게까지 말하기는 힘들지만……."

말을 멈춘 태영이 문득 생각난 듯이 좌우를 둘러보았다.

그리고 다시 3왕자를 돌아보며 빙긋 웃는 순간.

위잉! 위잉!

그 허리에서 섬광이 뿜어졌다.

방금 태영이 돌아본 좌우로, 넓은 반월형의 검기가 그 벽에 장식된 휘장을 중간 부분을 가르며 지나갔을 때.

"멈춰라!"

뒤에서 레이븐의 목소리가 들려왔다.

직전까지는 바로 옆에 서 있던 레이븐은 수 미터 뒤에서 활을 쥐고 있었고, 태영의 발치에는 이미 10여 발의 화살이 박혀 있었다.

태영이 검기를 날리는 순간 레이븐은 바로 궁사에게 유리한 거리를 확보!

반격하려다가 태영의 검기가 3왕자나 자신을 향하는 게 아님을 파악하고 위협에 그친 것이다.

그 1초도 되지 않는 시간에.

—A급 헌터라…… 짐작은 하고 있었지만, 역시 보통 놈은 아니군.

동감이다.

그러나 이것으로 레이븐과 3왕자도 알게 됐을 것이다.

"저들보다는 낫죠."

태영이 빙긋 웃으며 검기를 날린 벽을 돌아보았다.

좌우의 벽에서는 너풀대며 떨어지는 휘장 뒤로 검이나 창 따위를 어중간하게 들어 올린 자세로 굳어 있는 사내들의 모습이 떠오르고 있었다.

"언제부터 알고 있었지?"

"말씀드리지 않았습니까? 내가 원하는 게 뭐냐고 물어보셨을 때, 그런 질문에 대답할 환경이 아닌 것 같다고 말입니다."

"이 방에 들어왔을 때부터라는 말이군."

미간을 찌푸리며 사내들을 바라보던 3왕자가 다시 태영을 돌아보며 물었다.

"저들이 누군지도 알고 있나?"

"아마도 이미 죽은 사람들이겠죠. 동료 사냥꾼이라는 찜찜하기 짝이 없는 별명으로 불리는 A급 헌터에게 말입니다."

"……말로 사람을 아프게 하는 재주가 있는 친구로군."

"왕자님, 저는……."

"됐다."

3왕자가 한숨을 불며 고개를 저었다.

그리고 양쪽 벽에서 입도 벙긋하지 못하고 바라보는 사내들을 돌아보며 말했다.

"자네들은 모두 나가 있게."

3왕자가 다시 태영을 돌아본 건 그들이 모두 나간 뒤였다.

"일단 사과부터 하지."

"이해합니다."

"그럼 이제 말해 줄 수 있겠나? 자네가 나를 왕으로 만들겠다는 말까지 하면서 원하는 게 뭔지 말이야."

"안정입니다."

"안정?"

“저는 노월 왕국의 서부, 버림받은 땅이라고 불리는 지역을 제 영지로 삼을 생각입니다. 하지만 그게 저 혼자 그렇게 마음먹는다고 되는 일은 아니죠.”

“버림받은 땅을 영지로 삼는다…… 엄청난 얘기를 아무렇지도 않게 하는군. 하지만 지금은 그런 걸 따질 자리는 아닌 것 같고, 그로 인해 어떤 문제가 생길지도 모르지는 않는 것 같군. 그럼 결국 그 영지를 노월 왕국에 편입시켜 달라는 말인가?”

“아닙니다.”

태영은 단호한 얼굴로 고개를 저었다.

“영지라는 표현이 오해를 불러왔다면 정정하죠. 내가 버림받은 땅에 만들고 싶은 건 어디에도 종속되지 않은 독립국. 따라서 내가 원하는 건 동맹입니다. 노월 왕국과 내 영지가 완전히 대등한 위치에서 말입니다.”

그게 이 방에 들어와서, 그가 3왕자임을 알면서도 허리를 숙이지 않은 이유다.

버림받은 땅이 독립국이라면 태영은 곧 국왕.

허리를 숙여야 한다면 그가 정식으로 노월 왕국의 국왕이 된 다음이고, 그때는 그 역시 대등한 동맹국의 국왕에게 마땅한 예를 취할 준비가 되어 있어야 한다.

이건…….

“그, 그런 걸 주변 왕국이 받아 주리라고 생각하는 건가?”

"다른 사람이 어떻게 생각할지는 관심 없습니다. 나는 이미 그렇게 결정했고, 어떤 이해관계나 위협이 따른다고 해도 물러날 생각이 없습니다."

태영의 의지 그 자체다.

"뭐……."

3왕자의 입술이 들썩였다.

그러나 마땅히 할 말을 찾지 못한 듯 끝내 그 입은 열리지 않았고, 3왕자는 허탈해 보이기까지 하는 얼굴로 털썩 의자에 앉았다.

-왜 저래? 그게 그렇게까지 충격을 받을 말은 아니지 않나? 따지고 보면 지금 있는 나라들도 처음에는 다 그렇게 시작한 거잖아. 애초에 내가 마경의 숲에 들어갈 때는 노윌 왕국도 없었다고! 제들이 할 때는 되고, 다른 사람이 하는 건 못 봐 주겠다는 거야, 뭐야?

원래 그런 거다.

모든 과거의 건국기는 영웅담으로 기록되지만, 현시점에서 일어나는 건국기는 반란.

기존의 질서를 어지럽히는 악으로 기록될 뿐이다.

본래 역사는 언제나 기득권자에 의해 기록되는 법이니까.

그런 의미에서 보자면 그리모어가 3왕자의 반응을 지적하며 한 말도 인간의 본성을 꿰뚫는 발언이라고 할 만하지만, 적어도 태영에게는 나쁜 반응이라고 할 수는 없었다.

아마 다른 왕자 앞에서 같은 말을 했다면 십중팔구 비웃음부터 터져 나왔을 테니까.

"어디서 헛소리를……."

나머지는 이런, 레이븐 같은 반응을 보일 테고.

"물러나라."

그러나 그를 제지하는 3왕자는 어느 쪽도 아니었다.

태영의 말에 충격을 받았다는 건 적어도 이 상황을 진지하게 받아들이고 있다는 의미.

"확실히…… 그런 요구라면 국왕 외에는 들어줄 수 없겠군."

그건 뒤이은 말로도 확인할 수 있었다.

이제야 제대로 대화를 나눠 볼 수 있게 됐다는 말이다

이에 태영이 다시 입을 열려 할 때였다.

복잡한 눈으로 태영을 바라보던 3왕자가 한숨을 불어 내며 고개를 저었다.

"하지만 역시 잘못 찾아왔다고 말할 수밖에 없군."

"……무슨 의미죠?"

"좀 전에 말한 그대로네. 자네의 요구는 국왕만이 들어줄 수 있다는. 내가 어떻게 해 줄 수 있는 일이 아니라는 말이지."

"왕위 쟁탈전을 포기했다는 말을 하고 싶은 겁니까?"

"그렇게 말하면 믿겠나?"

3왕자가 시선을 들어 올리며 되물었다.

그러나 태영이 눈살을 찌푸리자 씁쓸한 웃음을 지으며 고개를 저었다.

"아니, 미안하군. 대등한 거래를 원하는 사람에게 이런 말투는 좋지 않겠지. 비꼬는 말이 아니네. 사람과 사람 관계는 꽤 복잡하지. 같은 행동을 해도 어떤 사람에게는 예의가 되고, 어떤 사람에게는 무례가 되기도 하는 것처럼. 즉, 그가 누구인지 명확하게 인지하려는 노력을 게을리하면 의도치 않은 실수를 범하게 될 수도 있다는 말이지."

"왕자에게는 어울리지 않는 말이군요."

"왕자도 왕자 나름이지."

3왕자가 피식 웃으며 자리에서 일어났다.

그리고 천천히 창가 쪽으로 걸음을 옮기기 시작했다.

태영이 방에 들어온 뒤로 처음으로 책상 앞을 벗어나는 것이었고, 그제야 알 수 있었다.

-주인, 저 녀석 다리가…….

3왕자는 한쪽 다리를 절고 있었다.

"질리언 님!"

불안한 눈으로 바라보던 레이븐이 얼른 뛰어가 부축할 정도로.

그러나 3왕자는 고개를 저으며 태영을 돌아보았다.

"모르고 있었던 모양이군. 하긴, 그리 알려진 얘기는 아니지. 내가 다리를 다친 건 얼마 전 국경 지대에서 일어난 분쟁에 참전했을 때고, 그 분쟁의 주인공은 내가 아니었으니까."

"……1왕자 말입니까?"

"그렇지."

3왕자가 씁쓸한 웃음을 지으며 끄덕였다.

"당시 첫째 형님은 왕립 치유원조차 포기할 정도의 중상을 입었다. 나도 직접 봤지만, 살아날 가망은 조금도 보이지 않았지. 하지만 기적적으로, 아니 정말 기적이라고밖에 말할 수 없는 회복력을 보이며 회생했네. 그리고 모든 게 달라졌지."

이 부분은 태영이 모르는, 과거와 달라진 역사다.

그러나 그로 인해 어떤 변화가 일어났는지를 상상하는 건 어려운 일이 아니었다.

본래 1, 2, 3왕자의 지지 세력은 비슷했다.

그러나 2왕자는 국경 분쟁에 참전조차 하지 않았고, 3왕자는 부상으로 장애가 생겼다.

반면 1왕자는 죽음마저 극복하고 회생.

사람들은 대부분 그런 스토리에 열광하는 법이다.

하물며 그게 전사의 나라로 불리는 노월 왕국이라면 말할 필요도 없는 일.

1왕자의 압도적인 지지 세력은 그렇게 만들어진 것이고, 그 대부분은 본래 3왕자를 지지하던 세력이었다.

2왕자의 지지층은 그보다 정략적인 이유로 지지하는 자들이니까.

"하지만……."

"그래, 하지만. 자네가 생각하는 것처럼 나는 왕위 쟁탈전을 포기하지 않았다. 포기할 이유가 없었지. 왕위 쟁탈전은 꼭 지지 세력이 많은 쪽이 이기는 건 아니니까. 특히 이번 왕위 쟁탈전은 말이야."

"이번 왕위 쟁탈전의 과제를 알고 있다는 말입니까?"

"예상은 하고 있지."

3왕자가 슬쩍 레이븐을 돌아보며 대답했다.

"내가 요양을 핑계로 이곳에 내려와서 레이븐을 통해 유능한 헌터를 모으던 이유지. 달리 나를 도울 병력을 구할 데도 없지만, 내 예상대로라면 이번 왕위 쟁탈전은 웬만한 기사보다 그들이 나을 테니까. 그 탓에 내 오랜 친구인 레이븐이 동료 사냥꾼이라는 불명예스러운 별명까지 얻게 됐지만……."

"그게 최선이었겠지요."

"그래, 이미 모든 면에서 열세인 내가 두 형님의 견제까지 받게 되면 정말 아무것도 할 수 없어질 테니까. 왕위 쟁탈전을 포기한 것으로 보이도록 애써 왔지. 문제는 그게 너무 지나쳤다는 거지만."

"지나치다니요?"

"내가 왕위 쟁탈전을 포기했다고 생각한 게 두 형님만이 아니라는 말이네. 부왕께서도 그렇게 생각한 모양이야. 오늘 오후에 왕도에서 연락을 받았지. 부왕께서 왕위 쟁탈전의 과제를 발표하기 위해 후보 왕자를 불러들였다고. 비공식 루트로 말이야."

"그럼……."

"난 초대받지 못했다는 말이네."

3왕자가 자조적인 웃음을 떠올리며 중얼거렸다.

"무리도 아니지. 첫째 형님이 군사 업무를 처리하고, 둘째 형님이 내정 업무를 처리하는 동안 내가 한 일은 고작해야 떠돌이 헌터를 불러 잡담이나 나누는 것이었으니까. 더구나 장애까지 있는 나를 그런 무대에 세워 봤자 노월 왕국의 역사에 오점으로밖에 남지 않겠지."

"무슨 그런 말을……."

레이븐이 불안한 얼굴로 돌아보았다.

"사실을 얘기하는 거네."

씁쓸한 어조로 대답한 3왕자가 다시 태영을 돌아보았다.

"자네가 왜 두 형님을 두고 나를 찾아왔는지는 짐작이 가네. 그리고 그런 선택을 했다는 건 그만큼 실력에 자신이 있다는 말이겠지. 하지만 말했듯이 번지수를 잘못 찾았네. 나는 이미 그럴 기회조차 잃었어."

-망할!

그 말에 즉각적으로 반응한 건 그리모어였다.

-그럼 지금까지 한 짓은 다 뭐냐고! 결국, 삽질이었다는 거잖아! 삽질!

그런 말은 또 어디서 배웠는지는 모르겠지만 어쨌든.

태영은 그렇게 생각하지는 않는다.

태영이 그 지긋지긋한 회귀를 반복하며 배운 게 있다면 두 가지.

첫째는 진정한 의미의 삽질은 없다는 것이다.

설사 이유도 모르고 하는 삽질이라도 요령을 익히고, 근육이라도 붙는 법.

그럴 의지만 있다면 뭐든 배울 수 있다는 말이다.

태영이 버섯을 채취하며 '에어워크'를 배우고, 약물에 쩔어 거대화한 말미잘을 썰어 '엘더 슬레이어'의 레벨을 올린 것처럼.

그러니 3왕자와 함께 왕위 쟁탈전에 나간다는 목표가 불발되었다고 지금까지 해 온 일까지 몽땅 삽질로 치부할 생각도 없지만, 더 중요한 건 두 번째.

'역시 뭐든 챙겨 놓고 볼 일이군.'

바로 이거다.

개똥도 어딘가에 쓸데가 있다는 것.

그러나 정작 필요할 때는 그런 것도 찾기 힘든 법이라 태영은 항상 꼼꼼히 챙기는 습관이 생겼고, 영지를 나올 때도 마찬가지였다.

'그걸 이렇게 쓰게 될 줄은 몰랐지만…….'

잠시 생각하던 태영이 슬쩍 고개를 들어 올리며 물었다.

"확실하게 묻죠. 그래서? 왕자님은 이제 정말 왕위 쟁탈전을 포기했다는 말입니까?"

"들었지 않나? 나는……."

"나는 왕자님의 생각을 묻는 겁니다. 애초에 할 마음이 없는 사람이라면 내가 무슨 짓을 하든 소용없을 테니까. 하지만 할 마음이 있다면, 시도해 볼 방법이 없는 것도 아니죠."

"시도해 볼 방법?"

"그런 반응을 보이는 걸 보니 할 마음은 있는 모양이군요."

태영이 퍼뜩 고개를 들어 올리는 3왕자를 바라보며 히죽 웃었다.

그리고 성큼성큼 책상 앞으로 걸어가 가방에서 작은 상자 하나를 꺼내 내려놓았다.

"이건 뭐…… 헉!"

의아한 얼굴로 상자를 열어 보던 3왕자가 헛바람을 들이켰다.

동시에 레이븐이 와락 고개를 돌리며 소리쳤다.

"네놈! 무슨 생각으로……."

"자, 잠깐!"

그때 3왕자가 황급히 제지했다.

당연한 반응이다.

그 내용물을 보고 놀란 것도 그렇지만, 바로 레이븐을 제지한 것도. 다른 사람도 아닌 노월 왕국의 3왕자라면 당연히 그래야 한다.

"알아보시겠습니까?"

"……모를 수는 없지. 하지만…… 자네가 대체 이걸 어떻게……."

"나는 버림받은 땅에 내 왕국을 세울 생각이고 말하지 않았습니까? 내가 그렇게 말할 수 있는 이유를 생각한다면 그걸 어디서, 어떻게 구했는지 뻔하지 않습니까?"

"그렇게 된 건가……."

"네, 그렇게 된 겁니다."

태영이 빙긋 웃으며 고개를 끄덕였다.

"자, 그럼 이제 내가 질문하죠. 지금 단계에서 내가 할 수 있는 일은 여기까지, 이걸 왕위 쟁탈전의 티켓으로 바꿀 수 있을지 없을지는 왕자님에게 달려 있습니다. 할 수 있겠습니까?"

"아마도……."

3왕자가 복잡한 눈으로 상자를 바라보며 중얼거렸다.

그러나 그것도 잠시, 이내 거칠게 머리를 흔들며 입술을 꽉 깨물었다.

"아니, 할 수 있다!"

"나와 한배를 타겠다는 말로 받아들여도 되겠습니까?"

"그건 되레 내가 묻고 싶군. 자네의 요구 조건을 생각하면 이번 왕위 쟁탈전의 결과는 자네에게도 사활이 걸린 문제일 터. 정말 나로 괜찮은 건가? 두 형님은 물론 그 주위에 모인 자들도 결코 만만한 상대가 아니네."

"물론 알고 있죠."

정확히는 알게 될 예정이다.

그 때문에 태영이 움직일 수 있는 최강의 패를 왕도에 보내 놓은 것이니까.

노월 왕국의 왕도 외곽.

산 중턱에 자리 잡은 성으로 한 무리의 사람들이 줄지어 들어서고 있었다.

꽤 오랜 시간을 달려왔는지 뽀얗게 먼지가 앉은 말을 탄 사람들은 대략 30여 명, 모두 육중한 갑옷 위에 망토를 두르고 후드를 눌러쓴 복장이었다.

그중 2명이 말에서 내려왔다.

철컹-!

그와 동시에 묵직하게 울리는 쇳소리.

앞에서 램프를 들고 있던 노인이 황급히 물러났다.

그 뒤로 화려한 붉은색 드레스를 입은 중년 여인과 청년이 걸어 나온 건 그때였다.

말에서 내린 사람 중 한 명이 머리를 숙이며 말했다.

"오랜만에 뵙습니다, 에스메랄다 전하."

"네, 오랜만에 보는군요."

"에스타 왕자님은 처음 뵙는군요. 인사드리겠습니다. 윌리엄 버튼입니다. 아직 미력해서 가문을 잇지 못했으니 윌리엄이라고 불러 주십시오."

"아…… 네. 아니, 음. 그래."

에스타, 노월 왕국의 2왕자는 어색한 몸짓으로 고개를 끄덕였다.

그러나 그의 모친인 현 노월 왕국의 둘째 부인 에스메랄다는 못마땅한 눈으로 윌리엄의 뒤에 모여 있는 사람들을 훑으며 물었다.

"이게 다인가요?"

"무슨 염려를 하시는지는 압니다. 하지만 걱정하지 않으셔도 됩니다. 이들은 왈드 공작님 휘하의 기사 중에서도……."

"윌리엄 경이 얼마나 뛰어난지는 알아요. 경이 데리고 온 기사들이 보통 기사들보다 뛰어나다는 것도, 의심의 여지가 없겠죠."

"감사합니다."

윌리엄이 부드러운 동작으로 예를 표하며 대답했다.

그러나 에스메랄다는 한층 더 뾰족해진 음성으로 쏘아붙이듯이 말했다.

"하지만 최고라고는 할 수 없죠. 저는 분명 최고를 보내 달라고 부탁드렸을 텐데요?"

"어, 어머니, 우리를 도우려고 먼 길을 오신 분들에게……."

"왕자는 나서지 마세요."

에스메랄다의 날카로운 목소리에 앞으로 나서던 에스타가 무안한 얼굴로 물러났다.

그 탓에 덩달아 무안해진 윌리엄이 쓴웃음을 지으며 중얼거렸다.

"카자드 경 말이군요."

"그래요. 백부님 휘하에서 가장 뛰어난 사람은 그, 카자드 아니었나요? 저는 당연히 카자드 경도 함께 온다고 생각했는데 왜 안 보이는 거죠?"

"그는…… 다른 급한 용무가 있습니다."

"급한 용무? 당장 내일 왕위 쟁탈전의 과제가 발표되면 바로 시작될 텐데 지금 그보다 급한 용무가 어디 있다는 거죠? 백부님에게 노월 왕국의 왕위 따위는 중요하지 않다는 건가요?"

"그럴 리가 있겠습니까?"

윌리엄이 과장된 동작으로 고개를 저으며 대답했다.

"공작님도 충분히 신경 쓰고 계십니다. 그래서 그를 대신

할 사람으로 이분을 보내 주신 겁니다. 아시지 않습니까? 공작님은 항상 몇 수 앞을 내다보는 분입니다. 이번 왕위 쟁탈전도 마찬가지죠. 공작님은 이미 그 과제에 대해 파악하고 계시고, 적임자를 보낸 겁니다. 이분은……."

윌리엄이 옆의 사내를 돌아보며 말할 때였다.

돌연 그 사내가 몸을 돌렸다.

"어? 아, 아니, 뭐 하시는 겁니까?"

윌리엄이 당황한 얼굴로 물었지만, 사내는 대답하지 않았다.

그저 성큼성큼 뒤에 세워 둔 말로 걸어갈 뿐이었다.

그리고 안장 옆에 묶인 창을 빼 들고 다시 몸을 돌렸을 때였다.

투콰–!

100여 미터 떨어진 곳에 울리는 폭음!

후드의 사내가 뽑아 든, 아니 몸을 돌리며 날린 창은 이미 그곳, 와르르 허물어지는 벽에 박혀 있었다.

"무슨 짓을……."

윌리엄은 물론 에스메랄다와 2왕자의 입에서도 당혹성이 흘러나왔다.

그러나 후드의 사내는 여전히 한마디 대꾸도 없이 그들을 지나쳐갔다. 그리고 허물어진 벽 안으로 들어가 벽에 박힌 창을 다시 뽑아 들었다.

"저, 저건……."

그 창끝에는 피에 젖은 검은 천 조각이 나풀대고 있었다.

"익숙한…… 쥐 새끼의 냄새로군."

후드 아래로 짐승처럼 으르렁대는 목소리가 흘러나온 건 그때였다.

왕위 쟁탈전 개막

대리석으로 치장된 대전(大殿).

백여 명의 사람이 둘로 나뉘어 모여 있었다.

한쪽은 대부분 정복을 차림이었고, 다른 쪽은 갑옷이나 검 따위로 무장한 사람의 비율이 압도적으로 높았다.

그냥 문관과 무관으로 구분해도 될 정도로 확연한 차이를 보이는 두 무리는 모두 제각각 주위의 사람들과 긴밀한 대화를 나누고 있었다.

모두 속삭이듯이 작은 목소리였다.

그러나 인원이 백여 명이나 되다 보니 소음도 적지 않았고, 그 탓에 그들의 목소리도 점차 커지며 대전이 울릴 정도로 소란스러워질 때였다.

쿵-!

근위병들이 일제히 창대로 바닥을 내리쳤다.

순간 곳곳에서 흘러나오던 소음이 거짓말처럼 사라졌다.

그리고 입을 다물고 고개를 돌리는 사람들의 시선이 모여드는 단상 위로 붉은 망토를 두른 노인이 걸어 나왔다.

탄력을 잃은 피부만큼이나 힘겨운 걸음걸이였다.

그러나 단상 중앙에 멈춰서 돌아서는 그의 얼굴에는 범접하기 힘든 위엄이 깃들어 있었다.

바로 필라드 노월, 현 노월 왕국의 국왕이었다.

"그렇게 나뉘어 있으니 보기는 편하군."

대전을 둘러본 그, 국왕의 입가에 옅은 웃음이 떠올랐다.

그러나 눈가는 찌푸려져 있었다.

"덕분에 짐이 얼마나 늙었는지도 아주 잘 알 수 있고 말이야."

"폐하, 어찌 그런 말씀을……."

"됐다. 사실이니까."

국왕이 귀찮다는 듯이 말을 끊었다.

"노월 왕국에 왕좌가 없는 것은 왕 또한 전사여야 하고, 제 다리로 설 수 없는 자는 그 자리에서 내려와야 한다는 건국왕 페리어트 1세의 유지에 따른 전통. 그리고 짐은 이미 그 전통이 버겁게 느껴질 만큼 늙고 병들었다. 그러니 마음에도 없는 위안을 늘어놓지 마라. 짐 역시 뻔한 얘기를 늘어

놓을 생각은 없으니까."

잠시 말을 멈춘 국왕이 대전을 쭉 훑어보다가 다시 입을 열었다.

"나와라."

동시에 귀족들 사이에서 두 남자가 걸어 나왔다.

화려하게 치장된 하프 플레이트를 걸치고 나와 한쪽 무릎을 꿇는 사내는 브라이트. 그리고 마치 떠밀리듯 귀족들 사이에서 나와 엉거주춤한 자세로 무릎을 꿇는 사내는 에스타.

노월 왕국의 1, 2왕자였다.

"짐이 부른 용건은 이미 알고 있을 터. 준비는 되었나?"

"네, 폐하!"

브라이트가 쩌렁쩌렁한 목소리로 대답했고.

"……네."

한 박자 늦게 에스타가 대답했다.

그러나 국왕은 그런 건 아무래도 좋다는 듯이 말을 이었다.

"좋다, 그럼 자질구레한 말은 집어치우고 본론으로 들어가지. 어차피 너희들이 원하는 건 하나, 짐이 서 있는 이 자리일 테니까. 어떻게 해야 이 자리에 설 수 있는지를 말해 주겠다. 너희들이 차기 국왕이 될 방법은……."

쾅-!

"기다려 주십시오!"

거친 문소리와 함께 고함이 울린 건 그때였다.

국왕의 말에 집중하던 귀족들이 깜짝 놀라며 고개를 돌렸고, 활짝 열린 문 너머로 보이는 사내의 얼굴을 확인하고 다시 한번 놀라는 반응을 보였다.

"저분이 왜 여기에……."

"변경의 별궁에서 은거 생활을 시작했다고 들었는데……."

그리고 웅성대며 흘러나오는 말들.

그 입에서 나오는 존칭과 달리 그들의 표정은 좋지 않았고, 국왕 역시 마찬가지였다.

"너를 부른 기억은 없는데?"

"알고 있습니다."

절뚝대며 대전을 가로지르는 사내는 질리언, 초대받지 못한 3왕자였기 때문이다.

그 옆에는 호위처럼 태영과 레이븐이 따르고 있었다.

– 서둘러 온 보람이 있군. 늦지는 않은 모양이야.

그 말처럼 서둘러 온 것이다.

태영이 질리언과 만난 그날 밤 바로 출발, 이틀을 쉬지 않고 달려서 말이다.

"저도 참가를 허락해 주십시오!"

물론 국왕 앞에 한쪽 무릎을 꿇는 질리언이 이 말을 하기 위해서다.

순간 그와 반대로 1왕자 브라이트가 벌떡 일어났다.

"질리언, 갑자기 나타나 무슨 당치 않는 말을 하는 거냐! 고작 다리 좀 다쳤다고 국정을 내팽개치고 변경에서 유유자적하던 네가 왕위 쟁탈전의 후보가 될 자격이 있다고 생각하는가! 그나마 왕자로서의 체면이라도 지키고 싶다면 당장 꺼져라!"

"닥쳐라, 브라이트."

"네?"

"아직 이 대전의 주인은 짐이다."

국왕이 브라이트를 향해 으르렁대는 듯한 목소리로 말했다.

이에 브라이트는 당황한 얼굴이 되었지만, 국왕은 관심 없다는 듯이 다시 질리언을 돌아보며 말을 이었다.

"브라이트가 주제넘은 짓을 했지만, 그 말은 사실이다. 왕위 쟁탈전은 왕자라고 다 참여할 수 있는 게 아니다. 차기 국왕 자리를 두고 벌이는 경합이니만큼 후보도 그만한 자격을 증명해야 할 수 있는 것이다."

"알고 있습니다."

"그럼 자격을 증명할 수 있다는 말인가?"

"네."

질리언이 대답과 함께 몸을 일으켰다.

그리고 불편한 다리를 이끌며 국왕 앞으로 걸어가 옆구리에 끼고 있던 상자를 내밀었다.

그날 밤 태영이 그에게 준 바로 그 상자였다.

그리고 상자를 열어 본 국왕의 반응도 그날 밤 질리언과 같았다.

처음에는 당황한 얼굴이 되었다가, 곧 놀라는 반응을 보였다. 다른 점이 있다면 그 직후에 얼굴 가득 웃음이 떠올랐다는 것이다.

"꽤 재미있는 선물이로군."

"선물?"

"안달하지 마라. 나도 혼자 보기 아까워 보여 주려던 참이니까."

국왕이 한 손으로 상자의 내용물을 잡아 올렸다.

순간 곳곳에서 경악성이 터져 나왔다.

그러자 국왕이 못마땅한 얼굴로 혀를 차며 중얼거렸다.

"쯧, 늙고 병든 건 짐만이 아닌 모양이군. 전사의 나라라고 불리는 노월 왕국의 귀족들이 고작 이따위 것에 저런 얼빠진 얼굴들이라니……."

그러나 무리도 아니었다.

"타라칸……."

국왕이 말한 얼빠진 얼굴로 바라보는 사람 중 한 명인 브라이트가 말대로 그 상자의 내용물은 타라칸, 정확히는 그의 머리였다.

-그건 뭐 하게?

태영이 이런 그리모어의 말을 무시하고 챙겨 온.

그렇다고 딱히 시신을 훼손했다는 말은 아니다. 싸움이 끝나고 나니 떨어져 있었고, 태영은 그냥 주워 담아 왔을 뿐이다.

뭐 떨어뜨린 건 태영이니 어차피 그게 그거지만 어쨌든.

–이렇게 써먹으려고 챙겨 왔던 건가?

국왕의 이어지는 말에 그리모어가 새삼 감탄한 듯이 중얼거렸지만, 사실 본래 용도는 이쪽이 아니었다.

처음에는 3왕자를 만나는 데 써먹을 생각이었다.

그러나 샤르윈으로 가는 길에 생각해 보니 그건 좀 아니다 싶었다.

처음 생각대로 3왕자의 관심을 끌 수는 있겠지만, 갑자기 그런 걸 들이밀면 그 관심은 경계심 쪽으로 기울어질 게 뻔하기 때문이다.

이에 태영은 잘나가는 헌터가 되는 쪽으로 방향을 전환!

그 탓에 타라칸의 머리도 한동안 공중에 붕 뜬 상태가 되어 있었다.

그러나 질리언과 대화를 나누는 사이에 다시 떠올랐다.

그 허공에 붕 떠 버린 타라칸의 머리를 재활용할 기회가 있겠다고 말이다.

"어떠냐? 이 정도면 참가 자격 운운할 정도는 된다고 생각하지 않나?"

그게 바로 이거다.

"그…… 아니, 용납할 수 없습니다! 저는 그동안 수차례에 걸쳐 병사를 이끌고 나가 외적을 막아 왔습니다! 그리고 에스타 역시, 그동안 내정을 도맡아 처리해 왔습니다! 반면 아무것도 하지 않던 질리언이 그런, 구덩이에 유배되어 있던 자의 목을 베어 왔다는 것만으로 저희와 같은 자격을 받는 건 부당합니다!"

물론 이런 말을 하는 녀석이 한 명쯤은 있으리라는 것도 알고 있었다.

그러나 문제 될 건 없었다.

일전에도 말했듯이 과거 태영은 노월 왕국과 특별한 인연은 없었다.

1왕자 브라이트를 직접 보는 것도 이번이 처음이었다.

그러나 현 국왕 필라드에 대해서는 꽤 들어 봤고, 그 때문에 단언할 수 있었다.

지금 브라이트가 목에 핏대까지 세우며 떠들어 대는 말은 실수라고 말이다.

필라드 국왕이 태영이 들어온 말대로의 사람이라면…….

"그 입 다물라."

"네?"

"네가 정말 그렇게 생각한다면 짐은 둘 중 하나라고밖에 생각할 수 없다. 첫째는 왕국의 군부 대부분을 통솔하는 네가 구덩이에서 무슨 일이 있었는지조차 모르고 있었다는 것. 그건 그것대로 문제다 싶지만, 더 곤란한 건 두 번째겠지. 그게 아니라면 네가 짐을 그 정도도 모르는 퇴물로 생각하고 있다는 말일 테니까."

"그, 그건……."

"어느 쪽이든 한 번은 눈감아 주고 넘어가마. 하지만 짐 앞에서 말할 때는 좀 더 생각하고 말하는 것이 좋을 것이다. 적어도 네 머리에 왕관이 올라가기 전까지는."

이렇게 될 테니까.

-크크크, 저 자식 본전도 못 찾고 찌그러지는군. 적이라고 생각해서 그런지 처음 봤을 때부터 왠지 되게 마음에 안 들었는데, 속이 다 시원하군.

그리모어의 말처럼 1왕자, 브라이트는 입을 꾹 다물고 찌그러졌다.

"네가 직접 벤 건 아니겠지?"

"네."

"부하인가?"

"아닙니다. 그는 대등한 관계의 동료입니다."

고개를 돌리며 대답하는 질리언을 따라 국왕의 눈이 태영에게 향했다.

'확실히……'

듣던 대로 만만한 느낌의 눈빛이 아니었다.

그 역시 과거 왕위 쟁탈전에서 승리해 그 자리에 서게 된 사람이니 당연하다면 당연하지만, 늙고 병든 몸임에도 왈드 공작이나 그라디오스 후작을 압도할 정도의 눈빛을 뿜어내고 있었다.

그러나 잠깐이었다.

국왕은 곧 시선을 돌리며 말했다.

"동료라…… 뭐 그런 것도 나쁘지 않겠지. 뛰어난 부하를 두는 것도 그렇지만, 뛰어난 동료를 만드는 것도 능력이니까. 당연히 문제도 되지 않는다. 브라이트와 에스타도 세 혼자 외적을 막고 내정을 도맡아 온 게 아니니까. 네 참가를 허락하지."

이에 질리언도 당당히 1, 2왕자, 브라이트와 에스타 옆에 자리를 차지하고 착석!

국왕은 세 왕자를 주욱 둘러보며 말을 이었다.

"현재 왕국이 내외적으로 꽤 많은 혼란이 일어나고 있다는 건 모두 알고 있을 것이다. 따라서 조속히 차기 국왕을 정해 안정을 꾀해야 하지만, 지금까지는 그럴 여유가 없었다. 그 혼란은 왕성 내부에서도 일어나고 있었기 때문이다."

"왕성 내부라고요?"

"아마도 세상에서 대격변이라고 부르는 사태가 일어난 영향이겠지만, 얼마 전에 왕성 지하와 연결된 거대한 유적이 발견되었다. 그리고 현재까지 알아낸 바에 의하면 그 유적은

심마(深魔)의 미궁일 확률이 높다."

"심마의 미궁……!"

이어지는 말에 여기저기에서 놀란 목소리가 흘러나왔다.

그러나 왕성 지하에서 그런 게 나왔다는 말 때문은 아니었다. 이곳에 모인 사람 중에 심마의 미궁을 모르는 사람은 없기 때문이다.

바로 노월 왕국을 건국한 페리어트 1세가 봉인했다고 알려진 미궁이니까.

임종 직전에 그 미궁으로 들어가서 말이다.

그러나 그 이유나 미궁의 정확한 위치는 알려지지 않고 있었다.

태영도 마찬가지다. 그 정도라도 아는 건 왕도로 오는 길에 질리언에게 들었기 때문이다.

즉, 질리언은 이미 알고 있었다는 말이다.

'다들 연기력이 꽤 좋군.'

하물며 왕도에 있던 1, 2왕자와 귀족들이 모를 리가 없는 것이다.

"짐은 이 같은 시기에 심마의 미궁이 모습을 드러낸 건 건국왕 페리어트 1세의 계시라고 생각한다. 따라서 이번 왕위 쟁탈전의 과제도 그것으로 하겠다. 전승이 사실이라면 심마의 미궁 어딘가에 페리어트 1세의 유해가 남아 있을 터. 누구든 페리어트 1세의 유물을 가장 먼저 찾아 나오는 왕자가 차기 노월 왕국의 국왕이 될 것이다."

이런 과제가 나오리라는 것도 말이다.

그리고 역시나.

"개시는 내일 아침. 동행자는 각자 30명까지로 제한한다. 누구와 동행할지는 너희들 자유다."

국왕이 이런 말을 끝으로 퇴장하자마자 제들끼리 머리를 맞대고 수군대기 시작했지만, 심마의 미궁에 대한 말은 들려오지 않았다.

질리언이라는 이름이 더 많이 언급되고 있었다.

뻔히 알고 있던 왕위 쟁탈전의 과제보다는 예상하지 못했던 그의 등장이 여러모로 더 신경 쓰일 테니까.

덩달아 국왕이 한번 쳐다보는 바람에 눈에 띄어 버린 태영도.

'이런 식으로 눈에 띄어 버린 건 달갑지 않지만, 지금은 일단 왕위 쟁탈전에 참여할 수 있게 된 것만으로도 다행이라고 해야겠지.'

"가지."

이에 태영이 돌아오는 질리언을 따라 몸을 돌릴 때였다.

"어이, 질리언."

1왕자 브라이트가 서너 명의 귀족과 함께 다가왔다.

"꽤 재미있는 상황을 연출하더군. 왕위에는 관심도 없다는 듯이 변경에 처박히더니, 뒤로는 이런 짓을 하고 있던 건가? 쥐새끼처럼 살금살금, 왕자가 할 일은 아니잖아."

"저도 그렇게 생각해요."

그때 바로 뒤에서 또 다른 목소리가 들려왔다.

2왕자 에스타와 그의 모친, 에스메랄다였다.

그러나 에스메랄다가 바짝 솟은 눈매로 노려보는 사람은 브라이트였다.

"하지만 1왕자가 할 말은 아닌 것 같군요."

"무슨 말이죠?"

"글쎄요? 무슨 말일까요?"

에스메랄다가 도발적인 미소를 지으며 되물었다.

동시에 둘 사이에 스파크가 튀어 오르는 듯한 분위기가 연출됐지만, 딱히 태영이 알 바는 아니었다.

어차피 남의 일, 아니 경쟁자끼리 저러고 있으면 좋은 일이다.

이에 태영은 질리언을 잡아끌고 잽싸게 후퇴.

머릿속으로 팝콘을 튀기며 남의 집 불구경하듯이 바라보고 있었지만.

"혹시 이게 기억을 떠올리는 데 도움이 될지도 모르겠군요. 뭐 그래도 기억나지 않는다면 할 수 없지만……."

에스메랄다가 피 묻은 검은 천 조각을 툭 던지며 몸을 돌렸다.

'저건…….'

그럴 때가 아닐지도 모른다는 생각이 들기 시작했다.

"늦지 않아 다행입니다."

브라이트와 에스메랄다가 불꽃 튀는 신경전을 벌이고 돌아간 직후, 레이븐이 질리언 옆으로 다가오며 말했다.

"아직 그런 말을 하기는 이르지."

"그야 그렇죠."

레이븐이 침중한 얼굴로 고개를 끄덕였다.

말했듯이 질리언은 이미 왕성 지하에서 유적이 발견됐다는 정보를 알고 있었다.

이를 두 달이 넘도록 공표하지 않던 이유도 말이다.

그리 복잡한 얘기도 아니다.

심마의 미궁은 초대 국왕 페리어트 1세에 대한 영웅담에서 핵심이 되는 장소지만, 대부분의 건국기가 그렇듯이 그 실체에 대해서는 논란이 많았다.

즉, 그 실체가 확인된 건 그 자체만으로도 노월 왕가의 위상이 올라갈 만한 일이라는 말이다.

그럼에도 대외적으로 공표를 하지 않았다면 이유는 하나.

더 극적인 연출을 원하는 것이다.

국왕이, 중앙 대륙의 모든 나라가 지켜보는 왕위 쟁탈전과

엮어서 말이다.

질리언이 왕위 쟁탈전을 포기하지 않은 이유도 그래서다.

이번 왕위 쟁탈전이 일반적, 지금까지 1, 2왕자가 해 온 것처럼 국경 분쟁이나 내정에 참여해 공적을 쌓는 방식이라면 이미 모든 지지 기반을 잃은 질리언은 승산이 1도 없다.

"하지만 미궁을 탐사라면……."

상황은 달라진다.

질리언이 헌터를 모아 온 게 그 때문이었으니까.

그러나 방금 말했듯이 그게 유리해졌다는 의미는 아니다.

분명 미궁 탐사라면 헌터의 경험을 무시할 수 없지만, 질리언이 모은 헌터는 대부분 B급.

실력 면에서는 잘해야 하급 기사 수준밖에 되지 않았다.

"이건 단순한 미궁 탐사가 아니다. 노월 왕국의 차기 국왕 자리를 두고 경쟁하는 왕위 쟁탈전. 어떤 형태로 진행되든 형님들과 충돌하는 일을 피할 수는 없겠지. 나로서는 가능한 한 그런 사태는 피하고 싶지만……."

"힘들겠죠."

"그래, 그런 건 기대하지 않는 편이 좋겠지. 지금까지 왕자들 사이에 유혈사태가 벌어지지 않은 왕위 쟁탈전은 없으니까. 더구나 경합 장소가 심마의 미궁이라면 말할 것도 없겠지. 첫째 형님이든 둘째 형님이든, 적어도 둘 중 하나와는 충돌하게 될 거다. 뭐 그것도 미궁 탐사에 별문제가 없을 때의 일이겠지만."

"폐하께서 제시한 30명이라는 인원도 문제입니다. 레온이 데려온 랄프와 제드라는 헌터 일행을 모두 채용한다고 해도 25명밖에 되지 않습니다. 지금이라도 실력 있는 기사를 포섭해 볼까요?"

"그런 기사가 남아 있겠는가?"

"그럼 헌터라도……."

"마찬가지다. 두 형님도 이번 왕위 쟁탈전의 과제로 뭐가 나올지는 대강 예상했을 테니. 이미 왕도 주변에서 이름이 알려질 만한 헌터는 다 쓸어 갔을 거고, 설사 남아 있다고 해도 굳이 내게 와서 두 형님의 눈 밖에 나고 싶어 할 자는 없겠지."

그건 이미 포섭한 헌터도 마찬가지였다.

질리언이 왕위 쟁탈전을 준비하고 있다는 건 비밀이었으니까.

그에게 고용된 15명의 헌터도 왕도로 올 때나 자세한 내용을 들었고, 상당히 동요하는 기색을 보였다.

왕성을 나오는 질리언을 바라보고 있는 지금도.

"면목이 없습니다."

"그리 말할 일은 아니야. 저런 모습을 보인다는 건 적어도 저들이 두 형님의 사주를 받고 잠입한 자들은 아니라는 말이니까. 자네도 알지 않나? 전쟁도 그렇지만, 이런 미궁 탐사

역시. 실력이나 인원수도 중요하지만, 더 중요한 건 믿을 수 있는 사람이냐는 것이다."

"그럼……."

"이대로 간다. 개시일은 내일이다. 필요한 준비를 하기에도 충분한 시간은 아니지만, 저 친구들의 의욕을 불러일으키기도 쉬워 보이지는 않으니까."

"너무 걱정하지 마십시오."

"걱정?"

질리언이 절뚝대던 걸음을 멈추며 레이븐을 돌아보았다.

"인제 와서 그런 걸 할 것 같은가? 상황이 좋지 않다는 건 이 다리를 다쳤을 때, 내 주위에 모여 있던 귀족들이 병문안조차 오지 않았을 때부터 알고 있던 일이네."

"왕자님……."

"투정을 부리려고 하는 말이 아니야. 그때와 비교하면 되레 낫다는 말을 하는 거네. 적어도 지금은 믿을 수 있는 동료가 둘이나 있으니까 말이야. 뭐 아직 한 명은 여러모로 알 수 없는 부분이 많은 사내이기는 하지만 말이야."

질리언이 빙긋 웃으며 고개를 돌렸다.

레이븐은 그처럼 밝게 웃지는 않았지만, 일정 부분은 동의한다는 얼굴로 고개를 돌렸다.

둘의 시선이 향하는 사람은 한두 걸음 떨어져 따라오는 태영이었다.

그리고 그때 태영은…….

"응? 왜?"

전혀 듣고 있지 않았다.

"뭐냐, 그 반응은? 제대로 듣지도 않고 있던 건가? 대체……."

"그러고 보니 좀 이상하군. 대전에서부터 한마디 말도 없이. 뭔가 마음에 걸리는 일이라도 있는 건가?"

"네, 뭐 조금…… 아니, 그보다 무슨 말을 하고 있었습니까?"

"나 이런."

태영이 반응에 질리언이 쓴웃음을 지었다.

그러자 레이븐이 못마땅한 얼굴로 대신 설명해 주었다.

"내일 심마의 미궁에 들어가기 전에 어떤 준비를 해야 할지를 의논하고 있었다. 왕자님의 예측대로 과제가 미궁 탐사라고는 해도 모든 면에서 우리가 열세인 건 분명하니까."

"아, 그거 말이군요."

"아, 그거?"

"그거야 딱히 의논할 일도 아니지 않습니까? 레이븐 경도 일단 A급 헌터고, 저나 다른 사람들도 헌터니까. 그들의 경험담을 참고해서 준비하면 되지 않겠습니까?"

"그렇긴 하지. 정작 그들이 불안해한다는 게 문제지만."

"그야 당연히 불안해하죠."

"뭐?"

"대체 저 사람들이 왜 길드에도 알리지 않고 왕자님 밑에 모여 있다고 생각하는 겁니까?"

"그야 당연히 비밀로……."

"내 말은 무슨 일을 시키려고 그러는지도 제대로 모르는데 그런 조건까지 붙어 있는 일을 왜 받아들였겠냐는 말입니다. 아니, 뭘 또 생각까지 합니까? 그게 생각할 일입니까? 뻔하잖아요. 왕자님이 직접 고용하는 일이니까. 당연히 그만큼 큰 보상을 받을 수 있다고 생각해서잖아요. 그럼 불안해지는 것도 당연하지 않습니까?"

"그래서 불안해진다니?"

"왕자님은 모험담을 듣는 게 취미라고 알려져 있으니까, 아마도 저들은 잘해야 근처 유적지에 동행해 달라는 의뢰로 생각하고 있었겠죠. 뭐 결과적으로는 같은 일이기는 하지만, 수준이 달라졌지 않습니까? 심마의 미궁이라는 전설적인 유적도 그렇지만, 노월 왕국의 차기 국왕을 뽑는 일에 참여하게 되는 거니까."

"그래서 하는 말이네. 그만큼 위험도가 올라가니 불안해지는……."

"그러니까, 접근 방법이 잘못됐다고 말하는 겁니다. 헌터가 위험을 무릅쓰고 던전 따위를 찾아다니는 건 돈을 벌기 위해서니까. 위험하다고 생각되면 그만큼 더 주면 되는 겁니다. 지금의 왕자님이 아닌, 성공했을 때 앉게 될 국왕만이 줄 수 있을 정도의 보상을 말입니다."

"뭐……."

"그만하게. 아무래도 헌터로서는 자네보다 레온이 위인 것 같으니."

질리언이 레이븐의 어깨를 툭 치며 피식 웃었다.

태영은 그 앞에 모여 있는 헌터들도 들을 수 있을 정도로 큰 목소리로 말했고, 지금 그들은 기대 어린 눈으로 질리언을 바라보고 있었다.

태영이 제시한 해결책이 정답이라는 방증이다.

"이제 됐죠? 그럼 나머지는 왕자님과 레이븐 경이 잘 생각해서 얘기하시고, 저는 잠시 볼일 좀 보고 오겠습니다."

"볼일?"

"오래 걸릴 일은 아닙니다."

짧게 대답한 태영은 바로 흑영의 등에 올라 고삐를 잡아챘다.

두두두두-!

-볼일이라는 건, 역시 그 일인가?

말발굽 소리에 섞여 들려오는 그리모어가 말하는 그 일이란, 에스메랄다가 브라이트 1왕자 앞에 던진 검은 천 조각을 말하는 것이다.

-뭐 첩자로 보낸 녀석이 발각되어 죽어 나가는 일은 드문 일도

아니지.

그렇게 말하고 넘어갈 일은 아니었다.

그 첩자를 보낸 사람이 태영이고, 그는 다름 아닌 미스트, 태영이 아는 최강의 암살자니까.

그러나 에스메랄다가 던진 천 조각은 틀림없이 미스트의 옷자락이었다.

'뭔가 일이 생긴 건 분명하다!'

그와 동시에 떠오른 생각은 태영을 몹시 불안하게 만들었다.

– 어쩌면 외상값을 갚지 않아도 될지도…….

그리모어는 모른다.

미스트는 그리모어가 상상하는 것 이상으로 태영과 깊게 얽혀 있다.

물론 아직은 아니고, 또 앞으로도 그렇게 된다는 보장은 없다.

그러나 그런 건 중요하지 않다.

'그 녀석을 이런 곳에서 잃을 수는 없어!'

중요한 건 지금, 태영이 그렇게 생각하고 있다는 것이다.

태영이 질리언과 레이븐의 대화를 듣지 못하고 있던 이유가 그 때문이었다.

그때 태영은 이미 청영을 왕성 밖에서 대기 중인 2왕자의 호위 부대 쪽으로 보내 놓은 상태였고…….

"이봐, 얘기 들었어? 어젯밤에 왕비님과 왕자님이 아르키네아 제국에서 온 기사단을 만나는 장면을 엿보던 첩자가 어떻게 잡혔는지 말이야."

"아아, 들었지. 100여 미터 이상 떨어진 성벽 안에 숨어 있었는데도 제국 기사 중 한 명이 바로 알아채고 창을 날렸다면서?"

"그래, 그 뒤로도 마치 사냥개처럼 체취를 찾아 추적해 결국 잡았다고 하더군. 그쯤 되면 정말 사람이 맞는지도 의심해 봐야 하는 거 아니야?"

"그럼 네가 가서 물어보든가."

"미친놈. 그걸 말이라고 하냐? 그나저나 역시 제국이라고 해야 하나? 대륙 최강이라는 말이 그냥 나온 게 아닌 모양이야."

"뭐 우리한테는 잘된 일이지. 에스타 왕자님이 차기 국왕이 되면 우리도 여러모로 형편이 좋아지지 않겠어? 아, 그런데 그 첩자 녀석은 어떻게 한 거야? 잡았다는 말만 들었지, 그 뒤로는 별말이 들려오지 않던데."

"어제 왕도 서쪽 길목에 매달아 뒀어."

"서쪽? 아, 그렇군. 브라이트 왕자님의 별궁으로 가는 길 말이군. 하긴, 이런 시기에 첩자를 보낼 만한 사람은 1왕자밖에 없지."

"그래, 일종의 경고지. 놈의 숨통을 끊어 놓지 않은 것도 그래서고 말이야."
좀 전에 들려온 말이었다.
'아직 살아 있다! 그렇다면…….'
이에 태영이 흑영을 타고 단숨에 왕도를 가로질러 서문 밖으로 나왔을 때였다.
삐이이이-!
앞서 나온 청영의 울음이 들려왔다.
고개를 돌리자 성문 앞의 길목에서 조금 떨어진 곳에서 수십 명의 사람이 모여 있었다.
그 앞에는 나무 기둥이 세워져 있었다.

2왕자의 별궁에 잠입했던 자다.
이자를 내려 주려고 시도하는 자는 물론, 접촉하는 자도 엄벌을 받게 될 것이다.

이런 팻말과 함께 피투성이의 사내가 매달려 있는 나무 기둥이었다.
-저건…… 글렀군.
얼굴은 완전히 짓뭉개져 형체조차 알아보기 힘들었다.
몸도 셀 수조차 없는 상처로 덮여 있었다.
평소 그를 잘 알고 있는 사람이라도 알아보기 쉽지 않을 정도였다. 그러나 걸레처럼 찢긴 몸을 고스란히 드러내며 너풀대는 옷은 분명…….

"으……."

그때 사내의 몸이 움찔대며 신음이 흘러나왔다.

기둥 아래의 병사가 창대로 꾹 찌르자 보인 반응이었다.

"쳇, 아직 살아 있는 건가?"

"킥킥킥, 내가 뭐랬어? 이런 놈들은 원래 바퀴벌레처럼 질기다고. 자, 2골드 내놔."

"젠장, 다시 하자. 다음은 교대 시간까지. 난 당연히 이번에도 뒈지는 쪽이다. 이게 마지막이니 화끈하게 10골드 걸지."

"흠, 글쎄? 교대까지는 아직 2시간도 넘게 남았잖아. 아무리 이 녀석이라도 그때까지는 무리일 것 같은데……."

병사들이 키득대며 떠들었다.

그리고 그 순간, 태영의 머릿속에서 뭔가가 균열을 일으키며 갈라졌다.

-응? 어, 어…… 주, 주인!

"어이, 거기!"

그리모어의 당혹성과 병사의 고함이 들려온 건 그때였다.

"경고문 안 보여? 멀리서 보라고, 인마!"

태영은 그 말까지 들은 뒤에야 사람들을 밀어내며 기둥으로 다가가고 있음을 깨달았다.

의식하고 한 행동은 아니었다.

"어쭈? 저 자식 봐라?"

그러나 물러날 생각은 들지 않았다.

-주인, 정신 차려! 대체 왜 그렇게까지 화가 났는지는 모르겠지만, 아니 알 것 같지만, 여긴 노월 왕국의 왕도 앞이라고! 할 일이 있어서 온 거고, 여기까지 오는 것도 쉽지 않았잖아! 고작 암살자 하나 때문에 그걸 모두 날려 버릴 생각이야? 주인답지 않게 왜 이래?

그리모어가 무슨 말을 하는지는 알고 있다.

그리고 확실히, 이건 태영답지 않은 행동일지도 모른다.

태영은 언제나 남보다 나, 자신의 이득을 최우선으로 생각하는 사람이니까.

새삼 그걸 부정하고 싶은 생각도 없다.

그러나 그리모어가 모르는 게 있다.

'미스트는 내 사람이다!'

바로 이거다.

정작 미스트는 인정하지 않겠지만, 그런 건 상관없다.

중요한 건 태영이 그렇게 생각하고 있다는 것이고, 그거면 충분하다.

태영이 말하는 나는 그저 태영 혼자만을 의미하는 게 아니다. 그리모어와 청영은 물론 내 사람으로 받아들인 모두를 의미하는 말.

"그래, 물러날 이유는 얼마든지 있지. 하지만 지금 그런 이유를 대며 물러난다면 앞으로도 그럴 거다. 곤란한 일이 생길 때마다 물러날 이유부터 찾게 되겠지."

경험해 봐서 안다.

그게 결과적으로 얼마나 후회스러운 삶을 만들어 내는지.

"너는 그런 주인을 원하는 건가?"

덜그럭대던 그리모어의 진동이 가라앉은 건 그때였다.

—……그런 질문은 의미가 없다. 주인은 이미 내 주인이고, 나는 그 사실에 자부심을 느끼고 있다, 지금 이 순간에도.

그리고 차분해진 목소리와 함께 좀 전과는 다른 진동을 일으켰다.

—그러니 주인의 뜻대로.

그 대답에 태영이 고개를 끄덕이며 그리모어를 움켜쥐었을 때였다.

"그만둬라."

뒤에서 낮은 목소리가 들려왔다.

시선을 돌리자 바로 뒤에 행상인처럼 보이는 사내가 바짝 다가와 있었다.

그리고 뭐라 말할 새도 없이 다짜고짜 태영의 목에 팔을 두르며 병사들을 돌아보았다.

"죄송합니다. 이 녀석이 시골에서 올라온 지 얼마 안 돼서 이런 걸 보는 건 처음이라 좀 놀란 모양입니다."

"시골에서 올라왔다고?"

"네, 아시지 않습니까? 그런 촌놈들은 제 앞가림도 못하면서 엉뚱한 데 끼어들기도 하죠."

"뭐 그렇긴 하지만……."

"제가 단단히 타이를 테니 넓은 아량으로 이해해 주십시오."

병사들은 그 말대로 넓은 아량으로 이해해 주었다.

그런 곳에서 경비나 서는 하급 병사 들은 대체로 그런 넓은 아량을 가지고 있는 편이다.

특히 그 손에 제법 묵직해 보이는 돈주머니가 쥐어졌을 때는 말이다.

"칫, 이게 뭐야? 다 동화잖아?"

물론 묵직하다고 다 거금이 들어 있는 건 아니다.

그러나 병사들이 짜증을 내며 돌아봤을 때 이미 두 사람이 보이지 않았다.

왕도의 서문 근처.

"젠장, 쓸데없이 돈만 날렸군."

헐렁한 셔츠에 가죽조끼, 허리에는 전낭을 찬, 정말 행상인이라는 직업을 형상화해 놓은 듯한 복장의 사내가 북적이는 인파 사이를 걸으며 투덜거렸다.

"이전 것까지 포함해서 네 앞으로 달아 둘 테니 그런 줄 알아."

"부탁한 적 없어."

"하! 말은 잘하는군. 내가 그 병사들 같은 등신으로 보이나? 대체 무슨 생각으로 그런 머저리 같은 짓을 한 거야?"

"하지도 않았고."

그를 뒤따르며 툭 던지듯 대답하는 사람은 태영이었다.

"하지만 머저리 같은 짓을 할 뻔했다는 건 인정하지. 누구 덕분에 말이야."

"그게 누구인지는 나도 궁금해지는군."

-나는 네놈이 더 궁금하다, 이 자식아! 어이, 주인, 이게 대체 뭔 상황이야? 잔뜩 무게 잡다가 갑자기 슬금슬금 빠져나온 건 그렇다 쳐도, 대체 왜 생판 처음 보는 놈하고 아무렇지도 않게 얘기하며 따라가고 있는 건데? 주인이 그렇게 사교성이 좋은 사람은 아니잖아.

무게 잡은 적도 없고, 슬금슬금 빠져나온 것도 아니다.

그래도 사교성이 좋은 사람이 아니라는 말까지는 부정할 수 없다는 사실이 슬프지만 어쨌든.

"그런데 용케 알아봤군. 내 입으로 말하기는 뭐하지만, 그렇게 쉽게 알아볼 수 있을 정도로 서툰 솜씨라고 생각하지는 않는데 말이야."

"감이지."

"웃기는군. 그런 거로……."

"말했잖아. 나는 너에 대해서 꽤 많이 알고 있다고 말이야."

태영이 빙긋 웃으며 덧붙였다.

그러나 태영이 이렇게 말할 수 있는 건 되레 눈치채지 못했기 때문이다.

그가 바로 뒤로 다가올 때까지.

당연히 그가 온몸으로 주장하듯이 평범한 행상인이 할 수 있는 일이 아니다.

그러나 드문 일이라고는 할 수 없었다.

과거 태영은 그처럼 온몸으로 마부, 여행객, 종업원임을 주장하는 것 같은 사람들에게 죽어 본 경험이 있으니까.

그게 모두 한 사람이었다는 사실을 알게 된 건 한참 뒤의 일이었다.

"……생각하다 보니 울컥하는군."

"뭐?"

"그런 게 있어, 인마. 넌 몰라도 돼."

"흠……."

그게 바로 지금 찜찜한 눈으로 바라보는 그, 미스트다.

"충고 하나 하지. 내가 모르는 누군가가 나에 대해 잘 안다고 떠들어 대는 걸 듣는 건 그리 좋은 기분이 아니야. 특히 나 같은 직업을 가진 사람들은 더 그렇지. 내가 그 주둥이를 영원히 열리지 않도록 하고 싶어질지도 모른다는 생각은 들지 않나?"

"그럴 거면 충고도 하지 않겠지."

"너무 자신하지 않는 게 좋아. 난 취미로 살인을 하는 게 아니니까. 너는 여기저기에 적이 꽤 많은 모양이니 누군가 의뢰를 한다면 어떻게 될지는 모르지."

"그건 그것대로 일 보 전진 아니야? 전에는 취미로 날 죽이겠다며 따라다녔잖아."

미스트가 살짝 눈살을 찌푸렸다.

그리고 잠시 묘한 눈길로 태영을 바라보다가 다시 물었다.

"대체 왜 그런 거지?"

"뭘?"

"좀 전에 말이다. 나는 네가 죽으면 곤란하지만, 너는 아닐 텐데? 아니, 되레 더 좋을지도 모르지. 적어도 빚 독촉을 받을 일은 없을 테니까."

물론 그런 생각을 안 해 본 건 아니다.

-어…… 빚? 자, 잠깐! 그럼 저 녀석이 미스트라는 말이야?

대체로 이 녀석이.

그러나 일러바칠 생각은 들지 않았고, 그 이유에 대해서도 마찬가지다. 이쪽이든 저쪽이든 어차피 미스트가 이해할 수 없는 말일 테니 말이다.

그리고…….

-대체 저 녀석이 어떻게 여기 있는 거야? 그럼 좀 전에 기둥에

묶여 있던 놈은 뭐고?

태영이 나누고 싶은 대화도 이쪽이다.

"난 빚지고는 못 사는 성격이야. 받을 것도 확실히 받아내지만, 줄 것도 확실히 줘야 편하게 잠을 잘 수 있는 성격이지."

이에 툭 치고 넘어간 태영은 바로 본론으로 넘어갔다.

"그보다 대체 어떻게 된 거야?"

"뻔한 걸 묻는군. 내가 아니라면 답은 바로 나오는 거 아닌가? 나 외에 다른 첩자가 있었다는 말이지. 그게 누가 보낸 첩자인지까지 말해 줘야 하나?"

물론 1왕자다.

"하지만 기둥에 묶여 있던 사람이 입고 있던 옷은 분명……."

"알아보는군."

미스트가 고개를 끄덕였다.

"그래, 꽤 비싼 거지. 옷감도 그렇지만, 애초에 저런 옷을 만들 수 있는 장인도 많지 않으니까. 하지만 옷 한 벌로 목숨을 구했다면 싸게 먹혔다고 해야겠지."

"실수한 건가?"

"뭐 상대의 실력을 제대로 가늠하지 못한 셈이니 실수라면 실수겠지만……."

"네가 그렇게 말할 정도면 단순한 실수는 아닌 모양이군.

노월 왕국에서 이름이 알려진 기사는 대부분 1왕자 측에 붙었다고 들었는데."

"노월 왕국이 아니다."

고개를 저은 미스트가 잠시 생각하다가 다시 물어왔다.

"혹시 윌리엄이라는 기사를 알고 있나?"

"윌리엄…… 그래, 들어 본 적이 있는 것 같군. 윌리엄이라는 이름은 흔하지만, 버튼 가문의 윌리엄이라면 왈드 공작의 호위기사 중 한 명이지."

"그럼 맞을 거다. 거기에 하나 더 추가하자면 기사단이지. 그를 포함해 30명, 전원 상급 기사 이상이었다."

새삼 놀랄 일은 아니었다.

현재 2왕자 측에 붙은 노월 왕국의 귀족은 대부분 문관.

왕위 쟁탈전의 과제가 머리보다 몸을 써야 하는 일이라면 왈드 공작의 질녀인 에스메랄다가 어디에 손을 벌릴지는 쉽게 예상할 수 있는 일이었다.

'30명이라…….'

신경 쓰이는 건 국왕이 말한 참가 인원과 딱 맞아떨어지는 그 숫자다.

당연히 우연일 리는 없다.

즉, 왈드 공작은 이미 기사단을 파견할 때부터 이번 왕위 쟁탈전이 어떻게 진행될지 알고 있었다는 말이다.

'뭐 다른 사람도 아니고 왈드 공작이니까, 그것도 새삼 놀랄 일은 아니겠지. 하지만 참가 인원까지 알고 있을 정도면 이번 과제가 어떤 것인지도 알고 있었다는 말인데…….'

이해가 안 되는 건 이 부분이다.

상급 기사는 마스터에 가까운 실력자들이다.

그러니 전투력은 의심의 여지가 없겠지만, 이번 과제는 미궁 탐사. 그저 전투력이 높은 것만으로는 유리하다고 말하기 힘들다.

'30명을 딱 맞춰 보냈다면 따로 충원할 계획은 없다는 말이다. 그럼 기사 중에 헌터와 같은 경험이나 지식을 가진 자가 있다는 말인가? 아니면 달리 믿는 구석이 있는 건가?'

태영이 그런 생각을 하고 있을 때였다.

"그중에 괴물이 있었다."

"괴물?"

"그렇게밖에 말할 수 없는 놈이지. 최소 100여 미터 이상, 그것도 성안에 은신하고 있던 나를 찾아내는 건 평범한 인간이 할 수 있는 일이 아니니까."

"그럼……."

"그래, 그놈이다. 나를 찾아낸 게. 그 뒤로도 정말 집요하게 추적해 오더군. 그 전에 다른 녀석이 숨어든 흔적을 찾아 위치를 파악해 둔 게 그나마 다행이었지."

그 말만으로도 대강 무슨 일이었는지는 짐작이 된다.

과거에도 본 적이 있었다.

원래 미스트는 어딘가에 숨어들 때는 먼저 동업자의 흔적부터 꼼꼼히 살핀다.

이번 같은 사태가 벌어졌을 때 그만큼 추적자를 떠넘기기에 좋은 대상이 없어서다.

그러나 결코 흔하게 일어나는 일은 아니다.

애초에 발각될 일도 없고, 설사 발각됐어도 대부분 죽어나가는 건 추적자 쪽이니까.

"대체 누구지?"

"후드를 쓰고 있어서 얼굴도 확인하지 못했다. 하지만 내가 괴물이라고 한 건 그저 놈의 능력만 보고 한 말이 아니야. 뭐랄까…… 기척이 다르다. 내 느낌일 뿐이지만, 다른 놈들과는 확연하게 다른, 이질적인 기척이었어."

그 말만으로는 대체 뭐가 다르다는 건지 감이 오지 않았다.

그러나 다른 사람도 아닌 미스트의 말이다.

암살자는 실력도 필요하지만, 그 이상으로 직감이 필요한 일이다.

그저 느낌일 뿐이라고 해도 무시할 수 없다는 말이다.

더구나 그게 곧 같은 무대에서 경쟁해야 하는 쪽에 붙어있는 자라면.

'이질적인 기척이라는 게 뭔지는 모르겠지만, 미스트가 저렇게 말할 정도면 일단 상급 기사 이상의 실력은 있다는 말

이겠지. 왈드 공작이라도 휘하에 그만한 실력자는 많지 않은데…….'

태영이 자연스레 다시 기억을 뒤져 보고 있을 때였다.

"그쪽만이 아니야."

"응? 뭐가?"

"경계해야 하는 상대 말이다. 브라이트 1왕자 쪽도, 아니 어쩌면 2왕자보다 그쪽을 더 경계해야 할지도 몰라."

"그쪽에서는 또 누굴 봤기에 그런 말을 하는 거지?"

"모른다."

딱 잘라 대답한 미스트가 미간을 좁히며 되물었다.

"네가 여기 있다는 건 3왕자를 잘 구워삶아서 왕위 쟁탈전에 끼어들 수 있게 됐다는 말이겠지? 그럼 1왕자도 만나 본 적 있나?"

"그래, 조금 전에."

"혹시 그 주위에 묘한 놈 하나 보지 못했나? 마법사처럼 입고 있는."

"마법사?"

"……그때는 없었던 모양이군."

"뭐야, 너? 혹시 이쪽에서도 들키고, 저쪽에서 들키고, 뭐 그랬던 거냐?"

"그런 게 아니야."

미스트가 인상을 찌푸리며 쏘아붙이듯이 말했다.

"기척이 다르다는 점에서는 같을지 모르지만, 그 괴물과는 좀 달라. 1왕자에 붙어 있는 놈은……."

"빌어먹을!"

화려한 무구로 치장된 방.

한 사내가 거친 동작으로 방문을 열고 들어서며 소리쳤다.

"질리언 자식! 인제 와서 왕위 쟁탈전에 참여하겠다고? 그럼 그 제대로 걷지도 못하는 놈이 지금까지 나를 속여 왔다는 말이 아닌가? 나는 등신처럼 속고 말이야!"

붉게 달아오른 얼굴로 소리치는 사람은 브라이트였다.

"진정하십시오."

그러자 그를 따라 우르르 몰려 들어온 귀족들이 얼른 입을 열었다.

"질리언 왕자가 무슨 생각으로 그 자리에 나타났는지는 모르겠지만, 왕자님의 대업에 지장이 생길 일은 없습니다."

"그렇습니다. 왕자님은 실질적인 군부의 수장. 질리언 왕자가 인제 와서 뭐라고 하든 적어도 노월 왕국에서 지금까지 변경의 별궁에 틀어박혀 있던 그를 따를 기사는 없습니다. 실제로 알아본 바에 의하면 고작 20여 명의, 그것도 헌터 따위를 데리고 왔다고 하더군요."

"어디서 이번 과제가 심마의 미궁이라는 정보를 주워듣고 기회가 있을지도 모른다고 생각한 모양이지만, 어림도 없는 일이죠."

"우리는 이미……."

"무슨 말을 지껄이는 거냐?"

브라이트가 와락 고개를 돌리며 귀족들을 쏘아보았다.

"내가 지금 질리언 따위에게 왕좌를 빼앗길까 불안해서 이러는 것처럼 보인다는 건가?"

"네? 아, 아니. 그런 말은……."

"놈은 아바마마와 귀족들이 보는 앞에서 나를 모욕했다! 그게 누구 때문이라고 생각하는 거냐? 바로 네놈들이다! 그 망할 타라칸 자식이 구덩이를 점령했다는 보고를 받고도 일단 상황을 지켜보자고 떠들어 대던 네놈들 말이다! 아닌가?"

"그, 그건……."

"게다가 그 씹어먹어도 시원치 않을 제국의 암캐 년에게까지 모욕을 당했지! 첩자 하나 변변히 심어 두지 못하는 네놈들 때문에!"

쾅-!

브라이트가 벽에 장식된 갑주를 걷어차며 몸을 돌렸다.

"그런데도 내게 진정하라는 말이…… 큭!"

그때 갑자기 브라이트가 머리를 움켜쥐며 휘청거렸다.

그리고 이에 놀란 귀족들이 황급히 그를 향해 뛰어가려 할 때였다.

"놔두십시오."

맞은편에서 낮은 목소리가 흘러나왔다.

방 안쪽에는 갈색 로브에 후드를 눌러쓴 사내가 주위의 소란 따위는 아랑곳하지 않고 홀로 조용히 책장을 넘기고 있었다.

노월 왕국의 1왕자, 브라이트의 개인 서재에서.

그러나 그를 돌아보는 귀족 중 누구도 이의를 제기하지 않았다.

"모두 나가 주십시오."

뒤이은 이 말에도 아무런 대꾸도 하지 못하고 줄지어 방을 나갈 뿐이었다.

그가 책을 덮으며 머리를 감싸 쥔 브라이트에게 다가갔다.

"흥분하면 안 좋다고 말씀드리지 않았습니까?"

"자네도 들었지 않나? 질리언과 그 제국의 암캐, 아니 저 병신 같은 놈들이…… 크! 이 빌어먹을 두통은 당최 사라질 생각을 하지 않는군. 국경 분쟁에서 입은 부상을 치료한 뒤로 점점 더 심해지는 느낌이야."

"나아지실 거라는 말씀도 드렸죠."

"그래…… 그랬었지. 곧…… 이 머리에 노월 왕국의 왕관이 올라갈 때…… 분명 그리 말했지."

"그렇습니다."

"알고 있다. 그래, 그대의 말이라면 틀림없겠지. 하지만…… 힘들군. 지금 당장이라도 머리가 깨져 버리는 것 같네."

"그래서 제가 왕자님의 곁에 있는 것 아닙니까? 자, 앉으시죠."

로브의 사내가 빙긋 웃으며 말했다.

브라이트는 그 말에 따라 비틀비틀 걸어가 의자에 앉았다.

그러자 로브의 사내는 그 뒤로 돌아가 두 손을 머리 양쪽에 붙였다.

"₡⇕※§……."

사내의 입에서 기이한 울림이 흘러나왔다.

그러자 빠르게 평온을 되찾아 가는 브라이트의 뒤통수로 붉은 문양이 떠오르기 시작했다.

"이제 얼마 남지 않았습니다."

그 문양을 바라보는 사내의 입에 웃음이 떠올랐다.

"싫어?"

태영이 어이없는 얼굴로 되물었다.

브라이트 1왕자에 붙어 있다는 마법사 복장의 사내에 대한 미스트의 설명이 그거였다.

– 이 자식이 장난하나?

그러니 그리모어의 이런 반응도 당연하다 싶지만.

"말한 대로다. 아까 말한 괴물이라는 놈은 상대하기 싫다는 느낌이었지만, 놈은 접근하기조차 싫은 느낌이다. 카자드처럼 말이야."

"카자드?"

"그래, 놈하고 비슷해. 그놈도 눈에 보이는 순간 쉴 새 없이 깜빡댄단 말이지, 위험한 놈이라는 신호가 말이야."

이렇게 말하면 얘기가 달라진다.

앞서 말한 괴물과 달리, 이번에는 카자드에 비유하니 어떤 느낌인지 바로 체감이 되어서다.

태영 역시 그게 어떤 느낌인지 알고 있으니까.

'한 왕국의 국왕 자리를 결정하는 일이니 쉬울 리는 없다고 생각했지만…….'

한쪽은 괴물, 다른 쪽은 가까이 가기도 싫을 정도로 위험한 놈.

시작도 하기 전에 포위당한 기분이다.

그러나 달라질 건 없었다.

말했듯이 이미 하기로 마음먹은 이상 물러날 이유 따위는 생각해서는 안 된다.

애초에 태영의 목표는 이계의 역사를 바꾸는 것!

상대를 가려 가며 이룰 수 있는 일도 아니다. 하물며 아직 어떤 놈인지 직접 보지도 못한 상대라면 말할 가치도 없다.

'문제는…….'

상대보다 3왕자 측이다.

현재 3왕자 측은 태영과 레이븐을 제외하면 모두 B급 수준의 헌터. 괴물과 위험한 놈이 아니라도 전력이 턱없이 부족한 게 현실이다.

이에 잠시 생각하던 태영이 문득 생각난 얼굴로 물었다.

"그래서? 1왕자 쪽은 가까이 가기도 싫었다니 그렇다 치고, 2왕자 쪽에서는 추격까지 당했다면서? 다친 데는 없냐?"

"그 괴물 놈이 느닷없이 창을 던져 대는 바람에 어깨를 조금 다치기는 했지."

"그렇군. 너 정도 되는 녀석이…… 솔직히 나 같으면 무슨 수를 써서라도 복수할 기회를 만들겠지만, 너는 아니겠지. 암살자니까. 분해도 참을 수밖에 없겠지."

"누가 참겠다고 했나?"

"하지만 어쩔 수 없잖아. 그 자식 괴물이라며?"

"이기지 못한다고 말한 적은 없다."

"아니, 뭐 너야 당연히 그렇게 말하겠지. 하지만…… 아니, 됐다. 어쨌든 수고했다. 뭐 결국 알아낸 건 딱히 없지만, 네가 고생한 건 충분히 알았으니 됐어. 그래도…… 아니다. 역시 그만두는 게 좋겠어."

태영이 더 할 말이 없다는 듯이 고개를 절레절레 흔들며 몸을 돌렸다.

그러나 장담할 수 있었다.

"뭐가 아니라는 거냐? 할 말이 있으면 확실히 해!"

이런 말이 나오리라는 걸 말이다.

태영은 흘러나오는 웃음을 꾹 삼키며 다시 몸을 돌렸다.

"아니, 네 상황이 괜찮으면 명예 회복할 기회를 줄까 하는 생각도 들었는데, 너 다쳤다며? 그럼 역시 무리지."

그 명예 회복의 기회라는 게 뭔지 모를 미스트가 아니다.

그리고 아마도, 이쯤 되면 미스트도 태영이 왜 그렇게 빈정대는 얼굴로 그런 말을 하는지도 모를 리가 없었다.

그럼에도 이런 뻔한 짓을 하는 이유는 간단하다.

태영이 아는 미스트라면…….

"같잖은 짓은 그만두라고 말하고 싶지만, 좋아, 이번에는 넘어가 주지. 나도 이대로 넘어갈 생각은 없었으니까. 3왕자 쪽에 자리를 하나 만들어라."

100%다.

"글쎄? 당장 내일 시작될 일에 갑자기 자리를 만들어 끼워 넣는 게 쉬운 일은 아니지만 네가 그렇게까지 말한다면…… 한번 애써 보지."

태영은 생색내며 대답했다.

"잘 와 주었네."

질리언이 밝은 얼굴로 말했다.

태영이 달고 온 행상인 복장의 사내, 미스트에 하는 말이다.

일단 결과적으로 말하면 미스트가 합류하는 데는 별다른 문제가 없었다.

어차피 질리언 쪽은 30명도 채우지 못한 상태였으니까.

그러나 그게 누구라도 OK라는 말은 아니었고, 당연히 반대하는 사람도 있었다.

"인원이 부족한 건 사실입니다. 하지만 이런 시기에, 그것도 왕도에 있던 사람이라면 1, 2왕자의 손이 닿아 있지 않은 자라는 보장이 없지 않습니까?"

바로 레이븐이었다.

"1, 2왕자와 관련이 없어도 그렇습니다. 무턱대고 인원만 채운다고 될 일은 아니지 않습니까? 그만한 실력을 갖추지 못한 자라면 되레 짐이 될 뿐입니다."

지당한 말이다.

그리고 실제로 그렇게 보이기도 했다.

지금 미스트는 길거리에 널리고 널린 평범한 동네 아저씨로밖에 보이지 않으니까.

A급 헌터인 레이븐이 보기에도 말이다.

태영은 되레 그런 점에 많은 점수를 주고 있기는 하지만, 그런 걸 알 리 없는 레이븐이 이의를 제기하는 건 너무나 당연한 일이었다.

그러나 태영이 열심히 설득했다.

"그건 제가 보증하겠습니다. 1, 2왕자와 관련이 없는 건 물론, 이번 일에 도움이 될 만한 실력도 있다고 말입니다."

친형제지간에도 서 주지 않는다는 보증까지 자청하며 말이다.

지금까지 미스트는 아쉬울 때마다 도움이 되어 주었으니까. 태영도 미스트를 위해 그 정도는 기꺼이 해 줘야 한다고 생각해서다.

물론 그렇다고 미스트가 공짜로 도와준 건 아니지만.

"자네에 대해서는 들었네. 레온도 여러 번 도움을 받았을 정도로 뛰어난 실력자라고. 당연히 그만한 보상이 따를 거네. 그리고 레온이 자네에게 줘야 할 돈이 있다는 말도 들었네. 이번 일이 잘 마무리되면 그 돈도 내가 내주지."

태영도 공짜는 아니니까.

-과연 주인! 괜히 자리를 만드는 게 힘들지도 모른다며 엄살을 떤 게 아니군. 정말 치사한…… 아니, 좋은 생각이다.

태영이 그렇게 생각한다.

사실 태영도 왕도에 도착한 뒤에야 떠올랐다.

태영이 질리언 측에 가담한 건 분명 노월 왕국을 뒷배로 삼기 위해서다. 그러나 그게 대등한 동맹의 관계라면 보상이라고 할 수는 없다.

즉, 그와는 별개로 왕위 쟁탈전을 돕는 일에 대한 보상은 따로 받아야 한다는 말이다.

무임 노동은 태영이 가장 증오하는 일이니까.

'하지만…….'

그때는 질리언을 설득하는 데만 정신이 팔려 타이밍을 놓쳐 버린 것이다.

게다가 이미 영주, 아니 독립국 운운했으니 국왕과 같은 위치라고 호언장담한 처지에 인제 와서 따로 보상을 챙겨 달라고 말하기도 힘들었다.

그러나 본시 '아' 다르고 '어' 다른 법.

태영은 질리언을 설득하며 아직 영지 상황이 안정되지 않아 미스트에게 빚을 갚지 못하고 있다는 말을 슬쩍 내비쳤고, 질리언은 차기 국왕 자리를 노리는 사람답게 바로 알아들어 주었다.

질리언도 딱히 부담스러울 일은 없었다.

그 보수는 어디까지나 성공 보수고, 어차피 국왕이 되면 그 정도는 푼돈.

미래의 푼돈으로 미스트만 한 조력자를 고용할 수 있다면 되레 쌍수를 들고 환영할 일이다.

그리고 태영을 돌아보는 미스트도.

"좋은 모양이군."

–나한테는 그렇게 보이지 않는데?

똥을 씹어 버린 얼굴로 바라보고 있었지만, 그렇게 생각하기로 했다.

다른 참가자들도 마찬가지였다.

여기저기 흩어져 앉아 있는 헌터들의 얼굴에는 왕성 앞에서 보인 불안감 따위는 없었다.

"이번 일이 끝나면……."

"우리는 전설이 되겠지. 적어도 10년은 벌어야 할 돈까지 한 방에 번 전설적인 헌터가 말이야."

"그래, 그 정도면 목숨을 걸어 볼 만해."

잔뜩 흥분한 얼굴로 이런 말을 떠들어 대고 있었다.

질리언과 레이븐이 태영의 조언을 받아들여 그사이 약을 잘 쳐 놓은 결과였다.

"저런 자들을 데리고 왕위 쟁탈전을 해야 한다니……."

레이븐은 그런 헌터들의 태도가 미덥지 못하다는 듯이 한숨을 불었지만, 태영은 그렇게 생각하지 않는다.

사람이 이득을 위해 움직이는 건 너무나 당연한 일.

태영 역시 마찬가지다.

'질리언 왕자를 국왕으로 만든다!'

태영은 이를 위해서라면 수단과 방법을 가리지 않을 생각이다.

다른 누구도 아닌 바로 자신을 위해서.

-뭐 해? 안 자?

"생각할 게 많아, 준비할 것도 많고."

태영이 늦은 밤까지 의욕적으로 생각하고, 준비할 수 있는 원동력이 그것이다.

그리고 잠시 쪽잠을 자는 사이에 다음 날.

"그럼 가지."

질리언의 말과 함께 태영 일행은 왕성으로 출발했다.

날씨는 우중충했다.

그리고 그 아래, 왕성 후원에 도착한 태영 일행의 분위기도 덩달아 우중충해졌다.

"저것들이 3왕자와 함께 참전하는 자들인가?"

"딱 보니 알겠군. 하나같이 어디서 주워 모은 것 같은 넝마 조각을 걸치고 두리번대는 꼴이라니, 하급 병사도 저 녀석들보다는 낫겠군."

"헌터 따위가 주제도 모르고……."

도착하자마자 먼저 와 있던 1, 2왕자의 일행에게 이런 말을 들어야 했기 때문이다.

-흥! 빈 수레가 요란한 법이지.

물론 이렇게 생각하면 별것도 아닌 일이다.

그러나 대부분의 헌터들은 그렇게 대범하지 못했다.

"형님이 가자고 하셔서 엉겁결에 따라오기는 했지만…… 저, 정말 우리가 이런 자리에 껴도 되는 겁니까? 상급 기사와 같은 자리에 있는 것만으로도 숨이 턱턱 막히는데 경쟁이라니……."

특히 그 말처럼 정말 엉겁결에 따라오게 된 랄프와 제드는 기사와 눈도 마주치지 못할 정도로 주눅이 들어 있었다.

"기죽을 필요 없어. 너희도 B급 의뢰를 해 본 경험이 있는 헌터잖아. 그 정도면 하급 기사 수준은 되는 셈이야."

"그거야 다 형님이 하신 거 아닙니까? 저희는 잘해야 보조였고 말입니다."

"이번에도 그 정도면 돼."

-위안이 되겠냐?

딱히 위안이 되라고 한 말이 아니다.

실제로 태영이 그들에게 기대하는 것도 딱 그 정도 역할이기도 하지만, 지금은 태영도 랄프나 제드 일행을 챙길 마음의 여유는 없었다.

'왈드 공작 휘하의 정예 기사와 노월 왕국의 정예 기사들이라…… 확실히 그 정도면 헌터쯤은 무시할 만하지. 그만한 실력도 있어 보이고. 그렇다면……'

이래저래 생각할 게 많아지니까.

"그럼 난 형님들에게 인사라도 하고 오지."

그때 복잡한 얼굴로 주위를 둘러보던 질리언이 걸음을 옮기며 말했다.

순간 태영이 눈을 반짝이며 잽싸게 따라붙었다.

"저도 같이 가죠."

"자네가?"

"네, 저런 상급 기사를 한자리에서 이렇게 많이 접하는 것도 흔한 기회가 아니지 않습니까? 혹시 압니까? 안면이라도 터 두면 언젠가 도움이 될 일이 있을지."

-무슨 뚱딴지같은 소리를…….

그리모어가 어이없다는 목소리로 중얼거렸다.

그러나 질리언은 별말 없이 고개를 끄덕였고, 그가 1, 2왕자와 만나는 사이 태영은 사교성 좋은 웃음을 지으며 주위의 기사들에게 다가갔다.

"안녕하십니까? 질리언 3왕자의 조력자로 참가하게 된 사람입니다. 비록 경쟁하게 된 관계지만, 미리 인사라도 드리는 게 예의인 것 같아서 찾아왔습니다."

대부분은 눈길조차 돌리지 않았다.

관심을 보인 사람은 단 1명.

에스타 2왕자와 붙어 있는 두 기사 중 두꺼운 망토를 두르고 후드를 눌러쓴 사내였다.

'……이자로군.'

태영은 한눈에 알아볼 수 있었다.

미스트가 괴물이라고 말한 사내가 바로 그라고 말이다.

그만큼 주위의 기사와는 다른, 심지어 동료인 그들조차 거리를 두고 있을 정도로 이질적인 분위기가 느껴졌다.

이상한 것은 그의 반응이었다.

태영과 스치듯 눈이 마주친 직후, 눈에 띄게 동요하는 기색을 보이더니 갑자기 엄청난 살기를 뿜어내기 시작했다.

'뭐지? 곧 경쟁하게 될 상대라고 해도…… 혹시 내가 아는 사람인가? 아니, 하지만…… 후드로 얼굴이 가려져 있다고 해도 이 정도의 기운을 뿜어내는 사람이라면 기억하지 못할 리가 없는데…….'

태영도 당혹스러운 일이었다.

-저 녀석 왜 저래? 사람을 보자마자…… 여기서 한판 뜨자는 거야, 뭐야?

그렇다고 그리모어처럼 반응할 수도 없는 노릇이지만, 반사적으로 곧추서는 경계심 어린 눈으로 바라보고 있을 때였다.

그 앞으로 불쑥 한 중년 기사가 끼어들었다.

"뭔가 용건이 있나?"

"아니, 질리언 왕자님을 모시고 왔다가 잠시 인사나 드릴 생각으로 찾아왔습니다. 그런데……."

"물러가 주게. 우린 놀러 온 게 아니니까."

태영은 물러났다.

후드의 사내도 그렇지만, 그 사이로 끼어든 중년 기사도, 더 말을 붙여 봐야 좋은 대답이 나올 확률은 1도 안 되는 눈빛으로 바라보고 있어서다.

1왕자 측 기사들도 마찬가지.

"꺼져라, 헌터."

-거봐. 왜 쓸데없는 짓을 해서 저런 말을 들어?

"너무 마음에 담아 두지 말게. 나도 두 형님에게 비슷한 말을 들었으니까."

돌아오는 길에 그리모어와 질리언에게 들은 말이다.

그러나 양쪽 모두 위안은 되지 않았다.

찾아갔던 것만으로 이미 목적은 달성된 셈이니까, 위안을 들어야 할 이유가 없다는 말이다.

행상인, 미스트가 다가온 건 그때였다.

"소감이 어때?"

"뭐 확실히 쉬워 보이지는 않는군. 네가 괴물이라고 말한 놈도 그렇고. 하지만…… 1왕자 쪽에 마법사 복장을 한 녀석이 두 명 있지만, 특별히 꺼려진다는 느낌은 들지 않던데?"

"그렇겠지. 저기에는 없으니까."

"없다고?"

"그래, 나도 좀 전부터 둘러봤는데 보이지 않아. 이상하군. 내가 들은 정보로는 침식을 같이할 정도로 붙어 다닌다고 하던데. 정작 이럴 때는 보이지 않는다니 말이야."

미스트는 찜찜한 얼굴로 중얼거렸다.

그러나 태영에게는 그다지 신경 쓸 일도 아니었다.

본 적이 없으니 뭐라 말하기는 힘들지만, 뭐가 됐든 찜찜한 놈은 둘보다 하나가 낫고.

"나야 상관없지. 어차피 내가 관심 있는 건 저놈이니까."

"그렇다고 들어가자마자 날뛰면 안 돼."

"그런 짓은 안 해. 무모하기도 하지만, 저놈은 아직 내가 누군지도 모르잖아. 빚을 갚을 때는 누가, 왜 갚아 주는 건지 확실하게 알리지 않으면 제대로 청산했다고 말할 수 없지."

그 하나도 맡아 줄 사람이 있으니까.

-뭐야? 그럼 미스트가 말한 놈들을 확인하러 갔던 거였어? 나 참, 그거야 그냥 여기서도 보면 알잖아.

그리모어는 그제야 이해했다는 투로 말했지만, 헛짚었다.

태영이 굳이 질리언을 따라나선 건 그 말대로 정찰을 위한 목적도 있었지만, 그보다 더 중요한 이유가 있었다.

'아마도 내 예상대로라면…….'

"주목해 주십시오!"

앞에서 우렁찬 목소리가 들려온 건 그때였다.

후원 한쪽에 깊이 파여 있는 구덩이 앞으로 나온 노인의 목소리였다.

이에 웅성대던 소리가 사라지며 모두의 시선이 모였을 때, 그 뒤로 번쩍이는 갑옷을 입은 근위병에 겹겹이 둘러싸인 국왕이 걸어 나왔다.

"어제 말했듯이 내 뒤로 보이는 심마의 미궁에 들어가서 가장 먼저 페리어트 1세의 유물을 찾아 나오는 왕자가 차기 국왕이다. 규칙은 그것뿐이고, 짐이 할 말도 그것뿐이다. 격려 따위는 기대하지 마라. 너희들은 내 자리를 빼앗으려는 녀석들이니."

그게 전부였다.

국왕은 그 말만 하고 다시 근위병의 호위를 받으며 퇴장.

그 자리를 대신하듯이 좀 전에 소리친 노인이 다시 걸어 나오며 소리쳤다.

"자, 그럼 왕위 쟁탈전을 시작하겠습니다! 각 왕자님과 조력자로 선발된 전사들은 모두 준비해 주십시오! 먼저 브라이트 왕자님 일행부터 입장하도록 하겠습니다!"

-쳇, 이럴 때도 첫째 먼저냐?

"그렇다고 우르르 몰려 들어갈 수도 없잖아. 어차피 순서를 정해야 한다면 1, 2, 3왕자 순서가 편하지. 그리고……."

태영이 히죽 웃으며 중얼거렸다.

"아마 불평은 저쪽에서 하게 될 거야."

아직 국왕이나 노인, 아마도 궁내부장쯤 되는 사람이겠지만 어쨌든, 누구도 심마의 미궁에 대해 언급한 적이 없었다.

그러나 그게 아는 게 없어서라고는 생각하기 힘들었다.

왕성 후원에서 발견된 미궁이니, 심부까지는 몰라도 기초 조사 정도는 해 봤을 것이다.

쿠쿠쿠쿠—!

그 증거가 바로 지금, 노인의 뒤로 보이는 구덩이 속에서 갈라지는 철문이었다.

새로 만든 티가 팍팍 나는 두꺼운 철문.

즉, 그런 철문을 달아 둬야 할 이유가 있다는 말이다.

그리고 역시나, 1왕자의 뒤를 이어 2왕자 일행이 들어가고 마지막으로 3왕자, 질리언과 태영 일행이 철문 너머의 통로를 따라 들어갔을 때였다.

—호오, 그렇군.

그 앞에서는 꽤 재미있는 장면이 펼쳐지고 있었다.

던전 탐험이 쾌적하지 않은 이유에 대해서

철문 너머.

아래로 길게 이어진 통로 끝에 나타난 건 지하 광장이었다.

일행이 밝힌 랜턴으로도 군데군데 솟아 있는 석주만 떠올릴 뿐, 높이나 넓이는 가늠하기조차 힘들 정도였다.

그리고 그런 걸 파악할 여유도 없었다.

크와아아아-!

지하 광장 곳곳에서 메아리치는 포효!

일단 명색이 미궁이니 몬스터 정도는 누구라도 예상할 수 있는 일이다.

"빌어먹을! 들어오자마자……."

그러나 누군가의 말처럼 들어오자마자 일어난 일이기도 하지만, 더 충격적인 건 그 숫자였다.

그야말로 해일처럼 밀려드는 몬스터 떼!

"대응 태세를 갖춰라!"

"놈들의 숫자가 많다! 놈들이 진형 안으로 파고들어 와 난전이 되면 전황은 걷잡을 수 없어진다! 방어진을 구축하라!"

"호위를 맡은 기사는 왕자님의 곁을 떠나지 마라!"

당연히 입구 앞은 난리가 나 있었다.

특히 1, 2왕자 일행은, 후발대로 들어온 태영 일행을 돌아볼 틈조차 없을 정도로 치열한 공방전을 펼치고 있었다.

"일부러 입구를 철문으로 막아 놔야 할 이유가 있었다는 말이지. 저런 놈들이 왕성으로 몰려나오면 여러모로 곤란할 테니까."

태영이 여유를 부릴 수 있던 이유다.

- 그렇군. 하지만…… 무턱대고 좋아할 일만은 아니지 않나?

물론 그렇기는 하다.

실제로 3왕자 일행 중에 여유를 부리는 사람은 태영 한 명뿐이었다.

"저, 저놈들은 베럴보우야!"

"젠장, 건국왕의 영웅담에서나 듣던 미궁이니 만만한 곳일 리는 없다고 생각하기는 했지만, 시작부터 베럴보우라니……."

마치 멧돼지와 늑대를 합쳐 놓은 것 같은 형태의 몬스터는 베럴보우.

헌터 길드에서 위험도 A로 분류해 놓은 놈들이다.

물론 그래도 B급 이상 되는 헌터라면 어떻게든 상대할 수 있는 수준이지만, 던전이나 미궁은 깊이 들어갈수록 더 위험한 몬스터가 나온다는 건 헌터의 상식.

앞날이 걱정될 수밖에 없는 것이다.

게다가 앞서 들어온 1, 2왕자가 어그로를 잔뜩 끌어 준 것도 좋은 일이라고만은 할 수 없었다.

그 탓에 더 여실하게 느낄 수밖에 없으니까.

"베럴보우를 저렇게 쉽게…… 왕자들이 데리고 들어온 기사들이니 평범한 기사일 리가 없겠지만, 검기 정도는 기본이라는 건가?"

"저런 기사들과 경쟁을 해야 한다니……."

1, 2왕자 진영의 기사들과 그들의 실력 차이를 말이다.

-먼저 들어와서 좋을 게 없다는 건 주인의 말대로이긴 하지만, 정작 불평을 늘어놓는 건 이 녀석들이잖아.

"지금은. 하지만 곧 알게 될 거야. 불평을 늘어놓게 될 게 어느 쪽이 될지. 아마도 오래 걸리지도 않을 거고."

주위를 둘러본 태영이 히죽 웃으며 대답했을 때였다.

"인제 와서 무슨 말들을 하는 거냐? 정신들 차려! 너희들은 이미 질리언 왕자님의 조력자들이다! 해야 할 일은 그런 말이 아니지 않은가!"

뒤에서 고함이 터져 나왔다.

파파팍-!

그리고 응성대는 헌터 사이로 뻗어 나가는 세 발의 화살!

그 앞에서 정확히 세 마리의 베럴보우가 피를 뿜어 올리며 쓰러졌다.

신속하게 활을 꺼내 든 레이븐의 솜씨였다.

"일단 방어 태세부터 갖춰라!"

그리고 빠르게 명령을 내리며 다시 시위를 당겼을 때였다.

파지지지-!

그 사이에서 길게 늘어지듯이 떠오르는 빛!

-호오, 저건…….

검사의 검기처럼 궁수 역시 일정 수준 이상이 되면 그와 같은 기술을 사용할 수 있다.

그러나 그리모어가 놀란 반응을 보이는 이유는 그 때문이 아니었다.

검기가 검을 통해 발현하는 기술인 것처럼, 궁수 역시 마찬가지.

흔히 마력 화살이라고 부르는 기술도 화살에 마력을 불어넣어 사용하는 것이지만, 레이븐의 시위에는 화살이 걸려 있지 않았다.

즉, 화살도 없이 순수한 마력만으로 그와 같은 기술을 발현하고 있다는 말이다.

파직! 파직! 파직!

심지어 빛의 화살은 분열까지 일으키고 있었다.

"저, 저게 대체……."

이에 산전수전 다 겪어 본 헌터들조차 황당한 얼굴로 돌아보았다.

그리고 태영 역시 이런 기술을 보기는 처음이라 다음에 벌어질 장면이 궁금해졌지만.

"그만두시죠."

"그만두라니? 무슨 말인가? 저놈들이 보이지도 않는 건가?"

"보이죠."

레이븐의 앞을 막은 태영이 어깨를 으쓱이며 대답했다.

"하지만 우리가 봐야 할 상대는 저놈들이 아닙니다. 이건 왕위 쟁탈전, 우리가 경쟁해야 하는 상대는 1, 2왕자와 그 일행입니다. 앞으로 무슨 일이 생길지도 모르는데 시작부터 실력을 다 보여 줘서 좋을 게 없다는 말입니다."

푸확-!

태영이 이렇게, 오러 소드도 없이 소탈하게 그리모어를 휘둘러 베릴보우를 갈라 대는 이유가 그 때문이다.

뭐 애초에 오러까지 써야 할 상대도 아니지만 어쨌든.

"그런 말을 할 때가 아니지 않나? 봐라. 1, 2왕자는 우리보다 몇 배나 많은 놈의 공격을 받으면서도 전진하고 있지 않은가? 우리만 뒤처져 있단 말이다."

"말했듯이 쟁탈전은 이제 막 시작했습니다. 그리고 이 광장만 봐도 미궁의 전체 크기가 상상을 초월한다는 것쯤은 쉽게 짐작할 수 있죠. 지금 몇백 미터 정도 앞서가는 건 별 의미가 없다는 말입니다. 그리고 그것도 오래가지 않을 겁니다."

"뭐?"

"역시 모르는 모양이군요."

태영의 말에 레이븐은 무슨 말을 하는 건지 이해조차 하지 못하는 표정을 지어 보였다.

-나도 무슨 말을 하는 건지 모르겠군. 대체 뭘 모른다는 거지?

그리모어도 마찬가지였다.

그러나 태영은 그들의 반응을 이해했다.

본래 레이븐은 헌터가 아니었다.

노월 왕국의 이종족이 대부분 그렇듯 그 역시 본래는 노예였다가 질리언의 눈에 띄어 현재에 이르게 되었다고 들었다.

헌터가 된 건 근래.

태영처럼 필요해서였고, 또 태영처럼 속성으로 A급이 되었다.

단시간에 A급이 됐다는 건 굵직한 의뢰를 도맡아 처리했다는 의미고, 이는 그만한 실력이 된다는 말이다.

그러나 헌터로서 보자면 그렇게 속성으로 등급을 올리는 건 결코 추천할 일이 못 된다.

배울 기회가 없기 때문이다.

과거 태영이 그랬듯이, 또 레이븐 외의 다른 헌터들이 그랬듯이, 밑바닥에서부터 차곡차곡 등급을 올려야 하는 헌터가 살기 위해 배워야 하는 기초 지식을 말이다.

하물며 헌터를 떨거지 따위로 취급하던 1, 2왕자 휘하의 기사들이라면 말할 필요도 없었다.

"큭! 뭐, 뭐야?"

"갑자기 몸이…… 윽! 이, 이건 대체…… 아흑!"

그 결과가 이것이다.

압도적인 실력을 뽐내며 진군하던 1, 2왕자의 진영에서 터져 나오기 시작하는 당혹성.

어떤 기사는 갑옷을 벗어 던지고 바닥을 굴러 대기도 했다.

-뭐야? 저 녀석들 갑자기 왜 저래?

"던전 탐사가 음유시인이 읊어 대는 것처럼 멋진 일만은 아니라는 증거지."

-응? 먼 말이야?

그리모어는 여전히 이해되지 않는 목소리로 되물었다.

뒤늦게 그들의 이상 행동을 눈치챈 레이븐과 헌터들의 눈에도 '?'가 떠올라 있었다.

그러나 레이븐과 헌터들의 '?'는 같은 의미의 '?'가 아니었다.

레이븐은 정말 몰라서 그런 모양이지만.

"갑옷을 벗어 던지는 놈들도 있잖아? 대체 왜…… 아니, 잠깐만. 저 녀석들 혹시 그거 때문에 저러는 거 아니야? 딱 그럴 때 하는 짓이잖아."

"그렇긴 한데……."

"아무리 그래도 저 정도 수준의 기사들이 설마 그런 것도 모를까? 상식이잖아. 세상에 그런 것도 대비하지 않고 던전에 들어오는 머저리 같은 놈이 어디 있어?"

헌터들의 '?'는 이런 의미다.

그리고 그때.

"크! 뭐, 뭐야, 이건? 윽!"

레이븐도 당혹성을 터뜨리며 그 머저리 대열에 합류하게 되었다.

그러나 말했듯이 태영은 이해했다.

상급이나 특급 수준의 몬스터만 상대해 본 사람이라면 모를 수도 있다.

하급, 특히 던전처럼 햇빛조차 들어오지 않는 곳에 서식하는 몬스터를 상대할 때 정말 주의해야 할 게 뭔지.

"헉! 이, 이건……!"

직접 보기 전까지는 말이다.

갑옷 속을 더듬던 레이븐의 손에서 꾸물대는 건 바로 벌레였다.

–이런…… 난 또 뭔가 대단한 비밀이라도 있는 줄 알았더니, 이 놈이나 저 녀석들이 저 수선을 떨어 대는 게 고작 이런 벌레 때문이라는 거야?

맞다, 바로 그 벌레다.

몬스터의 몸에서 기생하던 벼룩이니 진드기 따위의 벌레.

그리고 이건 그리모어가 말하는 것처럼 가볍게 넘길 수 있는 게 아니었다.

어떤 의미에서는 몬스터보다 더 위험한 존재라고 할 수 있었다.

검으로 죽일 수도, 방패나 갑옷으로 막을 수도 없으니까.

게다가 본래 이런 벌레들은 병균의 온상이라고 할 정도로 더러운 놈들!

'뭐 그렇다고 마력을 다루는 상급 기사씩이나 되는 사람들이 벌레에게 물렸다고 바로 피를 토하며 쓰러지지는 않겠지만…….'

돌아 버리기는 할 거다.

무수히 많이 쳐 죽인 베럴보우의 몸에서, 무수히 많이 기어 나온 벌레에 휩싸여, 무수히 많이 물어뜯기면 말이다.

한때 RPG 감각으로 던전 탐사를 시도했던 태영도 거의 실성 직전까지 갔으니까.

그럼에도 던전을 제집처럼 드나드는 헌터 사이에서는 그런 벌레가 언급조차 되지 않는 이유는 방금 그들이 한 말처럼 상식이기 때문이다.

"일단 이것부터 바르세요."

[해충 퇴치제]

등급 : 하급 물약

여러 가지 약초를 으깨 만든 약물. 사람은 느끼지 못하지만, 벌레가 기피하는 냄새를 발생시켜 대부분의 몬스터 몸에 서식하는 벌레의 접근을 막아 줍니다.

던전에 들어오기 전에 이런 약물조차 발라 두지 않는 건 머저리나 하는 짓이라는 상식.

그만큼 효과는 확실!

약물을 뿌리자마자 멀찍이 떨어져 있던 질리언 왕자의 몸은 물론, 레이븐의 갑옷 틈에서는 꽤 많은 벌레가 나왔다.

"아우, 오랜만에 보니 토 나오네."

"A급 헌터가……."

B급 헌터의 눈길에 레이븐이 꽤 당혹스러운 얼굴로 변명하듯이 말했다.

"아니, 하지만…… 병사들도 몬스터 사냥 정도는 하네. 그래서 병사들도 종종 이런 약을 사용하기도 하지. 하지만 기사는 그런 것도 필요 없네. 이런 벌레쯤은 몸에 마력을 두르는 것만으로 막을 수 있으니까. 나도 지금까지 그런 방법을 사용해 왔는데……."

"던전 몬스터에 기생하는 벌레 중에는 그런 게 통하지 않는 놈들도 있습니다. 특히 벌레가 좋아하는 냄새를 풍기기라도 하면 그런 거로는 어림도 없죠."

"냄새?"

–어? 가만? 그럼 혹시 아까 생뚱맞게 인사를 하겠다며 찾아갔던 게…….

그때 그리모어가 뭔가 떠오른 듯한 목소리로 중얼거렸다.

그러나 태영은 모르는 일이다.

그때 우연히 1, 2왕자 일행이 약물을 바르지 않은 상태라는 걸 눈치챘지만! 또 그때 우연히 가방에 벌레가 좋아하는 냄새를 풍기는 풀이 잔뜩 들어 있었지만!

당연히 전혀 모르는 일이다.

"우연히 단체로 벌레가 좋아하는 풀이라도 밟았나 보죠."

"허, 거참……."

"그런 것만 봐도 경험이라는 게 얼마나 중요한지 알 수 있고 말입니다."

그러니 이렇게 퉁 치고 넘어가더라도.

"즉, 실력만 놓고 보면 분명 저쪽이 위지만, 경합 장소가 던전인 이상 우리도 꿀릴 건 없다는 말이죠."

"그렇군. 확실히…… 우리에게 던전은 집이나 다름없지.

실제로 집에 있는 시간보다 던전에서 보내는 시간이 더 많으니까."

"고작 벌레 때문에 저러고 있는 녀석들에게 기죽을 이유가 없어."

"그래, 던전은 우리 영역이다!"

우연히, 다시 한번 강조하지만 정말 우연히 벌어진 이 일은 헌터들의 얼굴에 의욕을 불어넣어 주었다.

"자, 그럼 이제 우리도 슬슬 움직일 때가 됐군요."

이에 태영이 히죽 웃으며 몸을 돌릴 때였다.

"기다리게. 자네 말대로 우리가 1, 2왕자 일행보다 꿀릴 게 없다는 건 인정하네. 하지만 현실은 현실, 전력이 떨어진다는 것도 부정할 수 없는 사실이야. 우리가 앞서 나간다면 베럴보우의 공격도 집중될 터. 전력이 떨어지는 우리에게는 상당한 부담이 된다."

그렇긴 할 거다.

"더 걱정스러운 건 아직 지형조차 제대로 파악하지 못했다는 점이다. 이런 어둠 속에서, 게다가 전체 크기조차 가늠하기 힘든 곳에서 베럴보우의 습격까지 받으며 무리하게 이동하다가는 방향을 잃고 헤매다 되레 궁지에 몰릴 위험이 크지 않겠나?"

정확한 예측이다.

단, 굳이 한 가지 지적하자면 태영은 이미 어젯밤에 그런 문제를 고민했다는 점이다.

그리고 이미 대책도 세워 놨다.

삐이?

태영의 품에서 청영이 빼꼼 머리를 내미는 이유다.

"저만 따라오시면 됩니다."

삐이이이-!

긴 울음과 함께 청영이 날아오른 건 그때였다.

크와아아아-!

어둠을 뒤흔들며 울려 퍼지는 포효!

그와 함께 수십 마리의 베럴보우가 돌진해 왔다.

두꺼운 털에 뒤덮여 철갑 수준의 방어력을 발휘하는 가죽을 두르고, 숏소드 이상의 길이와 날카로움을 지닌 송곳니를 앞세우고 돌진하는 베럴보우는 그야말로 중전차!

한 번만 치여도 바로 치명상으로 이어진다.

하물며 그런 놈이 진영 안으로 들어오기라도 하면 파티는 문자 그대로 풍비박산!

불과 서너 마리의 베럴보우에 한 파티가 전멸했다는 말도 심심치 않게 들을 수 있을 정도다.

괜히 베럴보우가 위험도 A로 지정된 게 아니라는 말이다.

그리고 굳이 이런 말을 하는 이유는…….

푸화아아악-!

보기만 해서는 실감할 수가 없기 때문이다.

그런 놈들이 아무렇지도 않게 쩍쩍 갈라지고 있으니까.

한 사내가 번뜩이는 몸놀림으로 놈들 사이를 가로지를 때마다 치솟아 오르는 피!

"뭐야? 저건?"

"혹시 이 녀석들, 모양새만 그럴싸한 공갈빵 같은 놈들 아니야?"

그 탓에 간혹 이런 착각을 하는 사람들도 있었다.

"좋아! 그렇다면……."

투쾅-!

그러나 방패로 한 번만 막아 봐도 답은 바로 나왔다.

"크헉! 이, 이런 빌어먹을! 어떤 놈이 공갈빵이라고 한 거야? 완전 알맹이가 꽉 차 있잖아!"

절로 이런 말이 터져 나올 정도로 육중한 타격!

방패병은 비명을 터뜨리며 수 미터나 밀려났고, 황급히 밀고 들어오는 베럴보우에 달려드는 사내들의 입에서도 비슷한 비명이 터져 나왔다.

"큭! 검이 제대로 안 박혀!"

"젠장, 인제 와서 뭔 소리야? 당연하잖아! 베럴보우라고! 저쪽이 이상한 거야!"

“놈은 정면에서 공격을 해 봐야 소용없어! 털의 결 반대쪽으로, 뒤에서 비스듬히 칼날을 내리쳐야 제대로 대미지를 줄 수 있어!”

“머리 쪽은 쳐 보지도 마! 두개골이 엄청 두꺼운 놈이라 도끼로 내리쳐도 끄떡없다고!”

동시에 곳곳에서 베럴보우의 토막 상식도 쏟아져 나왔다.

그러나…….

팍-!

한 발의 화살이 그런 상식을 일격에 박살 내 버렸다.

아니, 한 발이 아니었다.

파파팍-!

거의 동시에 박히는 세 발의 화살!

그 화살이 박힌 곳은 도끼로 내리쳐도 끄떡없다는 베럴보우의 머리통이었다.

“대체 뭐야? 저 인간들은?”

덕분에 화살을 날리는 사람도 이상한 놈으로 등극!

아니, 순서를 생각하면 그쪽이 먼저였다.

-저 녀석들은 제들이 허접해서라는 생각은 못 하는 건가?

이렇게 중얼대는 검으로 베럴보우를 쩍쩍 갈라 대는 이상한 놈은 태영, 얼마 전에야 B급이 된 헌터지만, 그 뒤에서 화살로 베럴보우의 머리에 화살을 팍팍 박아 대는 사람은 레이븐, 한참 전에 A급이 된 헌터니까.

"레이븐은 그렇다 쳐도 저 레온이라는 사람은 대체 정체가 뭐야? 한 달도 안 돼서 B급까지 올라왔다는 말은 들었지만, A급 헌터와 비교해도 꿀리는 느낌이 없잖아."

―꿀리는?

그러니 그런 말도 딱히 신경 쓰이지 않았다.

그러나 레이븐은 아닌 모양이다.

"하, 웃기시네! 어디서 벌레 기피제도 제대로 바르지 않고 들어온 사람과 형님을 비교해? 지금은 힘을 아끼시는 거야! 형님의 진짜 실력은 저것보다 몇 배나 더 대단하다고!"

빠직!

뒤이은 제드의 말에 옆을 스치는 레이븐의 얼굴 어딘가에서 이런 소리가 들리는 걸 보면 말이다.

파파파파팍―!

세 발씩 날아가던 화살이 다섯 발로 늘어난 건 그때부터였다.

―……우리도 뭔가 해야 하지 않을까?

그러나 그럴 생각은 없었다.

그리고 굳이 그렇게까지 하지 않아도 이미 충분히 많은 일을 하고 있었다.

"우측! 기둥 뒤에 네 마리다!"

그중 하나가 이런 거다.

태영이 고개도 돌리지 않고 소리친 직후 기둥 뒤에서 튀어

나오는 베럴보우!

다행히 근처의 방패병이 바로 반응해 놈들을 막았고, 양옆의 헌터들이 우르르 몰려들어 썰어 댄 덕분에 빠르게 두 마리를 처리.

팍-!

레이븐이 남은 한 마리의 이마에 화살을 박으며 다가왔다.

"번번이 놀랍군. 대체 어떻게 기둥 뒤에 있던 베럴보우까지 파악할 수 있는 거지? 내 눈에는 전혀 보이지 않았는데. 게다가 그 이해하지 못할 정도로 넓은 시야 범위는……."

그렇게 말하는 레이븐의 눈은 연한 푸른빛에 물들어 있었다.

그만이 아니었다.

던전을 제집처럼 드나드는 헌터에게 어둠은 일상.

따라서 상위 등급의 헌터에게 '나이트 비전'은 필수 스킬이라고 할 수 있었다.

물론 같은 '나이트 비전'이라도 레벨에 따라 효과는 천차만별이지만, 아무리 높은 레벨이라도 기둥 뒤까지 꿰뚫어 볼 수는 없다.

당연히 태영도 무리다.

삐이-!

머리 위에 청영이 떠 있지 않으면 말이다.

'확실히…….'

사실 본래 청영은 밤눈이 그리 좋은 편이 아니다.

되레 태영보다도 시력이 떨어질 정도다.

그래도 뛰어난 색적 능력 덕에 적을 찾아내는 데는 문제가 없지만, 어두운 던전에서 지형을 탐색하기에는 적합하지 않았다.

그러나 '복합시'를 습득하는 순간 그런 약점도 사라졌다.

'복합시'는 태영만이 아닌, 청영도 태영의 눈을 이용할 수 있도록 해 주는 스킬!

즉…….

—스킬 [나이트 비전]을 발동했습니다.

태영의 눈에 발동된 스킬 효과 역시 그대로 가져다 쓸 수 있다는 말이다.

돌발 사태에도 즉각적으로 대응할 수 있는 이유다.

삐이이이—!

머리 위에 청영이 떠 있으니까.

그 눈에 비치는 모든 것이 실시간으로 태영에게 전달되고 있었다.

"이번엔 좌측이다! 7시 방향, 기둥 뒤에 두 마리! 그리고 2시와 4시 방향에서도 베릴보우 떼가 몰려온다! 7시 방향의 놈들을 신속히 처리하고 11시 방향으로 이동한다!"

그리고 그 정보는 바로 레이븐과 헌터에게 전달!

비록 레이븐이 말한 것처럼 헌터들은 상급 기사에 비하면 전력이 떨어지지만, 모두 수년 이상 던전 밥을 먹은 베테랑.

대인전(對人戰)이라면 모를까, 몬스터가 상대라면 기사보다 못할 게 없었다.

"우리도 이 바닥에서는 고참이야!"

"그래, 딴 데 가면 파티 리더를 맡는다고! 베럴보우 따위에 고전할 정도면 B급 헌터증은 반납해야지!"

"어이, 그놈 꽉 붙들고 있어! 가자! 몰매다!"

투콰콰콰–!

신속한 몰매로 베럴보우를 넝마로 만들며 태영을 뒤따랐다.

그러니 문제 될 건 없었다.

베럴보우가 어디에 숨어 있든, 또 어디서 얼마나 몰려오건 말이다. 아니, 정확히 말하면 애초에 그런 건 생각할 거리조차 되지 않는 일이었다.

'우리의 적은…….'

"왕자님, 3왕자 측이 앞서 나가고 있습니다!"

"저놈들이……."

바로 이들, 1, 2왕자 일행이다.

그들은 좀 전까지는 태영 일행은 신경도 쓰지 않고 있었다.

그러나 지금은 태영 일행이 두 왕자 진영 사이를 가로질러 선두로 나온 상황.

자연히 그들의 눈도 일행을 따라붙었다.

"추격해라!"

"하, 하지만 저희는 아직 벌레 탓에……."

"네놈은 생각을 못 하는 건가? 같은 상황에서 저놈들만 멀쩡하다면 그만한 이유가 있을 터! 놈들에게 벌레를 막을 약이 있다는 말이 아닌가!"

"그, 그럼……."

"놈들을 잡아서 빼앗는다!"

–어째 주인이 한 일이 긁어 부스럼을 만들어 버린 것 같은데?

다시 말하지만 그건 우연이다.

그리고 설사 그런 우연한 일이 벌어지지 않았다면 결과는 더 안 좋아졌을 것이다.

본시 경쟁에서 가장 쉽게 이기는 방법은 상대를 제거하는 것이다.

2왕자는 몰라도 눈에 불을 켜고 추격해 오는 1왕자는 그런 생각을 하고도 남을 놈처럼 보였고, 그 범죄 현장으로 가장 좋은 곳이 바로 여기, 입구니까.

태영이 가장 우려하던 상황도 그것이다.

미궁에 들어오자마자 1왕자, 혹은 2왕자 일행의 공격을 받는 것.

'양쪽의 전력은 거의 대등! 당연히 1, 2왕자는 마지막 상황까지 충돌을 피하려 할 테고, 그럼 최우선 목표는 변수가 될지도 모르는 우리 쪽이 될 확률이 높다! 최악의 경우 1, 2왕자의 협공을 받게 될지도 모른다는 말이다. 그러니 기회가 있을 때 양쪽과 최대한 멀리 떨어져야 해!'

이게 태영이 내린 결론이었다.

1, 2왕자 일행의 몸에 우연히 벌레가 꼬이는 냄새가 배게 된 게 그 때문이다.

그리고 1, 2왕자는 급한 마음에 미처 생각하지 못하고 있는 모양이지만, 그건 아직도 현재진행 중이다.

"크악! 버, 벌레가……."

"멍청한 놈! 왕자님의 말씀 못 들었나? 벌레 정도는…… 헉! 흐악! 억!"

하나둘 멈춰 서서 비명을 터뜨리는 기사들.

당연한 결과였다.

태영 일행은 베럴보우를 숱하게 죽여 가며 돌진하고 있으니까.

당연히 그 베럴보우의 몸에도 각종 벌레가 득실대고 있었지만, 태영 일행은 해충 퇴치제를 꼼꼼히 바른 몸!

그 탓에 갈 곳을 찾아 헤매던 벌레들 앞에 향기로운 냄새를 풀풀 풍기는 1, 2왕자가 나타나자 얼씨구나 달려들어 물어뜯어 대는 건 너무나 당연한 일!

"멈추지 마라! 잡…… 흐윽!"

―크하! 뭔가 기분 좋아지는 목소리가 들려오는군.

등 뒤에서 들려오는 1왕자의 비명에 그리모어가 즐거운 목소리로 중얼거렸다.

그러나 남의 왕자나 신경 쓰고 있을 때가 아니었다.

"크윽!"

"와, 왕자님!"

"괜찮다. 나도 지금이 어떤 상황인지는 알고 있다. 짐이 될 생각은 없다."

질리언이 덜덜 떨리는 다리를 움켜쥐며 대답했다.

―거참, 짐스러운 왕자로군.

그리모어가 그렇게 말했지만, 무리도 아니다.

질리언은 평소 걷는 것조차 힘겨워할 정도로 다리를 저는 몸이니, 점차 속도를 높이며 돌진하는 일행을 따라오는 데도 한계가 있었다.

그러자 황급히 뛰어가 질리언을 부축한 레이븐이 태영을 돌아보았고.

"어이! 랄프! 제드!"

태영은 후열의 랄프와 제드를 돌아보았다.

그리고 그걸로 충분했다.

랄프와 제드 일행이 태영을 따라다닌 지도 그럭저럭 보름이 다 되니까.

더구나 그 대부분은 태영의 눈치를 살피며 지낸 시간이라 바로 상황을 파악하고 몸을 돌려 질리언을 향해 돌격!

"내가 말이 된다! 너희는 보조해! 으라차!"

"자, 자네들……."

"괜찮습니다! 저희가 비록 등급은 떨어지지만, 체력만큼은 자신 있습니다! 든든한 말에 탔다고 생각하십시오! 가자!"

기마전을 하듯이 질리언을 짊어지고 뛰기 시작했다.

"신경 써 줘서 고맙다."

물론 꽤 신경 쓰고 있었다.

그래야 랄프와 제드 일행을 다 합친 것보다 나은 레이븐이 전투에 집중할 수 있을 테니까.

그러나 그냥 열심히 하는 것만으로 올릴 수 있는 속도는 한계가 있는지라.

"어이, 거기 너희들! 함정사지? 우리가 지나온 길에 함정을 설치해라! 복잡한 건 필요 없어! 달리면서도 설치할 수 있는 함정 정도면 돼!"

"네? 하지만 그럼……."

"아직도 상황 파악이 안 되나? 1, 2왕자가 우리를 좋아해서 따라오고 있는 것처럼 보여? 따라잡히면 어떻게 될지 몰라? 이미 왕자고 뭐고 없어! 놈들은 적이다! 서둘러!"

"네, 넵!"

태영은 꼼꼼히 함정도 추가해 주었다.

―뭔가 되게 의욕적이군. 이런 상황인데도 꽤 즐거워 보기도 하고 말이야.

나쁠 것도 없었다.

"으악―!"

"마름쇠다! 바닥에 마름쇠가 깔려 있어!"

"놈들이다! 놈들이 함정을 설치하고 간 거야! 빌어먹을, 잡히면 가만두지 않겠다!"

이렇게 즉각적으로 반응이 나와 주고, 그렇게 들려오는 목소리도 점점 멀어지고 있으니까.

원래 보답이 확실한 일은 즐거운 법이다.

"헉헉헉! 나, 난 더는 무리야!"

"바꿔!"

그리고 질리언을 태운 말이 세 번 정도 바뀌었을 때.

삐이! 삐이이이―!

청영의 울음과 함께 벽이 떠올랐다.

마침내 끝도 없어 보이던 지하 광장을 가로질러 끝부분에 도착한 것이다.

물론 그냥 무턱대고 끝까지 달려온 것은 아니다.

청영의 인도를 받은 만큼 그 벽 아래쪽에는 넓은 통로가 뚫려 있었다.

삐익―!

이로써 일단 임무를 끝낸 청영은 태영의 어깨에 착륙!

"잘했다."

태영이 고개를 끄덕이며 통로로 들어설 때였다.

"자, 잠깐만요!"

한 헌터가 다급히 소리치며 튀어나왔다.

그리고 몸을 숙이고 통로의 바닥과 벽을 훑어보다가 살짝, 정말 눈여겨보지 않으면 눈치채지 못할 정도로 살짝 튀어나온 돌을 만졌을 때였다.

철컹-!

측면이 벽돌이 회전하며 창이 튀어나왔다.

"함정인가…… 범위는?"

"모르겠습니다. 일단 시야가 닿는 20여 미터 거리까지는 설치돼 있는 것 같습니다. 게다가 꽤 촘촘합니다."

"해제할 수는 있겠나?"

"할 수는 있을 겁니다. 하지만 발동 장치가 모두 벽돌 속에 있어서…… 일일이 벽돌을 뜯어내고 기관을 조작하려면 꽤 시간이 걸릴 겁니다."

이어지는 말에 모두의 얼굴에 불안감이 떠오르기 시작했다.

태영 일행은 베럴보우 떼를 뚫고 온 상황.

당연히 그 주위로는 여전히 베럴보우가 몰려들고 있었다.

게다가 그보다 더 위험한 1, 2왕자 일행도 언제 들이닥칠지 모른다.

"형님……."

질리언의 말, 랄프와 제드 일행이 태영을 돌아보았다.

불안해하면서도 뭔가 기대하는 눈빛이었다.

그러자 다른 헌터들도 하나둘 그들을 따라 시선을 돌리기 시작했고, 질리언과 레이븐도 마찬가지였다.

던전에 들어와서 지금까지, 실질적으로 일행을 지휘해 온 사람이 바로 그, 태영이기 때문이다.

그리고 그렇게 바라보고 있으면…….

"청영, 떨어져 있어."

역시 기대에 보답하고 싶어질 수밖에 없다.

삐이―!

청영이 낮은 울음으로 대답했다.

그리고 날개를 펄럭이며 태영의 어깨에서 날아오른 직후.

우웅―!

그리모어가 진동을 일으키며 푸른 빛으로 물들었다.

헌터들의 얼굴은 충격으로 물들었다.

"오, 오러 소드……!"

"저게 오러 소드라고? 나, 난 처음 봐."

"멍청아, 그걸 말이라고 해? 우리 같은 헌터가 아무 데서나 볼 수 있으면 그게 어디 오러 소드냐? 야광봉이지. 세상에 소드 오러를 쓸 수 있는 사람이 몇이나 되는지는 모르지만, 어차피 우리와는 다른 세계의 사람들이야. 아예 사는 세계가 다른데 뭔 수로 보냐?"

"그럼 저것도 오러 소드가 아니라는 거야?"

"네 머리는 폼이냐? 그만큼 흔치 않다는 말을 하는 거잖아!"

"……소문이 사실이었던 건가?"

그리고 여기저기에서 흘러나오는 감탄 섞인 목소리.

제드가 우쭐한 얼굴로 그들을 돌아보았다.

"흥! 소문은 뭔 소문이야? 내가 어제도 말했잖아! 형님은 우리 같은 헌터와는 아예 차원이 다른 분이라고!"

-왜 저 자식이 잘난 척이야?

모르겠지만, 아니 알 것 같지만, 헌터든 제드든 그런 말을 하기는 좀 이른 감이 있었다.

"오러 소드를 사용할 수 있다는 건 분명 굉장한 일이지만, 대체 뭘 어쩌려고 그러지? 저런 함정은 오러 소드만으로 어떻게 되는 게 아니잖아."

그 말대로다.

오러 소드는 검술의 한 경지일 뿐, 100% 실력을 대변해 준다고 말할 수는 없었다.

게다가 태영의 경우는 그마저도 그리모어의 힘.

정작 태영은 아직 아무것도 하지 않은 것이다.

태영의 힘은 그다음.

번쩍-!

빛이 뿜어져 나온 건 그때였다.

태영이 내딛는 발아래에서 시작된 빛은 바닥을 따라 퍼지고, 벽과 천장까지 뒤덮으며 통로 저편까지 뻗어 나갔다.

그러나 그것도 잠시, 빛은 퍼져 나올 때처럼 다시 통로를 따라 빠르게 사라졌다.

"뭐, 뭐였지? 방금 그 빛은?"

다시 어둠에 잠긴 통로에서 헌터들의 당황한 목소리가 흘러나왔다.

그러나 B급 헌터 정도 되면 '나이트 비전'은 기본, 다시 어두워져도 보는 데는 문제가 없었다.

"헉! 뭐, 뭐 하는 겁니까?"

그들이 다시 화들짝 놀라며 소리치는 이유가 그래서다.

'나이트 비전' 덕분에 보이니까.

태영이 무수한 함정이 깔려 있다는 통로로 털레털레 걸어가는 모습이 말이다.

이에 몇몇 헌터가 당황한 얼굴로 몸을 들썩이자 제드가 그들을 막으며 소리쳤다.

"아니, 함정이 깔려 있다는 건 형님도 알아! 그런데도 저렇게 행동하는 데는 그만한 이유가 있는 당연하잖아! 함정 따위에 걸리지 않을 자신이 있는 거라고!"

그리고 다시 태영을 돌아봤을 때.

철컹-!

“아니잖아!”

기가 막힌 타이밍으로 들려온 기관음에 헌터들이 버럭 소리쳤다.

그리고, 그대로 굳어 버렸다.

콰직! 칭-!

이런 장면이 펼쳐졌기 때문이다.

섬광과 함께 위쪽으로 튕겨져 올라가는 칼날.

기관음과 함께 회전하는 벽돌 뒤에서 솟아 나오던 칼날이었다. 그리고 그 칼날이 팽이처럼 회전하며 날아오를 때.

펑-!

푸른 빛을 뿜어내는 또 다른 칼날이 벽돌 사이를 뚫고 들어가고 있었다.

그게 시작이었다.

철컹! 칭! 퍼펑! 철컹! 칭! 퍼펑!

쉴 새 없이 울리는 기관음과 쇳소리, 그리고 그때마다 튀어 오르는 칼날!

태영이 통로 한복판을 가로지르며 보이는 장면이었다.

오러를 뿜어 올리는 그리모어는 함정이 발동할 때마다, 아니, 어떨 때는 발동하기도 전에 이미 그 위치에 박히고 있었고, 그때마다 여지없이 폭음이 울리며 톱니바퀴나 칼날 따위가 터져 올라왔다.

마치 32배속으로 돌리는 영상처럼!

"마, 말도 안 돼……."

헌터들이 넋 나간 얼굴로 중얼거렸지만, 몰라서 하는 말이다.

지금 태영의 눈에 어떤 장면이 비치는지.

바로 빛줄기다.

머리카락보다 얇은 수천수만 가닥의 빛줄기.

조금 전 통로를 밝힌 빛이 바로 그 빛줄기였고 사라진 게 아니었다.

눈에 보이지 않을 정도로 약해졌을 뿐, 아직도 바닥과 벽, 천장을 뒤덮으며 퍼져 있었다.

그리고 이는 모두 한 점, 태영의 발아래에 모여 있었다.

아니, 거기서부터 시작된 것이다.

–스킬 [라이트 웹]이 발동되었습니다.

바로 이, 얼마 전 '엘더 슬레이어'를 2레벨로 올리며 습득한 '라이트 웹'이 말이다.

그리고 지금 태영의 눈에 보이는 게 그 효과.

'라이트 웹'은 그 이름처럼 빛의 그물을 펼쳐 해당 범위의 모든 것을 탐지할 수 있는 스킬이었다.

즉, 지금 통로에 퍼져 있는 수천수만 가닥의 빛줄기는 태영의 신경망 그 자체!

그러니 어려운 일이 아니었다.

'다음은 저긴가?'

이미 훤히 들여다보이니까.

바닥이나 벽, 천장에 실타래처럼 뭉쳐 있는 빛줄기, 함정의 위치가 말이다.

보이기만 하는 게 아니다.

철컹! 핑-!

함정이 발동되면 바로 느낌이 왔다.

어떤 스위치가 작동하는지, 또 어떤 기관을 통해 어디로 전달되는지, 최종적으로 어디의 어떤 함정이 작동하게 되는지도.

칭! 퍼펑-!

태영은 그 타이밍에 맞춰 카운터를 날리고 있을 뿐이다.

물론 그렇다고 쉬운 일이라는 말은 아니다.

함정이 발동되는 건 순간!

더구나 스위치는 대부분 바닥에 있지만, 함정은 좌우의 벽, 천장 등, 스위치와는 전혀 다른 곳에서 발동되었다.

게다가 함정의 난이도도 갈수록 올라갔다.

처음에는 하나의 칼날이 튀어나왔지만, 좀 더 들어가자 둘이 되고, 나중에는 한꺼번에 서너 개의 칼날이 튀어나왔다.

아무리 태영이라도 그리모어 한 자루로 동시에 그 모든 칼날을 막아 내기는 무리!

콰콱—!

"헉! 다, 당했다! 결국, 함정에 당하고 말았어!"

이런 오해를 받을 만한 장면이 벌어지는 것도 그 때문이었다.

그러나 말 그대로 오해였다.

위잉—!

이렇게 날카롭게 진동하는 칼날이라도 뚫릴 일은 없다.

그 칼날을 막아 세운 손에는 오러 소드로도 파괴할 수 없는 무적의 아이템 '언브레이커블 핸드'가 장착되어 있으니까.

"아, 아니, 뭐…… 뭐야? 어, 어떻게 칼날을 손으로……."

헌터들이 다시 경악성을 터뜨렸지만.

—이제 저런 반응도 물리는군. 좋은 말도 한두 번이지 뭔가 할 때마다 꽥꽥대니 이제 슬슬 짜증이 날 것 같아.

태영도 슬슬 그런 기분이다.

퍼펑—!

이에 빠르게 그리모어를 휘둘러 함정을 박살!

속도를 올리며 속속 발동되는 함정을 부수며 진격했다.

"자, 이제 넘어오십시오."

그리고 반대쪽에 도착해 몸을 돌리며 말했을 때였다.

대답은 들려오지 않았다.

질리언과 레이븐, 헌터들은 곳곳에 부서진 함정이 흩어져 있는 20여 미터 길이의 통로 반대쪽에서 그저 입을 쩍 벌리고 바라보고 있었다.

"봐, 봐라! 내가 말했지! 말했잖아! 말했다고! 저게 우리 형님이다! 이 자식들아!"

제드만 이렇게 떠들고 있을 뿐이었다.

-뭐 저 녀석이 저러는 건 하루 이틀이 아니지만…… 쟤 왜 울어?

눈물까지 글썽이면서 말이다.

아무래도 정신 감정을 받아 보는 편이 좋지 않을까 하는 생각도 들었지만.

-그런데 바쁜 거 아니었어?

지금은 이게 문제다.

"빨리 와요!"

"빌어먹을!"

길게 이어진 통로의 한쪽 끝.

한 청년이 붉게 물든 몸 여기저기를 긁어 대며 욕설을 내뱉었다.

그 주위에 있는 30명의 사내도 마찬가지였다.

얼굴은 물론 목이며 팔목, 갑옷 밖으로 드러난 피부는 모두 두드러기가 일어난 것처럼 온통 붉게 물들어 있었고, 때때로 갑옷 속에 손에 쑤셔 넣고 긁적이는 모습을 보면 안쪽도 크게 다를 바가 없어 보였다.

해충 대책을 게을리한 브라이트 1왕자와 그 일행이었다.

그러나 브라이트가 짜증을 내는 이유는 그저 벌레 물린 데가 가려워서만은 아니었다.

그런 가려움까지 참으며 추격해 온 질리언 일행을 놓쳐 버린 탓이다.

물론 그렇다고 흔적까지 놓친 것은 아니었다.

질리언 일행을 추적해 들어온 통로에 보란 듯이 남아 있으니 놓칠 수도 없었다.

그러나 그 역시 브라이트에게는 그리 좋은 소식이라고는 할 수 없었다.

"아무래도 10분은 지난 것 같습니다."

"10분이라고? 그럼……."

"네, 우리가 질리언 왕자 일행의 행방을 놓쳤던 게 약 15분 전. 그사이에 그들이 이곳에 들어와 함정을 확인하는 데도 시간이 걸렸을 테니 사실상 이 함정을 파괴하는 데는 채 5분도 걸리지 않았다는 말입니다."

주위를 살피며 대답하는 중년 기사는 솔트.

노월 왕국에서 가장 전력이 강하다는 동부 국경수비대에서 최강 전력으로 꼽히는 블러드 기사단의 단장이자 현재 브라이트 일행의 부장을 맡은 기사였다.

"이걸 모두 말인가?"
"게다가……."
솔트가 눈매를 좁히며 말했다.
"모두 한 사람이, 그것도 검을 사용한 것 같습니다."
"검이라고? 하지만……."
"의심의 여지가 없습니다. 이 잘려 나간 칼날의 절단면도 그렇지만, 벽과 바닥에 남아 있는 흔적도 모두 일격으로 만들어진 것입니다. 제가 아는 한 검으로 그런 게 가능한 기술은 하나, 오러 소드밖에 없습니다."
"그럼 질리언이 고용한 자 중에 마스터급의 검사가 있다는 말인가?"
"그렇겠죠. 그것도 이제 겨우 초입에 들어선 수준이 아닐 겁니다. 검흔의 폭이나 깊이를 봤을 때 상당한 수준의 오러 소드로 보이니 중급 이상일 확률이 높습니다."
"중급 이상의 마스터라니…… 그 정도면 본인이 원하지 않아도 알려질 수밖에 없지 않습니까? 하지만 질리언 왕자님 일행 중에 그런 자는……."
"그게 중요한가?"
브라이트가 인상을 찌푸리며 끼어드는 기사의 말을 끊었다.
"나와 놈은 경쟁자다. 시작도 하기 전에 밑천을 드러내 보이지는 않겠지. 쳇, 질리언 녀석, 내내 코빼기도 내밀지 않던 놈이 갑자기 무슨 바람이 불어서 끼어드나 했더니 믿는 구석 하나쯤은 있다는 말인가?"

구시렁대듯이 말하던 브라이트가 슬쩍 솔트를 돌아보며 물었다.

"솔트 경, 자네도 마스터니 검흔만 보고도 대강 상대의 실력을 예상할 수 있겠지? 어떤가? 경이 이자와 붙게 된다면 말이야."

"혼자는 무리입니다."

"둘이면?"

"7 대 3 정도로 제 쪽이 유리해지겠죠."

"그럼 됐다."

브라이트는 더 들을 필요도 없다는 듯이 고개를 끄덕였다.

"……추격하시겠습니까?"

"그만두지. 놈을 쫓기 시작한 건 벌레를 막을 방법을 알아내기 위해서이기도 하지만, 놈들이라면 빨리 처리할 수 있다고 생각해서이기도 하다. 하지만 그런 실력자가 있다면 얘기가 달라지지. 경쟁자는 그놈만이 아니니까. 아마도 에스타에 붙어 있는 기사는 틀림없이 그 망할 암캐 년이 불러온 제국의 기사. 그런 놈들을 뒤통수에 붙여 두고 앞만 볼 수는 없다는 말이다. 하물며 전력이 손실될 위험이 있다는 것까지 알게 됐다면 말할 필요도 없지."

"그렇다고 놔둘 수도 없지 않습니까? 질리언 왕자님의 일행은 대부분 헌터. 좀 전의 상황을 겪어 보셨듯이 던전에서의 경험은 놈들이 우리보다 위입니다."

"그러니 더 그렇지."

"네?"

"이곳은 미궁이라고 불리는 곳이다. 입구 앞은 광장이지만, 아마도 이 앞은 그 이름에 어울리는 장소일 터. 경의 말대로 경험 많은 헌터들이 그런 곳에서 제대로 된 흔적을 남겨 놓겠는가? 더구나 나나 에스타 녀석 일행이 따라온다는 걸 알면서도?"

"추적술에 뛰어난 자도 뽑아 두었습니다."

"그야 알고 있지. 하지만 서두를 필요는 없다. 왕이 될 자는 기다릴 줄도 알아야 하는 법이지."

살짝 고개를 저은 브라이트의 얼굴에 웃음이 떠올랐다.

"저 안에서 무슨 일이 벌어지든 노월 왕국의 왕관은 내 것이 될 것이다. 그래, 그것만큼은 누구에게도 양보할 수 없지. 설사 내 손에 질리언과 에스타의 피를 묻히게 되는 한이 있더라도 말이야."

복잡하게 이어진 어두운 통로.

그 통로를 따라 20여 명의 사람이 뛰어가고 있었다.

태영과 레이븐을 선두로 한 질리언 왕자 일행이었다. 그리고 지금까지 그랬듯이 다시 빠르게 모퉁이를 돌아 들어갔을 때였다.

"레온!"

뒤에서 질리언의 목소리가 들려왔다.

"언제까지 가야 하는 건가?"

"힘드십니까?"

"아니, 나야 아무렇지도 않지만……."

태영이 함정 지대를 통째로 박살 낸 게 벌써 30분 전.

태영 일행은 그 뒤로 지금까지 한 번도 쉬지 않고 전력 질주를 하고 있었다.

그러나 질리언의 말처럼 그는 정말 아무렇지도 않았다.

"헉헉헉! 헉헉헉!"

죽어나는 건 그를 태운 말, 랄프와 제드 일행이었다.

꼭 그래서는 아니지만.

"다행히 따라붙는 기척은 없군요. 이제 잠시 쉬어도 될 것 같습니다."

"푸하! 살았다!"

태영의 말에 랄프와 제드 일행이 허물어지듯 주저앉았다.

"미안하군, 짐스러운 왕자라."

–알긴 아는군.

그리모어가 비꼬듯이 말했지만, 부정할 수 없는 사실이기도 했다.

물론 랄프와 제드 일행이 질리언의 말 역할을 한다고 해도 전력에 큰 손실이 생기는 건 아니다.

그러나 평상시의 상황을 그대로 비상시의 상황에 대입할 수는 없는 법.

정말 위급한 상황이 됐을 때는 이게 어떤 식으로 발목을 잡게 될지, 아니 어떤 식으로든 발목을 잡힐 수밖에 없었다.

그러니 그 역시 해결해야 하는 과제라고 할 수 있었지만.

"왕자님, 한 명이 모자랍니다!"

그때 여기저기 흩어져 앉은 일행을 둘러보던 레이븐이 당황한 얼굴로 고개를 돌리며 말했다.

"방금 인원을 점검해 봤는데 한 명이 부족합니다. 아무래도 광장에서 베럴보우와 싸우며 이동할 때 떨어진 것 같습니다."

"이런…… 누구지?"

"저도 아직 모르겠습니다. 아니, 일단 샤르윈에서 고용한 헌터들은 모두 보이고, 레온과 합류한 헌터들은 왕자님과 함께 있었으니…… 그 사람입니다! 레온이 왕도에 도착한 뒤에 데리고 왔던 그……."

레이븐이 당황한 표정으로 고개를 돌렸고, 질리언도 같은 얼굴로 태영을 돌아보았다.

그러나 정작 태영은 태연한 얼굴로 대답했다.

"그라면 괜찮습니다."

"뭐?"

"말하지 않았습니까? 그는 밥값을 하고도 남는 사람이라고 말입니다. 그 말대로 어디에 있든 밥값은 할 테니 신경 쓰지 않아도 됩니다."

–또 뭔가 둘이서 작당질을 했구먼.

물론 했다.

이건 평범한 던전 탐험이 아니니까.

태영은 1, 2왕자, 뭐 2왕자는 그 엄마 쪽이지만 어쨌든, 그 둘을 보자마자 알아보았다.

필요하다면 살인이라도 주저하지 않을 녀석들이라고.

당연히 그런 자들과 경쟁하며 제 할 일만 묵묵히 하는 건 멍청한 짓.

태영이 데려온 그, 미스트가 사라진 이유가 그 때문이다.

그런 멍청한 짓을 할 생각은 없으니까.

물론 그렇다고 경쟁에만 정신이 팔려 정작 쟁탈전 과제는 나 몰라라 할 수는 없는 일.

그러니 지금 태영이 생각해야 할 일은…….

–둘이서 대체 무슨 꿍꿍이를 꾸몄는지는 모르겠지만, 그 녀석이라면 주인의 말대로 걱정할 필요는 없겠지. 그보다 이제 어디로 갈 거야?

바로 이거다.

여기까지 오는 도중에도 수없이 많은 갈림길을 지나왔고, 이 앞에도 수없이 많은 갈림길이 있으니까.

괜히 미궁이라는 이름이 붙어 있는 게 아니라는 말이다.

미궁의 끝, 그리고……

삐이?

청영이 태영을 따라 고개를 돌렸다.

그 앞으로 군데군데 허물어져 내린 통로가 뻗어 있었다.

길이는 대략 100여 미터밖에 되지 않았지만, 그 사이에 다섯 개나 되는 샛길이 연결되어 있었다.

삐이?

청영과 함께 돌아본 반대쪽도 마찬가지였다.

시야에 잡히는 갈림길만 서너 개.

아마도 그중 어디로 들어가든 다시 같은 장면을 보게 될 거고, 그다음에도, 또 그다음에도 무한 반복되듯이 같은 장면이 이어질 것이다.

"흠……."

삐삐!

이에 태영과 청영이 미간을 모으며 통로를 훑어볼 때였다.

그리모어가 문득 생각난 듯이 말했다.

-그러고 보니 주인과 제대로 된 던전을 탐사해 본 적이 없군. 버림받은 땅에서 들어갔던 디멘션 던전은 그냥 터널 같은 구조였고, 단라이라 화산과 아스탈로드 영지에서 들어갔던 곳은 원래 광산이었잖아.

그렇긴 하다.

그러나 그건 이번 생에 한정된 얘기.

당연히 과거에는 이런 복잡한, 문자 그대로 미궁이라고 할 만한 던전도 수없이 들어와 봤다.

그리고 그 대부분을 해피엔딩으로 끝내 왔다.

이유는 간단하다.

회귀할 때마다 같은 던전을 공략해서다.

회귀와 함께 던전은 리셋되지만, 태영의 기억은 리셋되지 않으니까. 과거와 같은 걸 과거보다 안전하고 빠르게 얻을 수 있다는 말이다.

'이미 내가 경험해 본 던전은 수십 개에 달한다. 그러니 굳이 그 숫자를 더 늘릴 필요는 없어. 어차피 처음부터 다시 시작해야 한다면 새로운 던전에서 시간을 허비하며 헤매느니 그 던전을 빠르게 도는 게 훨씬 효율적이야.'

회귀를 반복할 때마다 더 빠르게 강해질 수 있던 비결이다.

그러나 장점만 있는 건 아니었다.

단점도 있었고, 그게 바로 지금 같은 상황이었다.

이미 알고 있는 던전을 다시 공략하는 데 너무 익숙해진 나머지 처음 경험하는 던전에 들어오자 뭘 어떻게 해야 할지 감을 잡을 수가 없었다.

'확실히 효율을 생각하면 그게 최선인 건 분명하다. 하지만 한계도 명확해. 과거를 답습하면 속도는 빠르겠지만, 딱 거기까지. 그 이상의 발전은 없어.'

모르고 있던 건 아니다.

그러나 그저 아는 것과 실제로 체감하는 건 다르다.

덕분에 태영은 조금은 반성해야겠다는 생각이 들었지만, 당장 고민할 문제는 아니었다.

-그럼 이제 어쩔 생각이지?

"생각해 봐야지."

이것도 마찬가지다.

태영은 오랫동안 1부터 시작하는 던전 탐사를 해 본 적이 없지만.

"저 사람들이."

태영이 말하는 저 사람들, 헌터들은 다를 테니까.

단순히 경험만 말하는 게 아니다.

“자, 이제 모두 어떤 상황인지는 알고 있으리라고 생각합니다. 1, 2왕자의 추격을 뿌리쳤지만, 이제 겨우 출발점에 섰다고 할 수 있습니다. 우리가 이곳에 들어온 목적은 여기 어딘가에 있을 노월 왕국의 초대 국왕 페리어트 1세의 유물을 찾기 위해서입니다. 그리고 모두가 알다시피 이에 가장 큰 걸림돌은 이 미로 같은 지형이죠.”

“저기…….”

“네, 말씀하세요.”

“저는 맵핑 스킬이 있습니다.”

맵핑 스킬은 한번 지나온 길은 모두 지도화할 수 있는 스킬.

던전에서는 굉장히 유용한 스킬이지만, 굉장히 익히기 힘든 스킬이기도 하다.

심지어 스킬을 익힌 사람도 어떻게 익히게 됐는지조차 모르는 경우가 많다. 그러나 태영은 익힌 적이 있었고, 습득 조건도 알고 있었다.

‘맵핑’의 습득 조건은 던전에서 길을 잃고 헤맨 시간의 총합이 5년 이상이 되는 것.

지금은 배울 엄두도 내지 못하는 이유다.

그러나 효과는 확실!

“그럼 부탁드리죠.”

태영의 말에 헌터가 양피지를 꺼내 들었다.

그리고 눈을 감자 펜을 쥔 손이 자동으로 움직이며 구불구불한 선을 그려 내기 시작했다.

태영 일행이 마구잡이로 뛰어온 통로의 지도였다.

–스킬이란…….

태영도 가끔 이런 장면을 보면 생각하게 된다.

대체 스킬이란 게 뭔지.

그러나 거기에 딴지를 걸어 버리면 이 세계 자체를 다시 생각해 봐야 하고, 그런 게 답이 나올 리가 없으니 넘어가고.

어쨌든 태영이 말한 게 바로 이런 스킬이다.

'레이븐이 말한 것처럼 기사 중에도 몬스터를 사냥하거나, 던전을 탐험해 본 사람은 있겠지. 하지만 고작 몇 번 경험해 본 것으로 이런 스킬을 익힐 수는 없다. 아니, 아마 이런 스킬이 있는지조차 모르는 사람이 많겠지.'

1, 2왕자 측에는 없고, 이쪽에는 있는 것.

게다가 하나도 아니다.

"훌륭합니다. 덕분에 이제 길을 잃을 걱정은 하지 않아도 되겠어요. 앞으로도 부탁드리겠습니다."

지도를 받아 든 태영이 짐짓 감탄한 얼굴로 말했을 때였다.

"저는 함정 탐색 스킬이 있습니다! 스킬을 익힌 뒤로 지금까지 함정을 찾아내지 못한 적은 없으니 믿고 맡겨 주십시오!"

"저는 음파 탐지 스킬이 있습니다! 1, 2왕자 일행이나 몬스터, 반향음을 이용하면 가까운 거리는 지형 탐색도 어느 정도는 가능합니다!"

"저는 징표 스킬이 있습니다! 벽이나 바닥에 다른 사람은 보지 못하는 징표를 남길 수 있습니다! 맵핑이 있으면 어차피 길을 잃을 일은 없겠지만……."

"그래도 써먹을 데가 있을지도 몰라. 일부러 눈에 띄도록 만들어서 그걸 발견한 1, 2왕자 일행을 헤매게 하는 식으로 말이야."

"오! 그거 괜찮네. 좀 전에 따라올 때 간간이 검기도 날리던데, 그런 짓까지 당하고 그냥 넘어갈 수는 없지."

"어차피 할 거면 함정도 깔아 두자고. 그건 내가 맡지."

"그럼 우리는 전위인가?"

"그래, 언제든 위험해지면 내 뒤로 오라고! 단단한 거 하나만큼은 누구에게도 밀리지 않으니까! 좀 전에 말한 검기를 막은 사람도 나야!"

곳곳에서 터져 나오는 스킬!

필수라고는 할 수 없지만, 상황에 따라서는 던전 탐사의 성패를 바꿔 놓을 수도 있는 게 바로 이런 스킬이다.

그러나 '맵핑'의 예처럼 그 대부분은 한 분야 상당한 시간을 쏟아야 습득할 수 있는 스킬.

한 사람이 2~3개 이상의 스킬을 익히는 일은 드물다.

그게 던전 탐사를 위주로 하는 상급 헌터들이 파티를 선호

하는 이유고, 또 딜레마이기도 하다.

필요한 스킬을 많이 챙기면 성공 확률은 높아지겠지만, 그러려면 인원을 늘려야 하고, 그만큼 각자에게 돌아가는 몫이 줄어들 테니까.

헌터 파티가 대부분 5~6명인 건 직업 상성보다는 그쪽.

가성비를 고려한 결과라는 말이다.

그러나 지금은 상황이 다르다.

질리언이라는 든든한 물주 덕에 상급 헌터가 20여 명이나 모인 파티!

"우, 우리는…… 네! 왕자님은 우리에게 맡기십시오!"

뭐, 그중 10명은 그 물주를 짊어지고 뛰는 것 외에는 딱히 내세울 만한 스킬이 없는 모양이지만 넘어가고.

'이 미궁이 얼마나 크고 복잡한지는 모르겠지만, 이 정도 인원이면 어려울 것도 없지.'

태영의 예상대로였다.

텅! 텅!

"음, 울리는 소리를 보니 이쪽 통로는 저 앞쪽에서 오른쪽으로 꺾이고, 다시 수십 미터 앞에서 오른쪽으로 꺾이는 구조 같습니다. 그 앞에서는 좌우로 나뉘고."

"오른쪽으로 두 번이라…… 그럼 좀 전에 지나온 길과 겹치게 되는군. 어째 구조가 똑같다 싶더니 일부러 헤매게 만들어 둔 곳인가?"

아무리 복잡하게 얽혀 있는 지형이라도 헤맬 일은 없었다.

"그럼 저쪽에 징표를 박아 두면 되겠군."

"그래 봤자 한번 징표를 보면 바로 발각되잖아. 그게 되레 표식이 될 테니까. 차라리 징표도 없는 게 더 헛갈리지 않겠어?"

"훗, 이 몸의 스킬을 얕잡아 보지 말라고. 내가 사용하는 징표는 특별해. 누군가 그 앞을 지날 때마다 모양이 바뀌게 할 수도 있단 말이지."

"뭐? 잠깐? 그러고 보니…… 나 전에 그런 표식 때문에 던전에서 한참을 헤맨 적이 있었는데……."

뭐 각자 다른 파티에서 활동하던 헌터들이 한데 모여 스킬을 공유하다 보면 이렇게 가끔 분위기가 서먹해지는 일이 생기기도 하지만.

"야, 됐어! 인제 와서 뭘 그런 걸 따져? 그보다 할 일이나 하자고. 어이, 표식 작업은 아직 멀었어?"

"다 끝났어. 그 자식들, 한참을 헤매게 될걸."

"그래도 여러 번 같은 자리를 맴돌다 보면 뭔가 이상하다는 걸 알게 되겠지. 그럼 곳곳을 꼼꼼히 살펴보게 될 거고……."

철컥!

"그때 이 몸의 함정이 발동되겠지."

"크크크, 우리를 무시하던 기사 놈들이 당황하는 꼴이 눈에 선하군. 직접 보지 못하는 게 슬플 정도야."

—이 녀석들, 밖에서는 1, 2왕자 패거리가 대놓고 무시해도 눈조차 제대로 마주치지 못하더니, 지금은 아주 살판 난 얼굴들을 하고 있군.

당연한 결과다.

그들은 헌터, 던전은 홈그라운드니까.

물론 당장 눈앞에 그 1, 2왕자 패거리가 나타나면 또 얘기가 달라지겠지만, 그런 사태를 피하기 위해서라도 헌터들은 부지런히 움직였다.

전투도 마찬가지다.

던전이란 곳은 항상 몬스터가 넘쳐 나는 법.

유틸리티 스킬이고 뭐고 말하기 전에 헌터에게 일정 수준 이상의 전투력은 기본이다.

쿠엑! 끼이이이!

"오크다! 30마리도 넘어! 게다가 꽤 상위 오크인 것 같아!"

"이런 데도 오크가 있나?"

"어디든 있잖아. 오크나 고블린 같은 건. 베럴보우가 뭘 먹고 그렇게 숫자를 불렸겠어? 뭐 30마리쯤은 딱히 문제 될 것도 없지만, 주위에 다른 무리가 있을지도 모르니 얼른 처리해 두자고."

당연히 이런 놈들은 조금도 문제가 되지 않았다.

크르르르!

"트, 트윈헤드……!"

"젠장, 기분 나쁜 놈을 보게 되는군. 몇 년 전에 저놈에게 당한 상처가 쑤셔 오는 기분이야. 하지만 그때의 내가 아니다!"

좀 더 강한 몬스터가 나타나도 마찬가지였다.

쿠쾅! 크아아아-!

"저, 저건 히드라! 히드라다!"

"위험도와 토벌 난이도 모두 A등급의 몬스터야!"

"빌어먹을! 대체 어떻게 돼먹은 던전이야? 뭐가 이렇게 뒤죽박죽이야? 이렇게 갑자기 몇 등급 높은 놈이 나오는 건 너무하잖아!"

그래도 이쯤 되면 전혀 아니라고는 할 수 없었지만, 큰 문제는 되지 않았다.

"물러나라!"

투퉁-!

고함과 함께 와글대는 헌터 사이를 가로지르는 섬광!

레이븐의 마력 화살이었다.

투쾅-!

그러나 위력은 대포!

마력 화살은 검조차 제대로 박히지 않는다는 히드라의 몸을 관통!

그 부위를 폭발시키며 거대한 구멍을 뚫어 버렸다.

퍼퍼퍼펑-!

휘청대는 히드라의 몸이 무수한 폭광에 뒤덮인 건 그 직후였다.

미궁에 들어온 직후에 레이븐이 사용하려다 태영의 제지로 멈췄던, 분열된 마력 화살로 퍼부어 대는 화살의 비였다.

그 압도적인 물량과 위력은 히드라를 순식간에 걸레로 만들어 버릴 정도!

–A급 헌터라…….

이에 그리모어가 애매한 목소리로 중얼거렸다.

그러나 새삼 놀랄 일은 아니었다.

레이븐이 A급 이상이라는 건 질리언의 방에서 태영이 검기를 날렸을 때 보인 반응만으로도 알 수 있었다.

물론 헌터의 등급이 단순히 전투력만으로 정해지는 게 아니니 이렇게 말하는 건 의미가 없을지도 모르지만, 전투력만 놓고 보자면 틀림없이 A급 이상.

마스터에 근접해 있거나, 혹은 이미 마스터급에 도달해 있을지도 모른다.

태영은 그 점이 몹시 안타까웠다.

"저게 얼마짜리 가죽인데……."

그 정도 실력자라면 히드라라도 좀 더 깔끔하게 해치울 수 있을 테니까.

–이런 상황에서?

이런 상황이라도, 돈은 소중하니까.

그리고 그런 생각을 하는 건 태영만이 아니었다.

무수한 폭광에 입을 쩍 벌리던 헌터들 역시, 그 뒤에 걸레처럼 찢어진 히드라를 보고 '정말 헌터 맞아?'라는 눈으로 레이븐을 돌아보았다.

물론 누구도 그 눈에 떠오른 자막을 입 밖으로 꺼내는 헌터는 없었다.

태영도 마찬가지였다.

그들은 말을 못 하는 것이지만, 태영은 굳이 말할 필요가 없어서라는 게 다를 뿐이다.

직접 보여 주면 되니까.

퉁! 푸확-!

이렇게, 깔끔하며 멱만 따는 모습을 말이다.

"오오! 역시……!"

"굉장해! 단 일격, 그것도 어차피 가죽을 벗길 때 칼을 넣어야 하는 부위야! 이 정도면 아무리 깐깐한 상인이라도 흠을 잡을 수 없겠어!"

"그래, 헌터라면, 특히 실력이 뛰어난 헌터라면 이런 건 기본이겠지."

그리고 들으라는 듯이 떠들어 대는 헌터들.

레이븐이 몬스터의 이마에 구멍 하나만 뚫어 놓기 시작한 건 그때부터였다.

'그래도 눈치는 있군.'

누가 뭐라도 하든 3왕자 일행의 핵심은 헌터.

레이븐이라도 헌터들의 눈치를 전혀 보지 않을 수는 없다는 말이다.

덕분에 일행은 다시 화기애애한 분위기를 유지하며 전진!

'그럼 이제…….'

그러나 태영은 되레 뒤로 빠졌다.

이유는 두 가지다.

하나는 미로처럼 복잡한 구조의 던전이니까.

모든 몬스터를 정리하며 이동할 수 없으니 깊이 들어갈수록 양옆이나 뒤쪽에서 습격을 받을 확률도 높아진다는 말이다.

그리고 두 번째는 다른 사람에게는 보여 주기가 뭐해서다.

위잉! 팍! 끼긱-!

아무리 몬스터라도 이렇게 걸레짝이 될 때까지 두들겨 패는 장면을 보는 건 그리 유쾌한 일이 아닐 테니까.

-뭐 하는 거야? 좀 전에는 가죽이 어쩌고저쩌고하더니? 뭐 이런 놈이야 어차피 돈도 안 되겠지만…… 심심해?

그러나 당연히 이유도 없이 이런 변태 같은 짓을 하는 건 아니다.

사실 생각한 지도 꽤 되었다.

단지 그럴 시간이 없어서 미뤄 두고 있었을 뿐이다.

그러나 더는 미룰 수 없다는 생각을 하게 되었고, 어차피

해야 할 일이라면 헌터와 레이븐 덕분에 시간이 남아돌게 된 지금이 기회!

위잉! 팍! 끼긱-!

태영은 꾸준히 몬스터를 괴롭히고, 그 반응을 꼼꼼히 기록해 두었다.

물론 그래도 일행의 진군에는 문제가 없었다.

헌터들은 곳곳으로 뛰어다니며 꾸준히 길을 찾고, 함정을 해제해 주었고, 레이븐도 놀라운 활 솜씨를 선보이며 몰려나오는 몬스터를 속속 격파!

"젠장, 이번에는 숫자가 좀……."

퉁! 푸확-!

"……적당하군."

그래도 좀 힘들다 싶을 때는 태영이 잠시 짬을 내는 것만으로 간단하게 해결되었다.

"뭐랄까, 반칙하는 기분이 들 정도군."

"그런 생각 할 필요는 없습니다. 왕자님이 선택하고 고용한 사람들이니까."

"그렇지. 잘했다고 생각하네. 물론 그만한 보상도 해 줄 거고."

게다가 질리언도 자신의 역할을 잘 이해하고 있었다.

덕분에 일행은 피로도 잊은 채 한층 부지런히 팔과 다리를 움직여 가며 전진!

그렇게 이틀이 지났을 때였다.

점차 몬스터의 습격이 적어지더니 곧 일자로 쭉 뻗은 통로가 나타났다.

그리고 그 끝에는…….

"여기는……."

통로의 끝에는 넓은 지하 광장이 펼쳐져 있었다.

던전에 처음 들어왔을 때 봤던 곳처럼 곳곳에 거대한 기둥이 솟아 있는 지하 광장.

주위는 옆 사람의 숨소리까지 들릴 정도로 조용했다.

똑…… 똑…….

그 넓은 어둠 속에서는 어딘가에서 떨어지는 물방울 소리만 들려올 뿐이었다.

"모두 장비를 점검해라."

앞에서 낮은 목소리가 흘러나왔다.

이에 헌터들의 움직임이 부산해졌지만, 옷깃 스치는 소리조차 들려오지 않았다.

모두가 알고 있어서다.

쉴 새 없이 몬스터가 나타나던 던전에서, 그것도 이렇게 넓은 공간에서 몬스터의 기척조차 들려오지 않는다는 게 뭘 의미하는지 말이다.

"역시 있는 건가?"

그 말대로 다른 몬스터가 접근하지 못할 만한 이유가 있다는 말이다. 그리고 헌터 중에 그 이유를 떠올리지 못하는 사람은 없었다.

물론 태영과 레이븐도 마찬가지.

"일단 랜턴부터 끄고, 나이트 비전으로 바꿔라. 앞은 내가 맡지. 레이븐은……."

"뒤는 걱정하지 마라."

지금까지 뒤로 물러나 있던 태영이 앞으로 나서자 레이븐은 교대하듯이 후열, 질리언의 옆에 자리를 잡았다.

그리고 푸른 안광을 뿜으며 태영의 양옆으로 늘어서는 방패 전사들.

지금까지는 압도적인 태영과 레이븐 탓에 굳이 그럴 필요가 없었을 뿐, 본래 이게 정상적인 대형이라고 할 수 있었고, 또 필요한 일이었다.

아니, 필요하다고 생각했지만.

-뭘 또 이렇게까지…….

"그러게."

그리모어의 말에 태영이 피식 웃으며 끄덕였다.

그리고 성큼성큼 걸어가기 시작했다.

"뭐, 뭐 하시는 겁니까? 뭐가 있을지도 모르는데…… 아니, 있다고요. 틀림없이. 그렇게 무턱대고 들어가면…….”

바짝 긴장하고 있던 헌터들이 화들짝 놀라며 소리쳤지만, 태영은 신경 쓰지 않았다.

이미 확인이 끝났기 때문이다.

그리고 잠시 후 허둥지둥 뒤따라온 헌터들도 보게 되었다.

“헉! 이, 이건…… 뼈?”

“뼈, 뼈라고?”

그 말대로 태영의 앞에 있는 건 누가 봐도 뼈였다.

그럼에도 그런 믿어지지 않는다는 반응이 나오는 건 그 크기 때문이었다.

바닥에 쓰러진 자세로 죽은, 그러니 뼈라기보다는 유해라는 말이 맞겠지만 어쨌든, 그 유해가 하나의 거대한 구조물처럼 보일 정도였다.

“대, 대체 이놈은 뭐지?”

“나도 몰라. 이렇게 거대한 놈은 본 적도 없다고.”

“이건 갈비뼈인가? 완전 기둥이잖아.”

“여기에 다른 몬스터가 보이지 않는 이유가 이거 때문이었나? 하지만 죽은 지 못해도 수백 년은 되어 보이는데…….”

“그렇게 오래됐는데도 몬스터들이 접근하지 못할 정도로 강한 놈이었다는 말이겠지. 봐, 느끼기 힘들 정도로 약하지만, 아직 뼈에서 마력이 느껴지잖아. 섬뜩하군. 만약 이런 놈이 살아 있었다고 생각하면…….”

-어떻게든 했겠지, 주인이.

물론 그랬을 것이다.

그러나 그게 이길 수 있다고 자신한다는 말은 아니다.

이전에도 말했지만, 몬스터가 죽으면 몬스터가 가지고 있던 마력도 흩어진다.

그럼에도 수백 년은 되어 보이는 유해에서 마력이 느껴진다면 가지고 있던 마력의 양은 상상하기도 힘든 수준이었을 것이다.

그리고 몬스터의 마력은 곧 강함의 척도.

즉, 이 몬스터의 강함 역시 상상하기조차 힘든 수준이었다는 말이다.

헌터들이 뼈만 남은 놈을 보면서도 식겁하는 이유가 그래서다. 그러나 같은 의미로 뼈만 남은 놈을 보면서 그런 생각을 하는 건 의미 없는 짓.

'이놈을 죽인 게 뭐지?'

삐이-!

청영의 울음이 들려온 건 그때였다.

태영이 헌터들보다 먼저 유해를 확인할 수 있었던 건 바로 그 청영 덕분이었고, 이번에도 마찬가지였다.

울음이 들려온 건 유해의 끝부분.

그 앞에는 사람의 것으로 보이는 유해 다섯 구가 벽에 기대어져 있었다. 모두 너덜너덜해진 갑옷과 부서진 검이나 도끼 따위를 쥐고.

그러나 한 명은 달랐다.

그의 무구도 꽤 많이 상해 있었지만, 비교적 멀쩡한 상태였고, 유해 역시 그만은 다른 사람들을 끌어안은 듯한 자세를 취하고 있었다.

그리고 그 아래에는 양피지 한 장이 떨어져 있었다.

태영이 양피지를 주워 읽을 때였다.

"뭐지, 그 유해들은?"

그 뒤로 질리언이 다가오며 중얼거렸다.

"심마의 미궁은 건국왕 페리어트 1세가 처음 발견했고, 다시 들어올 때까지 누구도 들어온 적이 없다고 들었는데……."

"조금 다른 것 같지만, 대체로 맞는 말 같습니다."

"뭐?"

"여기가 목적지라는 말이죠."

몸을 돌린 태영이 양피지를 건네주며 말했다.

의아한 얼굴로 양피지를 펼친 질리언의 얼굴이 밝아졌다.

그러나 그것도 잠시.

"음……."

곧 복잡한 얼굴로 침음성을 흘렸다.

충분히 이해되는 반응이다.

나는 페리어트 노월 1세다.

이게 그 양피지에 적혀 있는 첫 구절이다.

태영이 여기가 목적지라고 말한 이유가 그것이고, 질리언의 얼굴이 밝아졌던 이유다.

그 역시 수백 년 전의 조상이 살아 있으리라는 기대는 하지 않았을 테니까.

문제는 그 뒤에 적혀 있는 내용이다.

나는 과거 일개 헌터에 불과했다.

딱히 내세울 것조차 없는, 어디서나 흔히 볼 수 있는 그저 그런 헌터.

그런 나를 파티에 받아 주고 기초부터 가르쳐 준 게 바로 이들, 내가 경애해 마지않는 선배이자 동료 들이었다.

그러나 나는 이들을 배신했다.

바로 이곳, 이 자리에서, 나는 두려움에 떨며 동료를 버리고 도망쳤다.

그들은 그런 내게 소리쳤다.

너만이라도 도망치라고. 너는 살아야 한다고.

그러나 나는, 아니 나만은 알고 있었다. 내가 도망친 건 그들의 말을 따르기 위해서가 아니었다. 나는 그저 도망친 것이다. 그들보다 내 목숨이 소중했을 뿐이다.

"건국왕 페리어트 1세가……."

헌터였다는 말은 전해져 내려오지 않기 때문이다.

하물며 불세출의 영웅이라고 불리는 페리어트 1세가 동료를 버리고 도망쳤다는 말은 그 후예인 질리언이 받아들이기는 힘든 말이다.

그러나 다행이랄지, 양피지의 내용은 거기서 끝나는 게 아니었다.

……결국, 나는 국왕이 되었다.

그러나 그건 내 과거와 함께 묻어 버린 미궁에서, 내 동료들을 제물로 바치고 얻은 재물로 쌓아 올린 부끄러운 성에 불과할 뿐이다.

그래서 나는 다시 이곳에 들어오게 되었다.

누구에게도 말하지 못했던 부끄러운 과거를 청산하기 위해서.

그 대가로 나는 곧 죽음을 맞이하게 되겠지만, 후회는 없다. 아니, 무수한 전쟁에서 승리하고, 국왕 자리에 앉을 때보다 더한 만족감을 느끼고 있다.

증명할 수 있었으니까.

내가 사랑하는 동료들이 나를 위해 희생한 게 결코 헛된 것이 아니었다는 것을.

그리고 지금, 절실하게 깨닫고 있다.

나는 위대한 전사이자 건국왕으로 불리고 있지만, 내가 원한 건 그런 것이 아니었다.

나는…….

그저 이들의 동료이고 싶었을 뿐이다.

누군가 이 글을 읽게 된다면, 그리고 그게 만약 내 후예라면 꼭 기억해 두기 바란다.

네가 동료라고 부를 수 있는 사람을 만들어라.

그리고…….

"후-!"

질리언이 크게 숨을 불어 내며 양피지를 접었다.

"어떠십니까?"

"글쎄? 잘 모르겠군."

질리언이 그, 아마도 양피지에 적힌 헌터 파티일 다섯 구의 유해를 안고 있는 페리어트 1세의 유해를 돌아보며 중얼거렸다.

"시각에 따라 다르겠지만, 적어도 나는 부끄럽다는 생각은 들지 않는군. 하지만 떠들고 다닐 내용은 아니겠지."

"전 이미 모두 읽어 버렸습니다만."

태영의 말에 질리언이 살짝 눈살을 찌푸리며 돌아보다가 피식 웃었다.

"그럼 마지막 구절도 봤을 거 아닌가?"

"물론 봤죠."

"그럼 짓궂은 말은 하지 말게."

충분한 대답이 되었다.

믿어라.

그 믿음에 목숨을 걸 정도로.

이게 양피지에 적혀 있던 마지막 구절이었다.

"하지만 내가 자네를 위해 죽어 주리라는 기대까지는 하지 말게."

"그건 제가 곤란하죠."

태영도 피식 웃으며 대답했다.

-뭔가…… 되게 허무하다고 생각을 하는 건 나뿐인가?

그리모어뿐이다.

태영은 위험을 피할 생각은 없지만, 굳이 겪을 필요도 없는 위험을 찾아갈 생각도 없다.

특히 이번처럼 목적이 명확할 때는.

그리고 뭣보다, 아직 끝났다고도 할 수 없었다.

"그럼 이제 나가는 일만 남았군."

질리언의 말처럼 왕위 쟁탈전은 페리어트 1세의 유품을 찾는 데까지가 아닌, 그 유품을 가지고 미궁을 나갈 때까지니까.

"문제는 두 형님의 일행과 어떻게 마주치지 않고 나갈 수 있을지인데……."

"그건 힘들 겁니다."

"그렇겠지."

질리언이 씁쓸한 얼굴로 고개를 끄덕였다.

"결국, 유리한 건 여기까지라는 말이군. 저들이 뛰어난 헌터라는 건 의심의 여지가 없지만, 역시 두 형님의 기사들을 상대하기는 무리겠지. 자네나 레이븐도 한계가 있을 테고. 하지만…… 역시 가장 큰 짐은 나겠지."

"짐이라니요? 무슨 그런 말씀을……."

"알고 계시는군요."

"레온!"

태영의 말에 레이븐이 와락 인상을 찌푸리며 소리쳤다.

그러나 레이븐이 뭐라든 사실은 사실이다.

질리언의 말처럼 현실적으로 1, 2왕자와 비교하면 전력이 떨어지는 건 사실이고, 그 격차는 태영과 레이븐이 메울 수 있는 수준도 아니다.

따라서 정면충돌한다면 99% 박살!

결국, 정면충돌을 피하는 수밖에 없다는 말이고, 거기에 필요한 게 기동력!

당연히 제대로 걷지도 못하는 질리언 왕자는 짐이 될 수밖에 없다.

태영이 질리언 왕자의 일도 해결해야 하는 과제라고 말했던 이유가 그 때문이다.

즉, 그건 이제 막 알게 된 사실이 아니라는 말이다.

"그래서 하는 말인데……."

태영이 슬쩍 질리언을 돌아보며 물었다.

"일단 그 다리를 좀 보여 주시겠습니까?"

"다리를? 하지만……."

"무슨 말을 하려는지는 알고 있습니다, 레이븐에게도 대강 들었고. 하지만 일단 보여 주십시오. 저도 제대로 보지도 않은 상태에서는 말할 수 있는 게 없으니까."

"흠, 알겠네."

질리언이 레이븐의 부축을 받으며 자리에 앉았다.

태영이 그 바지를 걷어 올리자 허벅지부터 종아리까지 시커멓게 변색된 다리가 드러났다.

군데군데 뭉개진 살에서 고름이 흘러나오기도 했다.

태영은 일단 그 다리에 마력을 불어 넣어 보았다.

"마력이로군. 오랜만에 느껴지는 감각이라 반갑기는 하지만, 그런 방법은 왕립 치유원에서도 이미 시도해 봤네. 하지만 다리를 상하게 한 독기가 이미 몸 전체에 퍼진 탓인지 마력을 제대로 받아들이지 못한다고 하더군."

질리언의 말대로 마력은 조금도 움직여지지 않았다.

다리만이 아니라 다른 부위, 팔이나 단전에 밀어 넣어도 마찬가지였다. 마치 무언가의 방해를 받듯이 금세 가닥가닥 끊어지며 흩어질 뿐이었다.

'하지만…….'

독기 탓이라는 말에는 동조할 수 없었다.

태영은 독에 대해서만큼은 왕립 치유원의 사람들보다 일가견이 있다고 자부하는 몸이다.

그들은 책으로 배웠겠지만, 태영은 몸으로 배웠으니까.

독만이 아니다.

'분명 독 중에는 마력의 흐름을 방해하는 것도 있다. 그리고 그런 독은 나도 걸려 봤지만, 이 감각은 그때와는 달라. 내가 겪어 본 것 중에 이것과 비슷한 감각을 찾자면 독보다는 저주 쪽에 가까워.'

본의 아니게 저주도 꽤 걸려 보았다.

뭐랄까, 막상 돌이켜 생각하게 되니 그동안 참 데인저러스한 삶을 살아 봤다 싶기도 하지만 어쨌든.

새삼 놀랄 일은 아니었다.

레이븐에게 다리에 대한 말을 들었을 때부터 어느 정도 예상하던 일이다.

범인이 누군지도 짐작이 되었다.

질리언이 다리를 다쳐서 가장 큰 이득을 본 사람이 누군지 생각하면 답은 바로 나오니까.

바로 1왕자다.

질리언이 다리를 다친 국경 분쟁에 함께 참전했고, 또 질리언과 달리 치명상을 입고도 회복해 군부의 지지 세력을 몽땅 가져간 것도.

'그러고 보니 미스트가 1왕자 주변에 접근하기 꺼려지는 마법사 같은 놈이 하나 있었다고 했었지. 놈이 저주술사라면…….'

미스트가 그런 느낌을 받는 것도 무리는 아니다.

그러나 그건 어디까지나 태영의 추측이고, 지금 중요한 문제도 그런 게 아니다.

문제는 이게 저주라면, 그것도 몇 년이나 지속된 오래된 저주라면 사실상 파훼할 방법이 없다는 점이다.

'하지만…….'

그게 시도해 볼 방법도 없다는 말은 아니다.

태영이 저주라고 예상하면서도 다리를 보여 달라고 한 이유가 그 때문이었다.

태영이 슬쩍 질리언을 돌아보며 물었다.

"저를 믿으십니까?"

"조금 전의 대답으로는 부족했나? 그렇다면 확실하게 말해 주지. 물론 믿네. 자네를 믿지 않았다면 지금 이 자리에 있을 일도 없었을 거네."

"그럼 됐습니다."

"되다니? 뭐가 말인가?"

"일단 어금니부터 꽉 깨무십시오, 좀 과격한 방법이니까."

태영이 다시 시선을 내리며 말했을 때였다.

칭-!

그리모어가 뽑혀 나왔고.

푸확-!

질리언의 다리에서 핏줄기가 솟구쳐 올라왔다.

"크아아악-!"

어두운 광장을 울리는 처절한 비명!

"뭐, 뭐야?"

"저쪽이다! 질리언 왕자님이야! 뭔가 일이 생긴 거야!"

"이런 젠장! 서둘러라!"

조금 떨어진 곳에서 제들끼리 떠들던 헌터들이 우르르 몰려 뛰어왔다.

"이, 이게 대체 무슨……."

그리고 모두 경악한 얼굴로 되었다.

질리언은 덜덜 떨리는 손으로 살점이 통째로 떨어져 나간 다리를 움켜쥐고 있었다.

그 앞에는 태영이 피가 뚝뚝 떨어지는 검을 들고 서 있었고, 맞은편에서는 레이븐이 활을 들고 있었다.

"네놈! 무슨 짓이냐!"

거친 목소리에 함께 그 시위에 빛의 화살이 떠올랐다.

그러나 태영은 그쪽으로는 눈길조차 주지 않고 질리언을

돌아보며 물었다.

"생각이 바뀌었습니까?"

헌터들은 그게 무슨 의미인지 이해하지 못하는 얼굴이었다.

그러나 질리언은 알아들은 모양이다.

경련을 일으키는 입술을 꽉 깨물더니 오기 어린 얼굴을 들어 올리며 대답했다.

"깔보지 마라!"

"그럼 됐습니다. 쏠 생각이 없으면 치워라. 시간이 없다."

"뭐……."

"레이븐, 나를 부끄럽게 하지 마라."

레이븐은 뒤이은 질리언의 말에도 활을 내리지 못했다.

당연한 대응이다.

– 대체 갑자기 왜 이런 짓을…….

질리언의 다리를 벤 그리모어조차 이런 말을 할 정도로 갑작스럽게 벌어진 일이니까.

그러나 그래야만 할 이유가 있었다.

그리고 머뭇대는 레이븐을 지나쳐 질리언의 몸에 손을 가졌을 때.

'……역시.'

그 생각은 확신으로 변했다.

좀 전과 달리 태영이 불어 넣는 마력이 흐르고 있었다.

물론 오랫동안 사용되지 않은 탓에 원활한 느낌은 아니었다. 그러나 분명 흐르고 있었고, 단전에서는 불씨가 살아나듯 증폭되고 있었다.

그리고 그 변화를 가장 먼저 느낀 사람은 당연히 바로 그 마력의 주인, 질리언이었다.

"대, 대체 이게 어떻게 된……."

"고작 다리를 다친 것만으로 마력조차 사용하지 못하게 되는 일은 흔치 않죠. 그럼 짐작 정도는 해 보신 적이 있지 않습니까?"

"그럼…… 이게 정말 저주라는 말인가?"

"네, 그것도 꽤 질이 나쁜."

중앙 대륙에서는 오래전부터 사령술이나 저주를 악으로 규정해 입에 올리는 것조차 금기시되어 있었다.

태영 입장에서는 정말 멍청한 짓이라고밖에는 할 수 없다.

사령술이나 저주가 나쁘지 않다고 말하는 게 아니다.

태영이 직접 다양한 저주에 걸려 봐서 안다.

그건 정말 빌어먹을 것이다.

저주를 입에 올리는 것조차 금기시하는 게 멍청한 짓이라고 한 이유가 그래서다.

일단 태영이 경험한 바와 같이 그런다고 저주가 사라지지도 않지만, 더 짜증 나는 건 그 사라지지 않는 저주에 걸린 다음.

'뭘 알아야 피하든지, 해제하든지 할 거 아니야!'

이런 정보조차 없다는 것이다.

그러나 저주에 걸리면 여러모로, 예를 들면 산 채로 몸이 썩어들어 가는 불쾌한 경험을 해야 하는지라 태영은 포기하지 않았다.

그래도 아직 여러 부분이 '?'로 남아 있지만, 소득이 전혀 없는 건 아니었다.

'저주는 일종의 생명체나 다름없다!'

그중 하나가 이거다.

저주는 어떤 현상을 일으키고 끝나는 게 아닌, 마치 생물처럼 상황에 맞춰 대응하도록 만들어진 술식이라는 것.

저주가 까다로운 부분이 이것이다.

해제를 시도하면 저주도 그에 대응한다는 말이니까.

그건 태영처럼 과격한, 아예 저주가 침습한 부위를 통째로 베어 낼 때도 마찬가지다.

다시 말해 태영이 그런 방법을 쓰려는 걸 질리언, 즉 저주가 인식했다면 어떤 식으로든 대응했을 거라는 말이다.

질리언을 죽여서라도.

"크윽!"

뭐 이대로 두면 저주가 아니라도 출혈 과다로 죽어 버릴지도 모르지만.

"이런…… 네가 뭘 하려는지는 모르겠지만, 이 출혈량은 위험해! 일단 약초로 출혈부터 막아야……."

"물러서 있어!"

태영이 레이븐을 제지하며 질리언을 돌아보았다.

"의식을 잃으면 안 됩니다. 의식을 잃으면 기맥이 닫혀 내가 마력을 움직이기 힘들어집니다. 의식을 집중해 모든 기맥을 여십시오!"

"이 정도에…… 의식을 잃을 정도로 약하지는 않아! 하지만 기맥은……."

"그건 왕자님의 기맥, 이미 저주는 없어졌으니 당연히 왕자님의 의지로 할 수 있습니다. 기억만 떠올리면 됩니다. 자신의 의지로 기맥을 다루던 기억을 말입니다."

"그래…… 그렇겠지."

질리언이 입술을 잘근잘근 씹으며 대답했다.

변화가 일어나기 시작한 건 그때였다.

그때까지는 태영이 쏟아붓는 마력이 계속 질리언의 단전에 쌓여 가는 느낌이었다.

그러나 어느 순간, 막힌 배수관이 뚫린 듯이 빠르게 빠져나가기 시작했다.

그리고 질리언의 몸 전체로 퍼지는 마력!

"크헉!"

"잘하셨습니다."

태영이 빙긋 웃으며 말했다.

그러나 시커먼 피를 토한 질리언은 하얗게 질린 얼굴로 헐떡일 뿐이었다.

살덩이가 떨어져 나간 다리에서도 한층 격렬하게 피가 쏟아져 나오고 있었다.

그러나 문제 될 건 없었다.

질리언이 토해 낸 검은 피는 마력의 흐름을 방해하던 기맥의 울혈.

기맥이 제대로 열렸다는 말이다.

그리고 지금 그 기맥을 타고 흐르는 마력의 주도권을 쥐고 있는 사람은 태영.

태영은 본격적으로 마력을 움직이기 시작했다.

"저, 저거 봐! 피가 멎었다!"

"피만이 아니야! 상처가 아물어 가고 있어!"

"대체 어떻게……."

그 결과가 이것이다.

그러나 헌터들이 황망한 얼굴로 바라보듯이, 태영도 얼마 전까지는 이런 일은 생각조차 못 하고 있었다.

-흠, 이런 거였군.

이런 게 가능하다는 생각을 하게 된 건 바로 이, 그리모어 덕분이었다.

좀 더 정확히 말하면 얼마 전 디멘션 던전을 공략한 직후 각성자 레벨을 올릴 타이밍을 놓쳐 마력을 통제할 수 없게 됐을 때.

태영은 그리모어가 불어 넣어 준 마력을 이용해 기맥을 복구해 위기에서 벗어날 수 있었다.

그때 생각하게 되었다.

'외부에서 들어온 마력을 이용해 스킬을 사용할 수 있다면…….'

그 반대도 가능하겠다고.

질리언의 다리가 눈에 보일 정도로 빠르게 회복되는 이유가 그 때문이다.

태영은 질리언에게 넘겨받은 마력의 통제권을 이용해 그 주위에 '고속 회복'의 마력 패턴을 짜 넣은 것이다.

그것도 겹겹이 중첩해서 말이다.

–이제 출혈로 죽을 일은 없겠군. 저주가 침식한 부위를 통째로 도려냈으니 이제 마력도 쓸 수 있을 테고 말이야. 뭐 다리는 포기해야겠지만.

그러나 그리모어의 말대로다.

태영이 베어 낸 살은 거의 다리 전체.

아무리 고속 회복이라도 완전히 떨어져 나간 살까지 되돌릴 수는 없다.

실제로 상처 부위가 아물 뿐 새살이 돋지는 않고 있었다.

"마, 마력이 돌아왔다! 분명하게 느껴져! 레이븐, 마력이 돌아왔단 말이네! 다시 마력을 사용할 수 있다면 어차피 쓰지도 못하는 이런 다리 하나쯤은 없어도 상관없어!"

그러나 질리언은 환해진 얼굴로 소리쳤다.

이계인, 특히 전사라면 팔이나 다리보다 마력을 사용하지 못하는 걸 훨씬 큰 장애로 받아들이기 때문이다.

"와, 왕자님……!"

레이븐이 감격에 겨운 얼굴로 바라보는 것도 같은 이유다.

그러나 설레발이었다.

"날뛰지 말고 가만히 좀 있어요!"

환자나 보호자가 뭐라고 하든 정작 주치의인 태영은 그 정도로 만족할 생각이 없었다.

물론 생각해 둔 바가 있어서다.

그리고 그건 지금 막 급조한 것도 아니었다.

이미 말했듯이 태영은 레이븐에게 질리언의 상태를 들었을 때부터 저주를 의심했고, 그때 이미 저주를 없애는 방법과 함께 바로 떠올릴 수 있었다.

그리 오래된 일이 아니라서다.

질리언을 만나기 위해 헌터 생활을 시작하고, 그러던 중에 현대의 선박이 모여 있는 곳을 찾아갔고, 여러모로 의심스러운 거대 말미잘 같은 놈을 해치우고…….

—[steroid], [C · R · E(Cell Regeneration Essential)], [BCAA(Branched-chain amino acid)]…….

이런 약병들을 발견!

추가로 말하자면 태영의 가방은 10㎥나 되는지라 몽땅 챙겨 왔다.

거대 말미잘 같은 놈이 먹어 치운 것으로 추정되는 반을 제외한 나머지, 컨테이너 반 분량의 스테로이드와 세포 재생제, 에너지 보충제를 말이다.

'그 녀석이 진짜 말미잘이었는지는 모르겠지만, 그렇게 말도 안 되는 덩치와 재생력을 가지고 있던 놈이 있던 곳에 이런 약물이 있었던 건 우연이라고 생각하기 힘들어. 분명 어떤 식으로든 이 약물과 관련이 있을 거다.'

당시 태영은 이런 합리적인 의심을 하고 있었다.

'상식적으로 말이 되는지 아닌지를 따질 이유는 없어. 현대의 텅스텐이 미스릴로 변하는 마당에 약물이라고 변하지 말란 법은 없으니까. 그게 이계의 환경인지, 마력의 영향인지는 중요하지 않다. 지금 중요한 건 그런 효과가 사람에게도 적용되지 말란 법이 없다는 거다. 만약 이 약물의 효과가 그 말미잘처럼 사람에게도 수백 배로 증폭되어 적용된다면…….'

그리고 자연스럽게 이런 데까지 생각이 뻗어 나가게 되었고.

'질리언의 다리 문제도 해결할 수 있다!'

이런 결론에 도달했다.

그러나 이건 어디까지 추측에 근거한 태영의 뇌피셜.

뭔지 모를 약물, 아니 뭔지는 알지만 어떤 결과가 나올지 알 수 없는 약물을 무턱대고 VVVIP급 고객에게 주입할 수는 없다.

'그렇다면…….'

태영이 해야 할 일은 명확!

-주인, 변태야?

지난 이틀 동안 그리모어에게 이딴 말을 들으면서까지 틈틈이 몬스터를 두들겨 패 왔던 이유가 그 때문이었다.

태영은 그 약물의 회복 능력을 시험해 보고 싶었으니까.

위잉! 서걱-!

먼저 그와 비슷한 상처를 만들 필요가 있었다.

즉, 생체 실험을 하기 위해서였다는 말이고, 그런 취지에서 보자면 그리모어의 말도 완전히 부정할 수 없었지만 어쨌든.

생체 실험을 해 보기로 한 건 정말 잘한 일이었다.

뿌직! 뿌직! 펑!

처음 상처에 약물을 주입 당한 놈은 풍선처럼 부풀어 오르며 터져 버렸으니까.

그러나 태영은 되레 거기서 희망을 보았다.

'상처 부위가 엄청난 속도로 증식하다가 폭발했다. 내 예상대로 스테로이드와 세포 재생제가 수백 배로 증폭된 효과를 발휘하고 있다는 증거야. 그럼 약물의 양과 비율을 바꿔

가며 실험해 보면…….'

물론 그런 희망이 항상 성공으로 이어지는 건 아니었다.

특히 당하는 쪽에서 보자면.

펑! 펑! 펑!

희망도 뭣도 없이 그냥 절망적으로 터져 나가는 몬스터! 몬스터! 몬스터!

'어…….'

강철 마인드인 태영조차 살짝 죄책감이 느껴질 정도였다.

그러나 태영은 포기하지 않았다.

어차피 태영이 썰리고, 태영이 터져 나가는 게 아니니까.

당연히 태영이 그만둬야 할 이유는 되지 않았고, 연이은 실패는 되레 이번 실험을 새로운 관점으로 바라보는 계기가 되어 주었다.

'굳이 현대 약에만 의존할 이유는 없다. 내게는 연금술사의 지식도 있으니까. 현대 약만으로는 약효를 제어하기 힘들다면 이계의 물약으로 시도해 보면 돼. 현대의 약이 지나치게 강한 효과를 발휘하는 게 문제라면 중화제나 억제제가 답이 될지도 모른다!'

태영은 한때 이름을 날리던 연금술사!

방법은 얼마든지 있는 것이다.

펑! 펑! 펑!

뭐 그것도 몬스터 입장에서는 비극일 뿐이었지만 어쨌든.

'돼, 됐다!'

태영은 마침내 만들어 낼 수 있었다.

근육 성장을 촉진하는 스테로이드와 세포 재생제, 거기에 필요한 영양을 보급해지는 보충제, 그리고 넘치는 약효를 제어하는 이계의 중화제를 최적의 비율로 조합한 약물을 말이다.

그 효과는 그야말로 경이적이었다.

온몸이 누더기가 되어 있던 오크의 몸이 주입과 동시에 재생되는 수준!

다른 몬스터에 주입해도 같은 결과를 얻을 수 있었다.

그리하여 만들어진 바로 이것!

-~~레온~~, ~~슈퍼~~, 포션-EX.

가칭을 정하는 일마저 고민의 흔적이 역력하게 남아 있는 '포션-X'다.

물론 그래도 아직은 임상시험 단계.

"대체 뭘 하려는 건가? 그 작은 유리병은 또 뭐고?"

"조용히."

태영은 레이븐의 말을 막았다.

그리고 약물을 주사기로 옮기고 푹!

신중한 눈으로 질리언의 다리에 일어나는 변화를 살피며

조금씩 약물을 주입해 나갈 때였다.

"뭘 하는 거지? 어? 자, 잠깐. 뭐, 뭐야, 저게?"

"이, 이럴 수가……."

곳곳에서 당혹성이 터져 나오기 시작했다.

미궁 탈출(1)

"뭐……."

질리언의 입에서 신음 같은 목소리가 흘러나왔다.

그 눈으로 바라보는 그의 다리에서 충격적인 장면이 펼쳐지고 있었다.

마치 부글대듯이 상처 위로 크고 작은 붉은 덩어리들이 솟아 올라왔다.

그리고 서로 이어져 살이 되고, 그 위로 다시 붉은 덩어리가 솟아오르며 다리를 덮어 가고 있었다.

"레, 레온, 이건……."

질리언이 뭐라 표현하기 힘든 얼굴로 태영을 돌아왔다.

그러나 태영은 눈길조차 돌리지 않았다.

'중요한 건 여기서부터다.'

여기까지는 터져 버린 몬스터도 보였던 반응이다.

성패를 결정하는 건 그다음.

증식하는 세포가 제대로, 즉 상처 부위를 복구하는 데서 멈출 수 있느냐다.

그리고 그런 관점에서 보면 '포션-EX'는 아직 미완성품이라고 할 수 있었다.

폭발할 정도의 증식은 억제할 수 있었지만, 본래 상태로 되돌릴 수는 없었기 때문이다.

즉, 팔인지 뭔지, 다린지 뭔지 알 수 없는 기괴한 형태로 만들어진다는 말이다.

'일단 가닥은 잡았다. 그러니 그걸 토대로 앞으로 꾸준히 연구하면 완전한 약을 만들 수도 있겠지만…….'

그럴 시간이 없었다.

태영이 여기서 다리를 치료하는 건 그저 질리언을 기쁘게 해 주기 위해서가 아니다.

지금, 바로 여기서 필요한 일이기 때문이다.

촤라라락-!

그래서 생각한 방법이 바로 이것, 태영이 꺼내 드는 주사기들이다.

그 주사기에 들어 있는 건 연금술로 만든 억제제!

'약효를 완전히 제어하는 약을 만들 수 없다면, 내가 직접

하면 돼! 세포가 어떤 식으로 증식하는지를 직접 보고 막으면 되는 거다!'

파파파팍!

태영의 손이 눈부신 속도로 움직이기 시작했다.

단순히 빠르기만 한 게 아니다.

'무릎 위 3㎝ 부분이 과대 증식한다! 증식 속도가 꽤 빠르니 억제제 20cc 투여! 양옆으로 퍼지는 걸 막기 위해서 주위에 5cc씩 도포!'

수없이 반복해 온 임상시험의 데이터에 따른 신속하고 정확한 진단과 약물 투입!

그뿐만이 아니다.

신경과 근육이 재생한다고 기맥까지 재생된다는 보장은 없다. 실제로 꽤 많은 근육이 재생한 지금도 여전히 마력은 제대로 흐르지 않았다.

당연히 그냥 넘어갈 부분이 아니었다.

'재생이 완전히 끝난 뒤라면 모르겠지만, 지금은 재생 중! 신경과 근육이 아예 처음부터 만들어지는 지금이라면 가능하다!'

웅웅웅웅―!

"비, 빛이…… 왕자님의 다리가 빛나고 있어!"

태영이 왼손을 질리언의 다리에 붙이자 헌터들이 놀란 목소리로 소리쳤다.

그러나 정확히 말하면 다리가 빛나는 게 아니었다.

빛나는 건 그 다리 속에서 무수한 실타래처럼 퍼지는 '라이트 웹'.

태영은 얼마 전 함정을 탐지하듯이 '라이트 웹'을 이용해 질리언의 다리를 관통, 상처 부위 양쪽 끝의 기맥 사이를 연결하고 있었다.

수많은 회귀로 얻은 지식과 각성자의 신체가 있기에 할 수 있는 일이었다.

'다 연결했다! 그럼 이제…….'

남은 일은 하나!

"다음 갑니다! 어금니 꽉 깨무세요!"

파파파팡-!

폭파다.

아니, 정확히 말하면 마력의 실에 순간적으로 강한 마력을 밀어 넣은 것이지만, 어차피 결과는 마찬가지였다.

"큭!"

들썩이는 다리와 함께 질리언이 허리를 뒤틀며 비명을 터뜨렸다.

그러나 그것도 잠시.

신음을 흘리던 질리언이 퍼뜩 고개를 들어 올렸다.

"이, 이럴 수가…… 다리에……."

"다, 다리가 왜요? 혹시 방금 다리에 울린 폭음 탓에 뭔가 문제라도…….”

“아니, 흐르고 있네! 다리에 마력이 흘러들어 가고 있어!”

“휴! 다 끝났습니다.”

태영이 손을 털고 물러난 건 그때였다.

―……정말 할 말이 없군.

이따만 해진 눈으로 태영을 바라보는 레이븐과 헌터들도 딱 그런 얼굴들이었다.

그러나 태영 입장에서는 아쉬운 부분이 없는 건 아니었다.

“피부가 꽤 울퉁불퉁하군요. 색도 화상을 입을 것처럼 울긋불긋하고. 보기 흉해서 신경이 쓰이겠지만, 저도 이런 시술을 해 보기는 처음이라 이게 한계였습니다.”.

“농담하는 건가?”

농담까지는 아니지만, 심각하게 한 말은 아니었다.

중요한 건 모양보다 기능이고.

“아하! 보게, 레이븐! 움직이네! 내 다리가 움직인단 말이네!”

그 기능에는 문제가 없어 보이니까.

“와, 왕자님! 정말…….”

이에 보호자도 눈물까지 글썽이며 대만족!

“설마 살아생전에 이 다리가 다시 움직이는 모습을 보게 될 줄은…… 지금 당장이라도 걸을 수 있는 것 같네! 윽!”

“무리하지 마십시오. 아직 힘이 부족할 겁니다. 서두르지 말고 꾸준히 마력을 운용하면서 근력 운동을 해 나가면 차차 좋아질 겁니다."

"레, 레온, 자네……."

질리언도 온몸으로 만족감을 표현하며 태영을 바라보았다.

물론 태영도 만족하고 있었다.

지금까지 봐 온 바에 의하면 질리언은 그 정도의 기쁨을 누릴 자격이 충분한 인성을 갖추고 있다고 생각하기 때문이다.

다시 말해…….

-음, 좋은 얼굴이야. 어떻게든 은혜를 갚겠다는, 주인이 좋아하는 그런 얼굴이지.

이런 인성의 소유자임을 믿어 의심치 않는다는 말이다.

그러나 꼭 그런 이유만은 아니었다.

"기, 기적이다!"

"다리 하나를 통째로 재생시키는 약이라니? 그런 약은 들어 본 적도 없다고!"

"약만이 아니야! 봤잖아! 근육이 재생하는 속도도 놀랍지만, 더 놀라운 건 그 손놀림이라고! 게다가 기맥까지 뚫었잖아! 그런 건 최고위 신관이라도 못한다고!"

"최고위 신관 이상이라는 건가……."

"저런 조그만 약 하나로…… 아니, 약의 힘만은 아닌 것 같지만, 저 약도 말이 안 되잖아. 저런 건 대체 얼마나 하는 거야?"

"모르긴 몰라도 한 병에 수백, 아니 수천 골드는 되지 않겠어? 아마 저런 효과를 직접 보고 나면 그래도 사겠다는 사람이 줄을 설걸."

바로 이런 거다.

말했듯이 태영이 챙겨 온 약은 컨테이너의 반 가까이 되는 분량.

아직 얼마든지 만들어 낼 수 있다는 말이다.

그리고 그 효과를 직접 체험한 사람은 노월 왕국의 왕자!

'포션-EX'의 효과를, 그것도 돈 좀 만지는 사람들에게 널리 알릴 수 있는 더할 수 없이 좋은 광고판이라고 할 수 있었다.

당연히 헌터들이 말하는 것처럼 사려는 사람이 줄을 설 테고, 유일무이한 약이니만큼 부르는 게 값!

'뭐 그 전에 먼저 부작용 문제를 해결해야 하고, 내가 전면에 나서는 것도 이래저래 부담이 많은 일이니 판매 방식에 대해서도 고민해 봐야겠지만…….'

이런 생각도 지금 막 하게 된 게 아니다.

현대의 약으로 질리언을 치료할 수 있을지도 모른다는 생각을 했을 때부터, 이익 창출의 의지를 불태우는 태영의 머릿속은 이미 거기까지 진도가 나가 있었다.

그러나 태영이 예상하지 못했던 것도 있었다.

—특성 [이계의 연금술사]를 습득했습니다!

밝은 미래를 그리며 히죽대는 태영의 눈앞에 불쑥 떠오르는 메시지.

—특성 [이계의 연금술사]로 인해 제작하는 포션 효과가 추가로 20% 상승합니다.

—특성 [이계의 연금술사]로 인해 독에 대한 내성이 30% 상승합니다.

—특성 [이계의 연금술사]로 인해 [이종 혼합] 스킬을 습득, 두 세계의 약물을 조합해 만들어지는 약물의 효과가 추가로 20% 상승합니다.

—신체 능력이 소폭 향상되었습니다.

—근력 : 456(+15) 순발력 : 519 지구력 : 454(+15) 마력 : 456⇒476(+71) 광력 : 101

—종합 평가 레벨 : 184⇒186

그리고 그 뒤를 이어 주르륵 떠오르는 메시지!

'새로운 특성?'

그러나 여기까지는 놀랄 일이라고 할 수는 없었다.

특성은 말 그대로 특성, 그 범주는 비단 신체에만 국한된 게 아니다.

즉, '불의 화신'을 얻을 때처럼 신체 변화에 따라 생기기도 하지만 정신적인 변화, 다시 말해 지금처럼 특수한 지식을 얻었을 때 생기기도 한다는 말이다.

'이종 혼합이라니…….'

태영이 당황한 건 이 부분이었다.

'레벨이나 특성 같은 건 모두 이계의 시스템이다. 당연히 그로 인해 얻을 수 있는 능력이나 스킬도 본래 이계에 있던 것이고. 그런데…….'

'이종 혼합'에 대한 내용에는 '두 세계'라는 말이 적혀 있었다.

그 두 세계가 어디를 의미하는지는 굳이 생각할 필요도 없었다. '이계의 연금술사'가 '포션-EX'를 만들어 얻은 특성이라면 당연히 현대와 이계.

즉, 반영되어 있다는 말이다.

이계에만 존재하는 시스템에, 지금까지 이계에는 존재하지 않던 현대가.

'지금까지 이런 적은 없었어. 아니, 애초에 두 세계가 겹치는 것 자체가 처음 있는 일이지만…… 미스릴로 변한 텅스텐처럼 이계의 시스템까지 현대와 겹쳐진 영향으로 변하고 있다는 말인가? 아니, 그 전에…… 대체 이계의 시스템이란

뭐지?'

이제 태영조차 알 수 없어졌다.

이계에 온 게 처음은 아니지만, 아니 처음이 아니라 더 혼란스러워졌다.

그러나 태영은 곧 생각을 접었다.

대체 이계의 시스템이 뭐냐는 근본적인 질문으로 들어가면 답이 나오지 않을 게 뻔하니까.

더구나 뭔가 마이너스가 된 것도 아니고 플러스다.

그러니 그런, 어차피 답도 안 나올 질문에 매달리느니 차라리 그걸 어떻게 활용할지를 생각하는 게 훨씬 생산적이다.

—뭔가 되게 심각하게 생각하고 있을 때 방해하고 싶지는 않지만, 뭔가 되게 중요한 걸 잊고 있다는 생각은 들지 않나?

그러나 사실 지금은 그런 생각을 할 때도 아니었다.

"레온, 자네가 나를 위해 해 준 일은 절대 잊지 않겠다. 당연히 어떤 형태로든 그만한 보답을 해야겠지만, 그러기 위해서는 먼저 내가 노월 왕국의 국왕이 되어야겠지. 그럼 이제 남은 문제는 어떻게 두 형님을 피해 이 미궁을 나가느냐인데……."

그 말대로 아직 끝난 게 아니니까.

아니, 이게 왕위 쟁탈전이라는 점을 생각하면 이제부터가 진짜 시작이라고 할 수 있었다.

1, 2왕자가 질리언이 유품을 가지고 나가는 걸 다정한 눈

길로 봐 줄 리가 없으니까.

그들과 마주쳤을 때 무슨 일이 벌어질지는 명확!

-그 국왕이라는 녀석도 참 독하군. 후보자라고 해도 결국 제 자식들인데 말이야.

그건 세 왕자를 이곳에 몰아넣은 국왕도 아는 일이고.

"그 정도로 비정해지지 않으면 노월 왕국처럼 작은 왕국은 중앙 대륙에서 버티지 못한다는 말이지."

태영도 아는 일이었다.

즉, 인제 와서 새삼 고민할 문제가 아니라는 말이다.

"그건 여기서 고민할 문제가 아닙니다."

"무슨 말이지?"

"선택권을 가진 건 우리가 아니라는 말입니다."

"여전히 모르겠군."

"곧 아시게 될 겁니다. 일단 돌아가죠."

태영이 빙긋 웃으며 몸을 돌렸다.

그 뒤로는 들어올 때와 크게 다를 게 없었다.

다른 점이 있다면 이미 함정을 해제해 둬서 들어올 때보다 속도가 빠르다는 것뿐.

태영과 레이븐, 헌터들은 한번 쓸고 지나갔는데도 여전히 나타나는 몬스터는 처리하며 진군했고, 질리언도 여전히 랄프와 제드 일행을 타고 그 뒤를 따랐다.

그리고 대략 하루가 지났을 때였다.

"여기까지입니다."

앞서가던 태영이 걸음을 멈추며 말했다.

"여기까지라니? 이전보다 속도가 좀 붙긴 했지만, 아직 반 정도밖에 못 오지 않았나?"

"그 정도면 충분합니다. 이미 답이 나왔으니까요."

"답?"

"네, 지금부터 우리가 할 일은……."

"하아……."

마치 댐처럼 계곡을 막고 있는 성벽 위에서 한숨을 흘러나왔다.

그의 이름은 곽현경.

다종족 영지를 지향하는 태영의 영지에서 인간 부문의 대표를 맡은 사람이었고, 그가 내려다보는 건 아직 구덩이로 불리는 그 영지의 중심지였다.

그러나 모습까지 예전 그대로는 아니었다.

당장 곽현경이 올라와 있는 성벽만 해도 이전과는 비교도 할 수 없을 정도로 높고, 두꺼워져 있었다.

그 성벽에서 내려다보이는 풍경도 마찬가지.

새로 완성된 건물만 수십 채가 되었고, 지금도 그 이상의 건물이 빠른 속도로 올라가고 있었다.
게다가 그 모든 게 콘크리트로 지어지는 현대식 건물!
견고함은 기본이고, 각종 상하수도 설비 같은 편의성까지 두루 갖추고 있었다.
당연히 생활의 질이 올라가 주민들도 만족하고 있었다.
그러나 그 모든 게 한순간에 흔들리기 시작했다.
"인제 와서……."
그 원인이 지금, 곽현경이 한숨을 불며 바라보는 메모지였다.

◎

며칠 전 구덩이에서는 작은 소란이 있었다.
갑자기 상공에 미확인 비행물체……라는 건 무잠족이나 수인족의 시각이었고, 현대에서는 풍선이라는 물체가 나타났기 때문이다.
"저기 뭔가 매달려 있어!"
그리고 누군가의 제보를 받고 격추!
떨어진 풍선을 찾아 확인해 보니 매달려 있던 건 작은 기판과 한 장의 메모지였다.
그 메모지에는…….

대한민국 국민에게 알립니다.

이 메모가 묶여 있던 풍선은 일종의 통신 중계기입니다.

아직 통신이 가능한 기기를 소지하고 있다면 첨부한 방법으로 우리와 교신할 수 있을 겁니다.

그리고 교신할 수 없더라도 도움이 필요한 분이 있다면 남양주로 와 주십시오.

남양주는 현재 주둔 부대의 보호 아래 대격변 이전의 상태를 유지하고 있습니다. 물론 그래도 대격변 이전과 같은 생활을 보장할 수는 없겠지만…….

이런 내용이 적혀 있었다.

그리고 그 내용은 영지, 정확히는 한국인들을 뒤흔들어 놓았다.

그 말대로 한국인이니까.

물론 대한민국을 기준으로 삼으면 이곳에서 남양주까지는 거의 끝과 끝.

마음이 있다 해도 현실적으로 당장 갈 수 있는 상황은 아니었다.

그러나 이미 감정적으로 뒤흔들린 사람들은 틈만 나면 삼삼오오 모여 남양주에 대해 떠들었다.

게다가 곽현경 휘하의 병사들은 꾸준한 훈련으로 어느 정도 자신이 붙은 상황.

그들을 중심으로 남양주에 가겠다는 사람이 나오지 말란 법은 없었다.

그러니 곽현경으로서는 답답할 수밖에 없지만, 더 답답한 건 그럼에도 의논할 사람조차 없다는 것이다.

"흥! 주인 덕분에 목숨을 부지한 것들이 인제 와서 그딴 말들을 한단 말인가? 감히 주인을 배신하겠다고? 정말 그따위 소리를 하는 놈이 있다면 데려와라. 배신의 대가가 어떤 것인지 똑똑히 보여 줄 테니까."

"크르르르, 배가 불러서 그러는 거다. 굶겨."

같은 부대장인 라르고나 하울은 애초에 공감조차 못 하니까.

"아아, 주인 보고 싶다. 요즘은 잘 때도 주인 꿈밖에 안 꿔. 발정기인가?"

"흑! 주인님……."

일라와 다란은 아예 말조차 통하지 않았다.

"그런 식으로 말하지 마라. 당장 이탈자가 나온 것도 아니고, 고향을 그리워하는 건 본능이니까."

그나마 정상적인 대화가 되는 사람은 알바인밖에 없었다.

"하지만 솔직히 나도 공감하기는 힘들군. 일단 그 현대라는 게 어떤 곳인지 잘 모르니까. 여기도 현대의 건물이 있기는 하지만…… 그렇게 좋은 곳인가? 그 현대라는 곳이? 자신들의 힘으로 힘들게 얻고, 또 발전시켜 나가는 이곳을 버리고 갈 정도로?"

정작 대답하지 못하는 건 곽현경이었다.

"이전이었다면 고민할 필요도 없었겠지. 하지만 지금은……."

"고민이 된다는 말이군."

"그건 아니야. 대격변 이전 상태를 유지하고 있더라도 남양주 역시 이 세계에 있는 이상 다를 게 없어. 나는 레온 님을 따르기로 했고, 그 결정에 후회는 없다. 문제는 내가 아니라 다른 사람들이 고민하고 있다는 거야."

"그럼 이미 답은 나온 거 아닌가?"

"뭐?"

"나, 아니 무잠족은 이곳을 점령할 때 장로님을 잃었다. 부족 생활을 하는 우리에게 그건 엄청난 충격이었지. 하지만 우리 중 누구도 그 일을 두고 고민하거나 슬퍼하지 않았다. 왜라고 생각하나?"

알바인이 몸을 돌리며 말했다.

"그럴 여유가 없어서였다. 아니, 그럴 여유를 주지 않으셨지. 레온 님이 말이다."

"그럼……."

"레온 님의 방식을 따르면 되는 거다. 레온 님이 항상 말씀하시듯 잡생각 따위는 못 할 정도로 빡세게 굴려서 말이야. 그런 의미에서 얼마 전에 데커 일행을 데리고 시멘트 원료를 수집하러 갔을 때 찾아 둔 던전이 하나 있는데, 들어 보겠나?"

알바인이 태영처럼 히죽 웃으며 물었고.

"……들어 보지."

곽현경이 같은 웃음을 지으며 대답했다.

"어떤가?"

브라이트가 눈길을 돌리며 물었다.

그 앞으로 예닐곱 명의 기사와 함께 다가오던 솔트가 고개를 저었다.

"특별히 보고드릴 사항은 없습니다."

"아직인가……."

브라이트가 미간을 찌푸리며 중얼거렸다.

현재 브라이트 1왕자와 그의 일행, 솔트를 비롯한 노월 왕국의 기사들은 넓은 지하 광장의 한쪽 끝에 모여 있었다.

베럴보우 떼의 습격을 받았던 입구 앞의 지하 광장이었다.

아직 그곳을 벗어나지 못하고 있다는 말은 아니다.

"우리는 이곳에 남는다."

애초에 더 들어갈 생각이 없어서다.

"이곳은 미궁이라고 부리는 곳이다. 당연히 그만큼 복잡하겠지. 게다가 이곳만 봐도 알 수 있듯이 이 내부는 곳곳에 함정과 몬스터가 득실댈 게 뻔하지 않나. 굳이 일부러 그런 곳을 헤매며 고생할 이유는 없지.”

“그럼…….”

“질리언 놈은 착각하는 모양이지만, 이번 과제는 누가 페리어트 1세의 유품을 먼저 찾는지로 정해지는 게 아니다. 승자는 그 유품을 가지고 가장 먼저 미궁을 나가는 쪽이지. 다시 말해 누가 먼저 유품을 찾든 다시 돌아올 수밖에 없다는 말이다. 이 입구, 아니 유일한 출구로 말이다.”

이게 브라이트의 생각이었다.

“그러니 놈들을 추격하는 것도, 굳이 앞서 나갈 이유도 없지. 하물며 소드 마스터가 포함된 자들과 충돌해 피해를 자초하는 건 거론할 가치도 없는 짓이다. 그런 멍청한 짓은 에스타 녀석들이나 하라고 놔두면 돼. 그동안 우리는 여기서 전력을 유지하며 충분히 휴식을 취하고 있다가 돌아 나오는 놈을 밟아 주면 되는 거지.”

비겁하다는 생각은 눈곱만큼도 하지 않았다.

언제나 중요한 건 결과고, 결과가 같다면 피해는 적을수록 좋은 법.

되레 이런 것이야말로 진정한 국왕의 자질!

“훌륭한 판단이십니다.”

그리고 솔트의 대답과 함께 그 국왕의 자질을 뽐내며 세운 브라이트의 계획에 따라 일행은 적당한 은신처를 찾아 이동!

"후후후! 질리언이나 에스타의 얼굴이 빨리 보고 싶어지기는 처음이군."

브라이트의 얼굴에 살기 어린 웃음이 번졌다.

그러나 이때, 그가 미처 생각하지 못하던 것이 있었다.

브라이트가 그걸 알게 된 건 은신처에 짱 박혀 벼룩을 잡으며 며칠을 보낸 뒤였다.

"왕자님, 다른 병력을 발견했습니다!"

"다른 병력?"

"네, 정찰 중에 다른 사람의 흔적을 발견해 따라가 봤더니 반대쪽에 한 무리의 사람들이 모여 있었습니다. 발각될 위험이 있어 접근해 보지는 못했습니다만, 아무래도 에스타 왕자님의 일행인 것 같습니다."

그런 생각을 브라이트만 하라는 법은 없다는 것.

"제 어미의 치마폭에만 싸여 있던 놈이 나와 같은 생각을 했다는 말인가?"

그러나 화낼 포인트는 그쪽이 아니었다.

"에스타 왕자님의 생각은 아닐 겁니다. 에스타 왕자님의 일행, 제국에서 온 기사의 지휘관이 한 생각일 겁니다."

바로 이 부분이었다.

"어쩌시겠습니까?"

이어지는 솔트의 질문에 고민이 깊어지는 이유도 그 때문이다.

상대가 질리언 일행이라면 고민할 일도 아니다.

마스터급의 검사가 있다 해도 잘해야 한두 명, 나머지는 떨거지 같은 헌터들이니 그냥 밟아 버리면 그만이다.

그러나 에스타 일행은 그처럼 가볍게 생각할 수 있는 상대가 아니다.

브라이트가 말했듯이 에스타는 그저 제 엄마의 치마폭에 싸여 있는 얼간이에 불과하지만, 그 휘하의 자들은 제국의 기사.

그것도 제국의 실권을 장악하고 있다는 왈드 공작이 직접 뽑아 보낸 기사들이다.

'하지만 내 휘하의 기사들 역시 노월 왕국의 최정예라고 불릴 만한 기사들이다. 밀리지는 않으리라고 생각하지만…….'

이길 수 있다는 보장은 없다.

또 설사 이긴다 해도 이쪽 역시 상당한 피해를 받을 터!

그래도 필요하다면 싸워야겠지만, 문제는 이번 경합이 삼파전이라는 점이다.

하나를 멀쩡히 놔두고 나머지 둘이 붙어서 서로 전력을 깎아 대는 건 현명한 대처라고 할 수 없었다.

"일단 지켜보지."

"저도 당장 그들과 충돌해서 좋을 건 없다고 생각합니다.

하지만…….”

“물론 그냥 지켜보기만 하자는 게 아니다.”

브라이트가 단호한 얼굴로 말했다.

“에스타 놈들까지 이곳에 남아 있다면 미궁으로 들어간 건 질리언 놈들뿐이라는 말이다. 당연히, 놈들의 전력으로는 나나 에스타 같은 방법은 생각할 수 없었겠지. 하지만 그런 허접한 놈들이라도 헌터, 나나 에스타의 방해가 없다면 페리어트 1세의 유품을 찾아낼 확률이 높다. 그리고 이곳으로 오겠지. 나나 에스타가 기대하는 것처럼 말이야.”

“그때 승부를 보시겠다는 말입니까?”

“승부는 봐야겠지. 하지만 전면전을 치를 생각은 없다. 이번 경합에서는 어느 쪽이 더 많이 죽이고 살아남는지는 아무 상관도 없다. 중요한 건 페리어트 1세의 유품. 가장 먼저 그걸 가지고 나가는 사람이 승리자다.”

“그럼…….”

“할 일은 명확하지.”

승리는 언제나 준비한 자가 얻게 되는 법!

“솔트, 예상 가능한 모든 상황을 고려해 작전을 수립해라! 작전 내용은 질리언 놈들이 페리어트 1세의 유품을 찾아 나왔을 때, 최대한 빨리 탈취해 미궁을 탈출하는 것이다.”

그때부터 브라이트 일행은 눈코 뜰 새 없이 바빠졌다.

할 일이 몇 배나 늘었기 때문이다.

그 첫째는 일단 정찰이다.

무슨 계획을 세우든 질리언 일행을 놓쳐 버리면 무의미.

당연히 브라이트 일행은 내부로 연결된 모든 통로를 감시하고 있었다. 그러나 에스타 일행의 존재를 알게 됐으니 이제 그쪽도 밤낮으로 감시할 필요가 있었다.

둘째는 훈련이다.

브라이트가 말한, 질리언 일행이 나타나자마자 신속히 제압하고 페리어트 1세의 유품을 탈취, 이를 넘겨받은 브라이트가 신속하게 미궁을 나갈 수 있도록 퇴로를 확보하는 훈련.

"윽! 이놈의 벌레들이 또……."

거기에 틈틈이 벼룩을 잡는 것도 일과의 하나였지만 어쨌든.

"집중해라! 실전의 결과는 오롯이 그동안 쌓아 올린 훈련의 양으로 결정되는 법! 준비된 자에게 돌발 상황이란 존재하지 않는다!"

"네! 헉헉헉!"

훈련은 밤낮으로 계속되었다. 그리고…….

"헉헉헉!"

또, 밤낮으로 계속되었다.

"빌어먹을!"

그러나 정작 불평을 터뜨린 건 브라이트였다.

어두컴컴한 곳에서 계속 사내놈들의 거친 숨소리만 들으니 짜증이 날 법도 하지만.

"벌써 이곳에 들어온 지가 보름째입니다. 그런데 아직 소식이 없다는 건…… 질리언 왕자 일행이 실패했을 가능성도 염두에 둬야 할 것 같습니다."

더 짜증이 나는 건 이쪽이었다.

솔트의 우려가 사실이라면 지금까지 해 온 훈련이 모두 삽질이라는 말이니까.

"헉헉헉!"

물론 힘든 건 기사들뿐이지만 어쨌든.

"아직 속단하기는 이르다. 네 말대로 이미 보름이나 지났으니, 놈들이 유품을 찾아 나오는 중일 수도 있어. 섣불리 움직였다가 자칫 길이 엇갈리기라도 하면 돌이킬 수 없게 된다."

그래도 브라이트는 냉철함을 유지하고 있었다.

"저도 그러기를 바랍니다. 하지만 아니라면 상황은 더 어려워질 수 있습니다. 우리가 준비한 식량은 한 달 치. 아직 반이 남았지만, 우리가 직접 페리어트 1세의 유품을 찾아야 하는 상황이 된다면 넉넉한 양이라고 할 수는 없습니다."

물론 그런 냉철함이 이런 문제까지 해결해 주는 건 아니지만.

"그건 에스타 놈들도 마찬가지일 거다. 놈들도 이런 미궁 탐사에 몇 개월 치의 식량을 준비하지는 않았을 테니까. 하지만 놈들과 우리는 결정적인 차이가 있지. 바로 놈들은 아직 우리의 존재를 모른다는 거다."

브라이트가 씨익 웃으며 말을 이었다.

"전략을 바꿀 필요는 없다는 말이지. 단지 상대가 질리언에서 에스타로 바뀌었을 뿐. 놈들도 식량이 떨어지는 데 부담을 느끼기 시작하면 너와 같은 생각을 할 터. 우리는 놈들이 유품을 찾아 나올 때까지 기다린다."

브라이트는 인내심을 발휘하기로 했다.

"왕자님, 이제 식량이 일주일 치밖에 남지 않았습니다."

일단 이런 말을 들을 때까지는.

그리고 그때.

브라이트는 자신의 계획에 두 가지 오류가 있었다는 사실을 알게 되었다.

"스, 습격입니다!"

"습격?"

"네, 에스타 왕자 쪽을 감시하기 위해 이동하던 중에 습격을 받았습니다! 다행히 큰 상처를 받은 사람은 없지만, 길목에 숨어 있던 것으로 봐서 에스타 왕자 측도 이미 우리의 존재를 알고 있었던 게 틀림없습니다!"

하나는 브라이트가 아는 건 에스타 일행도 알고 있을 수 있다는 것이고…….

"빌어먹을! 그럼 놈이 이곳에 남아 있던 것도, 지금까지 움직이지 않고 있던 것도 나와 같은 생각을 해서라는 말인가?"

"그렇다면……."

"더 생각할 것도 없다! 차라리 잘됐어! 질리언 녀석이 실패했다면 남은 상대는 에스타 하나! 놈들을 처리하면 경쟁자를 없애는 것과 동시에 식량도 확보할 수 있다! 지금, 여기서 승부를 짓는다! 솔트, 놈들을 칠 준비를 해라!"

퍼퍼퍼펑-!

"와, 왕자님, 검기입니다!"

"놈들입니다! 밖에서 본 에스타 왕자님의 일행, 제국의 기사들입니다!"

다른 하나가 바로 이것.

브라이트가 생각하는 건 에스타 일행도 생각할 수 있다는 것이다.

"저 자식들이……."

당연히 냉철함이고 인내심이고 개나 줘 버려야 할 상황!

"모두 쓸어버려라!"

검을 뽑아 든 브라이트가 와락 몸을 돌리며 소리쳤다.

그리고 그때.

삐삐삐!

멀리 떨어진 어둠 속에서 그 모습을 바라보며 웃는 한 마리의 매가 있었다.

그리고 그보다 더 멀리 떨어진 미궁의 어딘가에서는…….

"후후후!"

더 음흉한 웃음을 떠올리는 남자가 있었다.

바로 그 매, 청영의 눈을 통해 두 왕자 일행의 패싸움을 지켜보는 태영이었다.

예상하던 일이기 때문이다.

확신하게 된 건 페리어트 1세의 유품을 챙기고 되돌아 나오던 보름 전이었지만, 미궁에 들어오기 전에도 예상은 하고 있었다.

추적해 온 흔적조차 보이지 않는 브라이트와 에스트 왕자가 어디에 있을지.

"이제부터 우리가 할 일은……."

따라서 보름 전 질리언이 물어 왔던 앞으로 대책도 정해져 있었다.

"존버입니다."

그냥 기다리기만 하면 되는 것이다.

태영 일행이 나타나지 않으면 무슨 일이 벌어질지는 너무나 뻔하니까.

물론 태영은 꽤 능동적인 사람이라 그냥 얌전히 기다리기만 한 건 아니었다. 그리고 살짝 등을 밀어 주기도 했지만, 어쨌든 결과는 예상대로!

"자, 그럼 이제……."

슬슬 움직일 때가 됐다는 말이다.

to be continued

ROK
MEDIA
로크미디어